安徽省蚌埠市耕地地力评价与施肥管理

ANHUISHENG BANGBUSHI GENGDI DILIPINGJIA YU SHIFEIGUANLI

孙善军◎主编

安徽师范大学出版社
·芜湖·

责任编辑:吴毛顺　　责任校对:李　玲
装帧设计:丁奕奕　　责任印制:郭行洲

图书在版编目(CIP)数据

安徽省蚌埠市耕地地力评价与施肥管理/孙善军主编. —芜湖:安徽师范大学出版社, 2014.12
ISBN 978-7-5676-1743-8

Ⅰ.①安…　Ⅱ.①孙…　Ⅲ.①耕作土壤—土壤肥力—土壤调查—蚌埠市 ②耕作土壤—土壤评价—蚌埠市 ③施肥—管理—蚌埠市　Ⅳ.①S159.254.3 ②S158③S147.2

中国版本图书馆 CIP 数据核字(2014)第 003500 号

安徽省蚌埠市耕地地力评价与施肥管理
孙善军　主编

出版发行:安徽师范大学出版社
芜湖市九华南路 189 号安徽师范大学花津校区　邮政编码:241002
网　　址:http://www.ahnupress.com/
发 行 部:0553-3883578　5910327　5910310(传真)　E-mail:asdcbsfxb@126.com
印　　刷:安徽芜湖新华印务有限责任公司
版　　次:2014 年 12 月第 1 版
印　　次:2014 年 12 月第 1 次印刷
规　　格:787 mm × 1092 mm　1/16
印　　张:11.25　　插　　页:13
字　　数:227 千
书　　号:ISBN 978-7-5676-1743-8
定　　价:29.00 元

《安徽省县域耕地力评价与施肥管理》丛书编辑委员会

主任委员：张华健

副主任委员：王　华

委　员（以姓氏笔画为序）：

丁祖芬　王　华　王　丽　王　林　田　杰　刘　枫　刘武峰
许　诺　孙善军　李克森　杨生华　吴新德　何　方　邱宁宁
汪根发　张华健　张自立　张俊侠　张毅宾　罗晓辉　郑向阳
胡荣根　赵建勋　钱国平　钱晓华　柴文北　郭熙盛　常　江
章力干

《安徽省蚌埠市耕地力评价与施肥管理》编委会

主　编：孙善军

副主编：赵　敏　常　江　何　方

委　员（以姓氏笔画为序）：

马开响　马开星　王红梅　王诗成　田小赛　刘宏伟　刘忠怀
孙善军　苏培民　李　勇　李文鞠　李春明　吴言柱　何　方
邹长明　陆兴为　陈素芳　林长丰　杭法班　房运喜　赵　敏
娄　志　贾利萍　高仕朋　徐廷杰　黄　雨　梅长军　常　江
崔　伟　崔晓云　葛严鑫　窦寿良　潘　虹　戴四基

主要撰写人（以姓氏笔画为序）：

王红梅　田小赛　刘忠怀　孙善军　何　方　陆兴为　陈素芳
房运喜　赵　敏　娄　志　贾利萍　黄　雨　梅长军　葛严鑫
潘　虹

审　稿：常　江　刘　枫

数据制图：何　方

序

耕地是土地的精华，是农业不可替代的重要生产资料，是保证社会和国民经济发展的重要资源，保护耕地是我国的基本国策之一。因此，及时掌握耕地资源的数量、质量及其变化，对于合理规划和利用耕地有着十分重要的意义。

蚌埠市农业技术推广中心利用所辖各县（区）2005—2012年土壤布点化验、肥料试验示范结果和数据，选择了有代表性点样，结合第二次土壤普查成果，在安徽省土肥总站、安徽农业大学资源与环境学院、安徽科技学院、安徽省农科院土肥所的全力支持下，利用遥感技术、地理信息系统和全球定位系统进行了蚌埠市耕地地力调查分析；采用先进的计算机技术和信息技术，应用模糊数学方法，完成了蚌埠市耕地地力评价与施肥管理。蚌埠市农业技术推广中心率先在安徽省完成了市级耕地地力评价与施肥管理，掌握了蚌埠市耕地土壤的地形地貌条件、成土母质特征、土壤理化性状、农田基础设施及培肥水平，摸清了蚌埠市耕地的养分分布及肥力状况，查明了蚌埠市耕地地力等级，准确掌握了耕地生产潜力，建立了科学施肥指标体系，因地制宜地提出了农业结构调整措施及土、肥、水资源合理配置和改良利用的建议与措施，为保障粮食安全提供了科学依据，实现了耕地资源的数字化、动态化管理。

本书为有效、合理利用和提高耕地质量提供了科学依据，为政府和农业部门提供决策支持与专家系统，对指导当地农业生产、保障粮食安全、促进农民增收将发挥重要作用。本书还可为蚌埠市农业科技工作者、相关专业工作人员和农业决策者制定农业发展规划，调整农业产业结构，加快绿色、无公害农产品基地建设步伐，保证粮食生产安全，科学施肥，退耕还林，发展节水农业、生态农业，以及农业现代化、信息化建设等提供科学依据，在今后农业生产中将发挥积极的作用。

此外，本书还编写了蚌埠市主要农作物适宜性专题报告、特色果蔬适宜性专题报告，为我市主要农作物和特色果蔬种植提出了很好的建议和技术指导。希望本书能给农业科技人员、广大农民提供有益帮助。

蚌埠市农业委员会党组书记　朱仕新

2014年11月14日

前　言

土壤是人类赖以生存和发展的物质基础，是一切物质生产的源泉之一，是十分重要的自然资源，保护土壤责任重大。

农业部、财政部组织实施测土配方施肥补贴项目，旨在全面增强农民科学施肥意识，提升科学施肥技术水平，促进粮食增产、农业增效、农民增收和节能减排。2005年，固镇县在蚌埠市率先开展了测土配方施肥补贴项目工作；2006年，怀远县和五河县全面开展了测土配方施肥补贴项目工作；2007年，淮上区和龙子湖区纳入测土配方施肥补贴项目实施范围；2009年，蚌山区和禹会区列入测土配方施肥补贴项目项目区，蚌埠市实现了测土配方施肥项目全覆盖。截至2013年，全市共采集、化验分析土壤样品和植株样品约10万个，化验项目包括pH、有机质、有效磷、碱解氮、速效钾、中微量元素、重金属等14个指标，获得化验数据100多万项；布置主要作物"3414"试验、田间肥效和肥料校正对比试验100个以上，取得了大量试验和实验数据，建立了小麦、水稻、玉米、花生、大豆、部分蔬菜的施肥指标体系，并研制发布配方100多个。

蚌埠市各项目县(区)分别建立了测土配方施肥管理数据库，完成了项目区耕地地力评价和管理工作。在此基础上，蚌埠市农业技术推广中心以蚌埠市蚌山区和禹会区测土配方施肥项目资金为支持，与安徽农业大学资源与环境学院合作，共同开展了蚌埠市耕地地力评价和施肥管理工作。在安徽省土壤肥料管理总站的指导下，蚌埠市专家组选定了立地条件、土壤管理、剖面性状、砂层养分状况和砂层理化性况5大因素，筛选了地形部位、成土母质、灌溉保证率、排涝能力、剖面构型、耕层厚度、有机质、有效磷、速效钾、有效锌、水溶态硼、质地12个因子，对蚌埠市耕地地力分等定级，并研制了蚌埠市耕地地力等级等图件20余幅。

我们将此次耕地地力分析结果与蚌埠市第二次土壤普查结果进行了对比，研究分析了土壤养分变化原因，针对我市耕地质量的提升，尤其是砂姜黑土的改良提出了意见和建议。我们根据蚌埠市土壤耕地地力情况和主要作物种植情况，结合当地种植习惯，编写了小麦、水稻、玉米、花生、棉花等主要农作物适宜性专题报告和石榴、西葫芦、萝卜、黄心乌等蚌埠市特色果蔬适宜性专题报告。

全书共分七章，各章的撰写者依次为：孙善军、赵敏(第一章)；何方、王银、陈明明(第二章);赵敏(第三章);何方、孙善军(第四章);孙善军、房运喜(第五章);赵敏、邹长明(第六章);潘虹、贾利萍、葛严鑫、陆兴为、黄雨、刘忠怀、娄志、王红梅、陈素芳(第七章)。

需要说明的是,本书部分资料是2013年以前的,2013年以后部分资料和数据有所变动;因为蚌埠市区划调整,文中少量数据可能有偏差,请读者阅读时注意。

本书的出版得到安徽省土壤肥料总站的指导,安徽农业大学和安徽科技学院提供了技术支持,蚌埠市所辖三县农委、农业技术推广中心和四区农(林)水委、农业综合服务站提供了数据资料支持,在此深表感谢!

目　录

第一章 自然与农业概况

蚌埠市，简称蚌，别名珠城，地处中国东部南北分界线淮河两岸，位于淮河中下游，淮河穿城而过，由于古代盛产河蚌珍珠，从而得名"珠城"。蚌埠市是安徽省省辖市，1947 年初设市，是安徽省第一个设市城市。蚌埠市是全国重要的交通枢纽城市，皖北地区的商贸中心、经济中心、加工制造业中心和邮电通讯指挥调度中心，是安徽省三大中心城市之一；拥有千里淮河第一大港口，是安徽省重要的高铁枢纽，地处华北平原南端、京沪铁路和淮南铁路的交汇点，京沪高铁、合福高铁（合蚌高铁段）在蚌埠市交汇，是京沪高铁一等客站，设有上海铁路局蚌埠铁路办事处。蚌埠市经济腹地十分宽广，被称作两淮重镇、沪宁咽喉，交通便利，基础雄厚，物产富饶，景色优美，气候宜人。

蚌埠市特产有怀远石榴、五河沱湖螃蟹 、固镇石雕茶壶、蚌埠玉雕等。

第一节 自然条件

一、地理位置

蚌埠市（含辖县）位于安徽省北部，介于北纬 32°43′至 33°30′、东经 116°45′至 118°04′，北与濉溪县、宿州市埇桥区、灵璧县、泗县接壤，南与淮南市、凤阳县相连，东与明光市和江苏省泗洪县毗邻，西与蒙城县、凤台县搭界。津浦铁路从境内中部纵贯南北，淮河自西向东流过境内，辖区大部分处于淮北平原南端。

二、行政区划与人口分布

蚌埠市辖龙子湖、蚌山、禹会、淮上 4 个区和怀远、五河、固镇 3 个县，共设镇 37 个，乡 18 个（其中民族乡 1 个），街道办事处 12 个，公共服务中心 1 个，村民委员会 924 个，社区居民委员会 169 个。

2013 年末，全市（含县）总户数 110.1 万，总人口 366.6 万，其中市区103.6万人，占人口总数的 28.3%；三县人口 263 万，占人口总数的 71.7%。全市总人口中，非农业人口102.5万，农业人口264.1万。全市男性人口190.2万，女性人口176.4万，男女性别比107.82（以女性人口为100）。

三、自然环境和资源

蚌埠山水相连、环境优美，自然风光秀丽多姿。山地基本分布在淮河和涡河以南，主要有荆山、涂山、曹山、平山 、梅花山、老虎山、黑虎山、小黄山、白石山、女山等。淮河、涡河以北为淮北平原，基本无山。全市土地总面积5 950.72 km^2，其中怀远县2 192.02 km^2、五河县1 595.01 km^2、固镇县1 360.75 km^2、蚌山区89.33 km^2、龙子湖区147.65 km^2、禹会区329.72 km^2、淮上区236.24 km^2。

表1－1－1　蚌埠市各县区行政概况

辖区	等级	土地面积（km^2）	人口（万人）	县（区）所辖乡镇
蚌山区	市辖区	89.33	27.72	雪华乡、燕山乡
龙子湖区	市辖区	147.65	22.79	李楼乡
禹会区	市辖区	329.72	34.65	马城镇、长青乡
淮上区	市辖区	236.24	18.41	小蚌埠镇、吴小街镇、曹老集镇、梅桥乡
高新区	–	–	–	秦集镇
经开区	–	–	–	长淮卫镇、雪华乡
怀远县	所属县	2 192.02	126.53	城关镇、双桥镇、魏庄镇、万福镇、包集镇、龙亢镇、河溜镇、唐集镇、常坟镇、褚集乡、古城乡、徐圩乡、兰桥乡、陈集乡、淝河乡、淝南乡、找郢乡、荆芡乡
五河县	所属县	1 595.01	73.61	城关镇、新集镇、沫河口镇、小溪镇、双忠庙镇、小圩镇、东刘集镇、大新镇、头铺镇、武桥镇、浍南镇、申集镇、朱顶镇、沱湖乡、临北回族乡
固镇县	所属县	1 360.75	62.89	城关镇、王庄镇、连城镇、濠城镇、新马桥镇、刘集镇、湖沟镇、任桥镇、石湖乡、杨庙乡、仲兴乡
全市		5 950.72	366.6	

四、气　候

蚌埠市地处中纬度地带，属北亚热带湿润季风气候与南温带半湿润季风气候区的过渡带，兼有两个气候带的特点，季风显著，四季分明，气候温和，雨量适中，光照充足，无霜期较长。春季风和日丽，梅雨时节，阴雨绵绵；夏季炎热，可称为“火炉”；秋天干燥凉爽；冬季寒冷、干燥。春秋短、冬夏长，冬夏温差显著，具有明显的过渡性。既兼有南北气候之长（水热资源优于北方，光照资源优于南方），也兼有南北气候之短（降水时空变化大，旱涝灾害较频繁，有些年份少雨干旱，有些年份多雨成涝，常有旱、涝气候灾害发生），对农业生产有一定影响。

1. 气　温

全市年平均气温为15.1～15.8 ℃，属温和气候型。最冷的1月全市平均气温为1.4～2.1 ℃，最热的7月全市平均气温为26.9～28.1 ℃，大陆性气候不明显。

2. 日照、辐射

蚌埠市日照丰富，热量充足，能满足农作物一年两熟的需要。

蚌埠市实际年日照时数平均为2 167.5 h，日照率为49%，实际日照时数年际变化很大。

蚌埠市年平均太阳辐射总量为119.1 $kcal/cm^2$，低于淮北地区，高于皖南、皖西地区。年内变化显著，春季为33.1 $kcal/cm^2$，夏季最多为40 $kcal/cm^2$，秋季为26.6 $kcal/cm^2$，冬季最少为19.4 $kcal/cm^2$。在12个月中，6月份太阳辐射总量最多，为13.6 $kcal/cm^2$，12月份太阳辐射总量最少，为6 $kcal/cm^2$。

3. 降水量

蚌埠市年平均降水量为905.4 mm，平均降水天数为105 d。受季风影响，各季节平均降水量悬殊。夏季最多，达467.4 mm；春季次之，为200.1 mm；秋季再次之，为160.5 mm；冬季最少，仅77.4 mm。春季降水量常小于年降水量的25%，时有春旱发生；夏季降水量常在年降水量的50%以上，时有洪涝出现。降水保证率较高，有80%的年份降水量在760 mm以上，降水量年际变化很大。

4. 霜　期

蚌埠市年平均霜期148 d，年平均初霜日在11月4日左右，年平均终霜日在3月31日左右；每年大约4月1日至11月3日为无霜期，长217 d；无霜期最长达251 d，最短为179 d。

5. 湿　度

蚌埠市湿度与气温、降水等要素的变化规律一致，全年平均绝对湿度为14.7 hPa。夏季潮湿，其中7月份绝对湿度最大，平均为29.9 hPa；冬季干冷，绝对湿度小，其中1月份最少，仅4.7 hPa。相对湿度年平均为73%，夏季较大，其中7月份为80%；冬春季较小，其中1月份和4月份均为71%。蚌埠市在雨季前，常有一段干旱时期。

6. 风

蚌埠市属季风气候区，风向有明显的季节性变化。全年以东北风最多，夏季盛行偏南风,冬季盛行偏北风。

五、水文条件

蚌埠市水域面积约 40 000 hm^2。淮河是蚌埠市最大的河,它自怀远县南湖村东 1 km 处入境,流经怀远县南端、蚌埠市区北端和五河县南端,在五河县东卡村以东出境,境内全长 150.7 km。河床宽 600 ~ 800 m,年平均径流量 2.63×10^{10} m^3。

北部有北淝河,西南有天河,西有八里沟,东有龙子河、鲍家沟等小水系。小水系除北淝河外,均为河湖结合类型,河短、水流量小,干旱年份常见断流。

蚌埠市地下水基本属入渗蒸发型,周围地形产生的侧面补给量很小,地下水静储量约 3.2×10^8 m^3。

六、土　壤

蚌埠市处于两个生物气候带交界处,地形地貌不一,成土母质类型多样,加之黄泛影响,导致土壤类型及分布复杂。据 1981—1985 年第二次土壤普查资料,市境土壤可划分为淋溶土、初育土、半水成土、人为水成土 4 个土纲,潮土、棕壤、黄棕壤、砂姜黑土、水稻土 5 个土类,以及 10 个亚类、18 个土属、27 个土种。

第二节　耕地立地条件

一、地　质

土壤是独立的历史自然体,是在母质、地形、生物等成土条件综合影响与制约下,经过长时期一系列的物理、化学和生物作用形成的产物。蚌埠市在大地构造上,位于新华夏第二沉降带和秦岭纬向构造带复合部位,第四系地层比较发育,广布全境,对土壤的形成发育影响大。该地层可划分为 4 个时期,即 Q_1、Q_2、Q_3、Q_4。下更新统(Q_1)分布在淮北平原地表下 18.43 ~ 38.72 m,属河、湖相沉积。中更新统(Q_2):泊岗组($Q_2 - b$)湖积 - 冲积物($Q_2b - aL$)分布于淮北地表下 10.23 ~ 22.92 m,残积 - 坡积物(Q_2 bcl - Q_2 bel)为棕红色含岩石屑亚黏土,在五河县天井湖岗地有小面积出露。晚更新统戚咀(Q_2q):在更新统末期(Q_3),淮北东部有所上升,遭到剥蚀。其余地区下沉,接受了冲积和洪积的灰黄、棕黄色黏土、亚黏土,含钙质及铁锰结核,底部有一层橙黄色细砂、粉砂,有的夹亚黏土,与亚砂土互层,并夹有黏土,厚度 10.32 ~ 22.92 m,组成平坦的堆积平原,海拔 10 ~ 20 m;淮河以南为褐黄、棕黄色亚黏土,含钙质及铁锰结核,厚度在 15 m 以下,组成剥蚀 - 堆积二级阶地，海拔 20～50 m。全新统（Q_4）：地层沉积厚度 20～40 m。全新统初期气候转温暖湿润，流水作用加强，平原上出现动物栖息和人类活动，距今约有12 000年。

二、地　貌

蚌埠市地形主要特点是南高北低，淮河以南为江淮丘陵岗地北缘，淮河以北为淮北平原组成部分。淮北平原具有“大平小不平”的特点，地势自西向东倾斜，自然坡降约万分之一，地面高程一般为 17～20 m。地貌按形态可分为丘陵、岗地、平原等地貌类型，各类地貌又可分若干次一级或二级地貌单元。

1. 丘　陵

主要分布在蚌埠市郊淮河以南，怀远县东南沿河两岸和五河县淮河以南朱顶镇等地，占总面积 1.46%。海拔一般为 50～200 m，有 20 余座丘陵残丘，多呈馒头形星点状分布。山麓堆积带主要分布于丘陵下部山麓的外围，海拔为 50～70 m，缓坡向下延伸，为坡积、洪积物，部分为残积物。

2. 岗　地

主要分布在沿河以南波状地区和淮河以北沿河倾斜平原地区，由戚咀组黄土构成，占总面积 30.1%。

（1）平岗地。主要分布在淮河以南的五河县朱顶镇、怀远县马城和蚌山区燕山乡、禹会区秦集镇和长青乡、龙子湖区李楼乡和长淮卫镇，海拔一般为 20～30 m，岗塝和冲沟微地貌发育较完整。

（2）倾斜岗地。沿淮及各支流两岸有被剥蚀残留下来的二级倾斜阶地，呈断续状分布，一般高于平原 2～4 m。

3. 平　原

（1）河间浅洼平原。河间浅洼平原分布于淮河流域三县河间平原洼地及天河一带沿湖洼地。

（2）黄泛平原。沿河一级阶地及河漫滩地区，占总面积 14.7%，主要分布在本市淮河及其支流中下游沿岸的泛滥带及河漫滩，为近代黄泛沉积区域。地势低，平均海拔 15～20 m。

三、成土母质

成土母质在气候和生物作用下，表层逐渐转变为土壤。本市成土母质种类：平原主要是河流冲积物和沉积物；岗地主要是戚咀组黄土堆积物；低山残丘地区主要有各种岩石风化的残积、坡积物。具体划分为 8 种：

（1）黄土性古河流冲积物。该母质主要分布于淮河以北的河间浅洼平原和沿淮湖洼地上，占总面积51.07%，地形位置比较平坦低洼，土层深厚，地下水埋深在1～2 m，雨季可升至1 m以内，有时甚至地表积水。该母质碳酸钙含量较高，在水分和生物的综合作用下，向下淋洗，在土层下部沉积形成生姜状的碳酸钙结核（即砂姜）。由于长期淋溶，土体内已基本不含碳酸钙，表土石灰含量很少，经过草甸潜育化过程和旱耕熟化过程，发育成具有黑土层和砂姜层两个诊断层的砂姜黑土，全剖面无石灰性，呈中性偏碱反应，pH为7～8，但部分地区有酸化的趋势。

（2）近代黄泛沉积物。属近代石灰性河流沉积物，公元前132—公元1947年，黄河夺淮携带黄土高原大量含有磷酸钙的黄土物质，在本市沿淮河泛滥区及其支流北淝河、茨河、浍河、澥河等的中下游两岸沉积，占总面积15.58%。按质地划分为砂土、两合土和淤土，呈带状分布，而且沉积层次比较明显，土体结构复杂，母质土层厚，含碳酸钙14%、氧化钙4.56%，强石灰性反应，自然肥力较高，pH为7.5～8.5。

（3）戚咀组黄土。主要分布于淮河以南平岗地和淮河及其支流沿岸的二级倾斜阶地上，占总面积30.05%。土体深厚，质地重壤土，含三氧化二铁较高，基本无石灰性反应，pH为6.5～7.5。由于所处地形部位不同，剥蚀与堆积程度不等，水分条件存在差异，导致发育成不同特性的多种土壤类型。

（4）酸性结晶岩类残积、坡积物。本市的酸性结晶岩类主要为黑云斜长片麻岩、片麻花岗岩、斜长角闪岩、花岗岩、片麻岩等，占总面积1.96%。主要分布在怀远县涂山、荆山和蚌埠市辖四区燕山、老山、老虎山、锥子山、芦山、曹山及五河县的大巩山、女山等残丘，含钾素较高，磷素较缺乏。

（5）碳酸盐岩类残积、坡积物。包括石灰岩、大理岩、白云岩和条带石灰岩等，分布在怀远县大洪山、明龙山和五河县大巩山、大金山一带，占总面积0.39%。

（6）紫色岩类残积、坡积物。紫色岩类主要包括紫色砂页岩、页岩、砾岩等，占总面积0.51%，主要分布在五河县朱顶镇等地。按母质所含石灰的不同，成土后发育为石灰性紫色土和中性紫色土。

（7）泥质岩类残积、坡积物。本市主要包括石英岩、泥质岩、千枚岩等，占总面积0.33%，主要分布于朱顶镇部分岗塝上，其风化物发育的土壤土层较厚，质地偏黏。

（8）硅质岩类残积、坡积物。本市硅质岩类包括石英岩、石英砂岩等，主要分布在五河县小溪到黑咀一带，占总面积0.11%，风化的残积、坡积物中含有较多的砂和石英质砾块，形成的土壤具粗骨性，发育的土壤中二氧化硅含量较高。

四、土壤类型

蚌埠市土类有砂姜黑土、黄棕壤、潮土、水稻土、红色石灰土、紫色土、黑色石灰土、粗骨土，其中前4个为主要土类。

第三节　农业生产概况

蚌埠市水陆交通方便，自然条件优越，物产丰富，是淮北商品粮生产基地的一部分，以农副产品为原料的工业成为支柱产业，粮食副产品加工已具相当规模。

一、农业发展历史

蚌埠市农业耕作有2 000多年的历史，原属传统型农业，加上自然灾害频繁，农作物产量很低。新中国成立后，经过土地改革、农业合作化运动，大兴农田水利，变水患为水利，改变了历史上“大雨大灾、小雨小灾、无雨旱灾”的局面，农业生产逐渐从小农业向大农业转变，农业生产稳步发展。

二、农业发展现状

近年来，蚌埠市农业以科技为支撑，推行良种良法配套、农机农艺结合，大大提升了全市粮食综合生产能力。2006年开始，蚌埠市大力开展实施粮食生产三大行动，创建小麦、水稻和玉米高产核心示范区，面积分别达到1.27×10^5 hm^2、3.33×10^4 hm^2和3.33×10^4 hm^2，核心示范区和高产创建片单产水平较非示范区增产15%以上。近年来，更是以土地流转为抓手，提升农业规模化经营水平，加快土地向规模种植、规模养殖和规模加工发展。截至2013年，全市农村土地流转1.2×10^5 hm^2，土地流转率达40%，高于全省11%。

2013年，蚌埠市粮食总播面积4.58×10^5 hm^2，平均单产383.97 kg，粮食总产量2.64×10^6 t，分别比上年增长0.41%、0.49%和0.9%，粮食产量实现“十连增”，总产量增幅位列全省第三位。

三、农业经济概况

蚌埠市主要种植的农作物为小麦、水稻、玉米、大豆、花生和油菜等。主要轮作方式有小麦—水稻、小麦—玉米、小麦—大豆和小麦—花生。一般为一年二熟或一年三熟。

2013年，蚌埠市农民人均纯收入8 750元，增幅为14%。2013年，蚌埠市农作

物总播面积 6.3×10^{5} hm^{2}，其中粮食总播面积 4.58×10^{5} hm^{2}，粮食总产达 2.64×10^{6} t；油料总播面积 6.6×10^{4} hm^{2}，总产量 3.79×10^{5} t；蔬菜总播面积 6.7×10^{4} hm^{2}，总产量 2.51×10^{6} t；花生总播面积 6.1×10^{4} hm^{2}，总产量 3.7×10^{5} t。

四、农田基础设施

蚌埠市地处淮河中下游，境内河流密布，特殊的地理位置和复杂的气候条件，使蚌埠市旱涝灾害频繁发生，旱涝交织的自然条件严重制约着蚌埠市农业和农村经济的发展。

近年来，蚌埠市实施了农村土地整治示范建设项目，对位置偏僻、环境较差、基础设施匮乏、农业生产条件较差的偏远地区，修通生产道路、完善农田水利设施、配套公共设施等；对项目片区田、水、路、林重新进行了布局和改善，完善了相关基础配套设施，大力改造中低产田。该项目完成土地平整土方量 1.42×10^{6} m^{3}，种植防护林约 1.10×10^{6} 株和清淤沟渠 2.54×10^{5} m 等，极大地改善了农村的生态环境，优化了土地利用结构。整治后的土地实现了耕地连片和基础设施配套，为土地流转、现代农业和农业产业规模化经营奠定了良好的基础和条件，有力地推动了传统农业生产方式转变，优化了农村土地利用结构。

第二章　耕地地力评价

第一节　评价原则与依据

一、评价原则

耕地地力就是耕地的生产能力，是在指定区域内特定的土壤类型和利用方式上，耕地的土壤理化性状、所处自然环境条件、农田基础设施及耕作施肥管理水平等因素在农业生产上表达的总和。根据评价的目的和要求，在蚌埠市耕地地力评价中，我们遵循的原则是：

（一）综合因素研究与主导因素分析相结合原则

耕地是一个自然与社会共同作用的综合体，是人类利用的对象，耕地地力高低涉及自然、社会和经济等诸多方面，耕地地力是各类要素的综合体现。所谓综合因素研究是指对耕地立地条件、土壤理化性状和土壤管理等因素进行全面的研究、分析与评价，以全面了解耕地地力状况。主导因素是指不同地区对耕地地力起决定作用的、相对稳定的因子，在评价中要着重对其进行研究分析。因此，只有将综合因素与主导因素相结合，才可能对耕地地力做出科学准确的评价。

（二）共性评价指标与差异性指标选取相结合原则

蚌埠市耕地利用方式存在着多种利用类型，土壤理化性状、环境条件、管理水平也不同，因此耕地地力水平有较大的差异。一方面，考虑市域内耕地地力的系统性、可比性，针对不同的耕地利用类型等状况，选用统一的共性评价指标体系和合理的权重；另一方面，针对不同耕地土壤种类、利用类型和利用管理的不同，同时对影响耕地地力水平的相关问题进行专题研究，找出差异性。这样，共性评价指标与差异性指标选取相结合，使整个评价结果更加符合当地实际，成果具有更高的应用价值。

（三）定量和定性相结合原则

耕地是复杂的生态系统，土壤内在各种性质与环境影响因子共存，相互作用，相互影响。这些性质和因子有些是定量的,而有些则是定性的。因此,为了保证评价结果的客观合理,在评价因素、因子选择时,应采用定量和定性评价相结合的方法,即以定量分析为主,定性分析为辅,避免人为随意性因素影响。为了保证评价结果的客观合理,在评价过程中对于可定量评价因子应采用定量评价方法,如有机质含量、土层厚度、pH 等;而对非定量评价因子则进行量化处理,如土壤表层质地、土体构型等,确定其相应的指数,进行运算。在运算和处理过程中,尽可能减少人为因素的影响,如在评价因素筛选、权重确定、评价标准、等级确定中,尽量采用定量化的数学模型。在此基础上,充分运用人工智能和专家知识,对评价的中间过程和评价结果进行必要的验证、修正和调整,做到定量和定性相结合,保证评价结果的准确合理。

(四)科学性与可操作性相结合原则

评价指标是耕地地力评价的重要因素,指标体系的建立、评价过程必须以科学理论为依据。同时,应注重评价指标数据的可获取性和评价的可操作性。只有这样,才能保证评价结果的科学性和合理性。

二、评价依据

耕地地力是在一定的生产管理水平下由土壤特性、自然条件和农业基础设施水平等要素综合构成的耕地生产能力。因此,对耕地地力的评价依据包括 3 个方面:

(一)自然环境要素

包括耕地所处的地形地貌条件、水文地质条件、成土母质条件以及土地利用状况等。

(二)土壤理化性状

包括土壤剖面与土体构型、耕层厚度、质地等物理性状,有机质、有效磷、速效钾等主要养分,微量元素、pH 等化学性状。

(三)农田基础设施条件

包括耕地的灌溉条件、排涝条件等。

第二节　评价流程与方法

一、评价流程

耕地地力评价方法很多,我们采用农业部推荐的、利用《市域耕地资源管理信息系统》完成的耕地自然要素评价综合指数法。整个评价的流程见图 2-2-1。

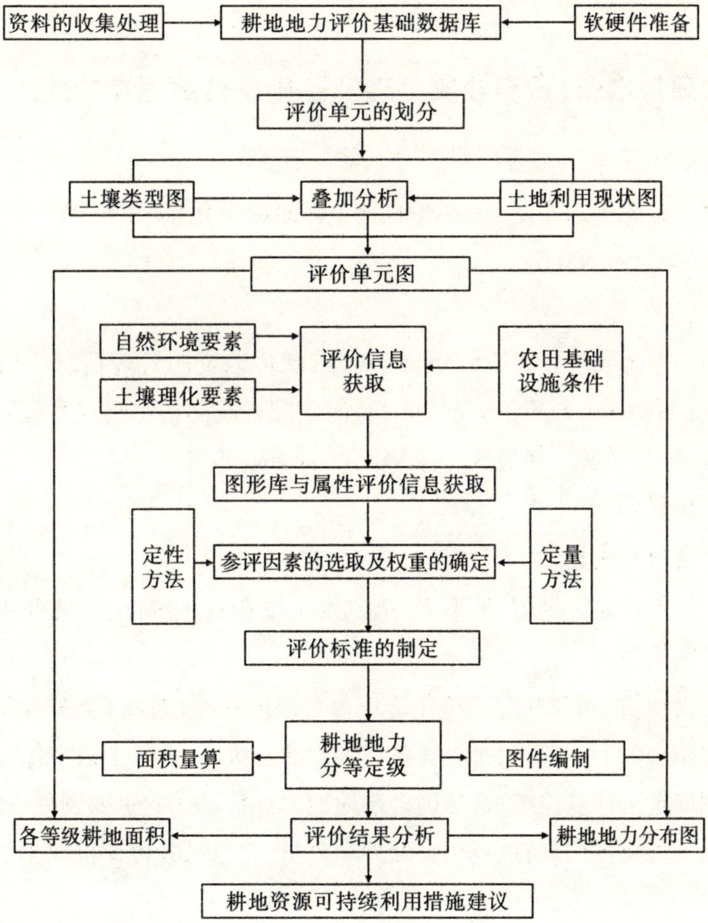

图2－2－1　蚌埠市耕地地力评价流程图

整个评价工作有3个方面内容：

（一）资料收集及数据库建立

根据评价的目的、任务、范围、方法和要求，收集准备与评价有关的各类自然条件、土壤、土地利用、行政区划、社会经济发展等资料，整理耕地地力评价调查和化验室分析资料，进行资料的分析和处理，建立耕地性状基础数据库。

（二）耕地地力评价

划分评价单元，选取影响耕地地力的关键因素并合理确定权重，选择适宜的计算机硬件和GIS等分析软件，计算确定耕地地力等级。

（三）评价结果分析

邀请专家特别是当地专家对评价结果进行评判分析，通过室内外反复多次进行耕地地力评价结果校验，确定评价结果。依据评价结果，编制耕地地力分布图，计算各等级耕地面积，分析耕地地力分布特征，提出耕地资源可持续利用的措施和建议。

二、软硬件准备、资料收集处理及基础属性数据库的建立

（一）硬件准备

硬件主要有图形工作站 Hp－Z600、A0 幅面数字化仪、工程图形扫描仪、喷墨绘图仪 Hp Designjet 500 等。

（二）软件准备

地理信息系统软件：ArcGIS、MapGIS、《市域耕地资源管理信息系统》等；数据库管理软件：Microsoft SQL、Server 2000、《测土配方施肥信息管理系统》、Access 数据管理系统等应用软件；其他软件：ENVI、Photoshop 等。

（三）资料收集处理

1. 图件资料的收集

主要包括市行政区划图、地形图、第二次土壤普查土壤图、土地利用现状图和农田水利分区图等。

行政区划图（1:50 000）：2007 年蚌埠市行政区划图，进行了数字化处理。

土壤图（1:50 000）：第二次土壤普查绘制的土壤图，进行了数字化处理。

调查和确定采样点位图：这是确定耕地地力评价单元的重要图件，通过土壤点位图可带入各种属性信息，进行相关处理和分析，它也是各种评价成果的工作基础底图。

土地利用现状图（1:10 000）：2007 年蚌埠市土地利用现状图。

2. 数据及文本资料的收集

主要包括第二次土壤普查的成果资料，测土配方施肥相关资料，近三年粮食单产、总产、种植面积统计资料，历年土壤肥力监测化验资料和肥料试验资料，市、镇（乡）、村编码表等。

第二次土壤普查的成果资料：整理、建立了蚌埠市土种库。全市共有 8 个土类、13 个亚类、31 个土属、62 个土种，建库内容主要包括剖面构型、耕层质地、成土母质、耕层厚度、理化性状等。

测土配方施肥相关资料：主要是测土配方施肥采样点土样化验结果，采样地块基本情况调查表和农户施肥情况调查表相关资料的归纳、整理，肥料效应试验结果的整理和统计分析，植株样测试结果的统计分析等。

耕地地力评价要以影响耕地地力的各种性状要素为基础，因此必须广泛收集与评价有关的各类自然和社会经济要素资料，为评价工作提供数据准备。用于耕地地力评价收集获取的资料主要包括以下几个方面：

(1)野外调查资料。野外调查资料按野外调查点获取,主要包括地形地貌、土壤母质、水文、土层厚度、表层质地、耕地利用现状、灌排条件、作物种类和产量、管理水平等。

(2)室内化验分析资料。包括有机质、全氮、有效磷、速效钾、有效铜、有效锌、有效铁、有效锰以及 pH 等。

(3)社会经济统计资料。统计了以行政区划为基本单位的人口、人均收入以及各类投入产出等社会经济指标数据。

3. 资料的整理

对所收集的各种资料,在进行完整性、可靠性检查、筛选和分类的基础上,按照耕地地力评价因素进行整理与归档,为数据库的建立奠定基础。

自然成土因素资料的整理:包括气候、地形地貌、成土母质、水文地质等。气候是某一地区多年平均天气状况和特殊天气状况的综合描述,是土壤形成和影响农业生产的重要因素。地形地貌的整理包括海拔、坡度、坡向等内容。成土母质是岩矿风化的产物,是形成土壤的重要基础,是耕地地力评价的重要因素之一。耕地资源的水文条件,包括地表水资源和地下水文地质条件。

土壤属性资料的整理:土壤属性是指成土因素共同作用下形成的土壤内在性质和外在形态的具体表现,是成土过程的客观记录,是耕地地力评价的核心内容。影响耕地质量的土壤属性包括土壤剖面构型、土壤形态特征、土壤自然形态、土壤侵蚀状况、土壤理化性状等。

(四)基础属性数据库的建立

属性数据库的建立与管理,是整个测土配方施肥和耕地地力评价工作的重要环节。我们应用安徽省土肥总站与北京中园搏望科技发展有限公司合作开发的《测土配方施肥信息管理系统》建立本市基础属性数据库。

1. 主要属性数据内容

(1)耕地地块调查表;

(2)土壤、植株样品分析化验结果;

(3)土壤名称编码:土壤名称编码、土壤类型名称;

(4)土种属性数据:土种代码、土类名称、亚类名称、土属名称、土种名称、成土母质、剖面构型;

(5)市、镇(乡)、村名编码:单位编码(市内)、单位编码(统一)、单位名称、名称拼音;

(6)行政界线属性数据:界线代码、界线名称。

2. 属性数据分类与编码

数据的分类编码是对数据进行有效管理的主要手段。编码的主要目的是节省计算机内存空间,便于用户高效使用。属性进入数据库之前进行编码可以提高计算工作效率,只有进行了正确的编码,地理空间数据才能与属性数据建立公共识别符,空间数据库与属性数据库才能实现正确链接。编码格式由英文字母与数字组合。本系统主要采用数字表示的层次分类编码体系,它能反映专题要素分类体系的基本特征。

3. 建立编码字典

数据字典是数据库应用设计的重要内容,是描述数据库中各类数据及其组合的数据集合,也称元数据。地理数据库的数据字典主要用于描述属性数据,它本身是一个有特殊用途的文件,在数据库整个生命周期里起着重要的作用。它可避免重复数据项的出现,并提供了查询数据的唯一入口。

4. 数据库结构设计

属性数据库的建立与录入可独立于空间数据库和 GIS 系统,可以在 Access、Dbase、Foxbase 或 Foxpro 下建立,最终统一以 Dbase 的 dbf 格式保存入库。蚌埠市建立的 Dbase 属性数据库各属性字段表述如下:

(1)湖泊、面状河流属性数据库 lake. dbf。

字段名	属性	数据类型	宽度	小数位	量纲代码
lacode	水系代码	N	4	0	
laname	水系名称	C	20		
lacontent	湖泊贮水量	N	8	0	万 m^3
laflux	河流流量	N	6		m^3/s

(2)行政界线属性数据 boundary. dbf。

字段名	属性	数据类型	宽度	小数位	量纲代码
adcode	界线编码	N	1	0	
adname	界线名称	C	4		
adcode	name				

(3)土地利用现状属性数据库 landuse. dbf。

字段名	属性	数据类型	宽度	小数位	量纲代码
Lucode	利用方式编码	N	2	0	
Luname	利用方式名称	C	10		

* 土地利用分类表。

(4)土种属性数据 soil. dbf。

字段名	属性	数据类型	宽度	小数位	量纲代码
sgcode	土种代码	N	4	0	
stname	土种名称	C	10		
ssname	亚类名称	C	20		
skname	土属名称	C	20		
sgname	土种名称	C	20		
pamaterial	成土母质	C	50		
profile	剖面构型	C	50		

* 土壤系统分类表。

(5)土壤养分属性数据库 nutr * * * *. dbf。本部分由一系列数据库组成,视实际情况不同而有所差异。

A. pH 库 nutrpH. dbf。

字段名	属性	数据类型	宽度	小数位	量纲代码
code	分级编码	N	4	0	
number	pH	N	4	1	

B. 有机质库 nutrom. dbf。

字段名	属性	数据类型	宽度	小数位	量纲代码
code	分级编码	N	4	0	
number	有机质含量	N	5	1	g/kg

C. 全氮库 nutrN. dbf。

字段名	属性	数据类型	宽度	小数位	量纲代码
code	分级编码	N	4	0	
number	全氮含量	N	5	1	g/kg

D. 有效磷库 nutP. dbf。

字段名	属性	数据类型	宽度	小数位	量纲代码
code	分级编码	N	4	0	
number	有效磷含量	N	5	1	mg/kg

E. 速效钾库 nutK. dbf。

字段名	属性	数据类型	宽度	小数位	量纲代码
code	分级编码	N	4	0	
number	速效钾含量	N	5	1	mg/kg

F. 其他养分库 nutrX. dbf。

字段名	属性	数据类型	宽度	小数位	量纲代码
code	分级编码	N	4	0	
number	其他养分含量	N	5	1	mg/kg

(6)地貌、气候属性库 landform. dbf。

字段名	属性	数据类型	宽度	小数位	量纲代码
landcode	地貌类型编码	N	2	0	
landname	地貌类型名称	C	10		
rain	降雨量	C	6		

* 地貌类型编码表。

(7)市、乡、村名编码。

字段名	属性	数据类型	宽度	小数位	量纲代码
vicode	单位编码(市内)	N	5	0	
vicoden	单位编码(统一)	N	11		
viname	单位名称	C	20		
vinamee	名称拼音	C	30		

5. 资料的录入与审核

数据录入前仔细审核,数值型资料注意量纲、上下限,地名注意汉字多音字、繁简体、简全称等问题,审核定稿后再录入。录入后仔细检查,保证数据录入无误后,将数据库转为规定的格式(Dbase 的 dbf 格式),再根据数据字典中的文件名编码命名后保存在规定的子目录下。

6. 空间数据库的建立

将数字化后的土壤图,通过投影转换和空间校正将土壤图转成带有蚌埠市准确经纬度的土壤图,再通过 ArcGIS 的剪切功能,应用同比例尺土地利用现状图对校正后的土壤图进行切割,获得土地利用的耕地图斑,形成耕地土壤图。

(1)数据采集的工艺流程。在耕地资源数据库建设中,数据采集的精度直接关系到现状数据本身的精度和今后的应用,数据采集的工艺流程是关系到耕地资源管理信息数据库质量的重要基础工作。安徽省耕地空间数据库建设统一采用农业部推荐使用的《市域耕地资源管理信息系统》,因此对数据的采集按照该软件的标准工艺流程进行。首先,对收集的数据进行分类检查、整理与预处理;其次,按照图件数据介质的类型不同分别处理,如果是纸质图件则需要通过工程扫描仪进行扫描,并对扫描图件进行扫描校正,如果是电子数据则要转换到指定的格式;再次,进行数据的分层矢量采集和数据检查;最后,对矢量化数据进行配准、坐标投影转换、图形的综合检查和数据格式转换。

(2)图件数字化。

①图件的扫描。由于所收集的图件数据为纸质的图件数据,所以我们采用灰度法进行扫描。扫描的精度为 300 dpi。扫描完成后将文件保存为 *. TIF 格式。在扫描过程中,为了能够保证扫描图件的清晰度和精度,我们对图件先进行预扫描。在预扫描过程中,检查扫描图件的清晰度,其清晰度必须能够区分图内的各要素,然后利用 Contex HD4230 扫描仪自带的扫描软件进行角度校正,扫描精度为0.1% ±1 像素。

②数据采集与分层矢量化。对图形的数字化采用人机交互式矢量化方法,确保图形矢量化的精度。在耕地资源信息系统数据库建设中需要采集的要素有:点状要素、线状要素和面状要素。由于所采集的数据种类较多,所以必须对所采集的数据按不同类型进行分层采集。

点状要素的采集:可以分为两种类型,一种是零星地类,另一种是注记点。零星地类包括一些有点位的点状零星地类和无点位的零星地类。对于有点位的零星地类在分层矢量化采集时,将点标记置于点状要素的几何中心;对无点位的零星地类在分层矢量化采集时,将点标记置于原始图件的定位点。农化点位、污染源点位等注记点的采集按照原始图件资料中的注记点,在矢量化过程中一一标注在相应位置。

线状要素的采集:在耕地资源图件上的线状要素主要有水系、道路、带有宽度的线状地物界、地类界、行政界线、权属界线、土种界、等高线等,对于不同类型的线状要素,进行分层采集。线状地物主要是指道路、水系、沟渠等,线状地物数据采集时考虑到有些线状地物由于其宽度较宽,如一些河流、沟渠,它们在地图上可以按照图件数据的宽度比例表示为一定的宽度,按其实际宽度的比例在图上表示;有些线状地物,如一些道路和水系,由于其宽度不能在图上表示,在采集其资料时,则按栅格图上线状地物的中轴线来确定其在图上的实际位置。对地类界、行政界、土种界和等高线资料的采集,要保证其封闭性和连续性。线状要素按照其种类不同分层采集、分层保存,以便数据分析时利用。

面状要素的采集:面状要素采集在线状要素采集后,通过建立拓扑关系形成区域后进行。面状要素是由行政界线、权属界线、地类界线和一些带有宽度的线状地物界等线状要素形成的一系列闭合区域,主要包括行政区、权属区、土壤类型区等图斑。所以,对于不同的面状要素,应采用不同的图层对其进行数据的采集。考虑到实际情况,将面状要素分为行政区层、地类层、土壤层等图斑层,将分层采集的资料分层保存。

(3)矢量化资料的拓扑检查。由于在矢量化过程中不可避免地存在一些问题,因此,在完成图形数据的分层矢量化以后、进行下一步工作前,必须对分层矢量化以后的数据进行综合拓扑检查。对矢量化数据的拓扑检查主要是完成以下几个方面的工作:

①消除在矢量化过程中存在的一些悬挂线段。在线状要素的采集过程中,为了保证线段完全闭合,某些线段可能出现相互交叉的情况,这些均属于悬挂线段。在进行悬挂线段的检查时,首先使用 ArcGIS 的线文件拓扑检查功能,自动对其检查和清除,如果是合理悬挂线段,则对照原始图件数据进行手工修正。对线状要素进行矢量化数据检查完成以后,随即由作图员对矢量化的数据与原始图件数据进行对比检查;如果在检查过程中发现有一些通过拓扑检查不能够解决的问题或者矢量化数据的精度不符合精度要求的,或者某些线状要素存在一定的位移而难以校正的,则对其中的线状要素重新进行矢量化。

②检查图斑和行政区等面状要素的闭合性是耕地地力评价的基础。在对图件数据中的面状要素进行数据的分层矢量化采集中,由于图件数据中涉及的图斑较多,在数据的矢量化采集过程中,有可能存在一些图斑与行政界的不闭合情况,可以利用 ArcGIS 的区文件拓扑检查功能,对在面状要素分层矢量化采集过程中保存的一系列面文件进行矢量化数据的拓扑检查。在拓扑检查过程中可以消除大多数面的不闭合情况,对于不能够自动清除的,对照原始图件数据检查,消除其不闭合情况。如果矢量化以后的数据通过拓扑检查消除了在矢量化过程中出现的上述问题,则进行下一步工作;如果在拓扑检查以后还存在一些问题,则对其重新进行矢量化,以确保系统建设的精度。

(4)坐标的投影转换。

①坐标转换。在进行图件的分层矢量化采集过程中,所建立的是图面坐标系(单位:mm),而在实际应用中,则要求建立平面直角坐标系(单位:m)。因此,必须利用 ArcGIS 提供的坐标转换功能,将图面坐标转换成大地直角坐标系。在坐标转换过程中,为了保证数据的精度,可根据提供资料源的图件精度的不同,在坐标转换过程中采用不同的质量控制方法进行坐标转换工作。

②投影转换。市级土地利用现状数据库的投影方式采用高斯-克吕格投影,转换为带有经纬度的大地坐标系,以便后续进行图件拼接。在进行投影转换时,对1:10 000 土地利用现状图件数据,投影按 3 度分带。

(5)空间数据库与属性数据库的链接。ArcGIS 系统采用不同的数据模型分别对属性数据和空间数据进行存储管理,属性数据采用关系模型,空间数据采用矢量或栅格模型。两种数据的链接非常重要。在空间数据库中,每一个图形单元由一个标识码来唯一确定。图形单元标识码是要素属性表中的一个关键字段,同时一个图形单元的地理要素的属性描述中有一个唯一关键字段,空间数据与属性数据以此字段形成关联,完成空间数据库与属性数据库的链接。这种关联使 ArcGIS 将两种数据模型联成一体,可以方便地使用空间数据检索属性数据或者从属性数据检索空间数据。

对属性数据与空间数据的链接采用的方法:在图件矢量化过程中,标记多边形标识点,建立多边形编码表,并运用 ArcGIS 将 Access 建立的属性数据自动链接到图形单元中,这种方法可由多人同时进行,速度快。

《市域耕地资源管理信息系统》采用的数据格式是 ESRI 公司的 Shapefile 文件格式,这就需要将 ArcGIS 的 Coverage 数据转换成 Shapefile 数据,从而建立《市域耕地资源管理信息系统》空间数据库与属性数据库的链接。

三、评价过程

(一)评价单元的划分

评价单元是由对耕地质量具有关键影响的各土地要素组成的空间实体,是耕地地力评价的对象和基本单位。同一评价单元内的耕地自然条件、土壤属性、土地利用方式和管理水平基本一致,不同土地评价单元之间则存在差异。耕地地力评价就是要通过对每个评价单元的评价,确定其耕地地力级别,并将实地评价结果编绘到区域耕地地力等级图上。因此,耕地地力评价单元划分得合理与否,直接关系到耕地地力评价结果的合理性和科学性。

目前,对耕地地力评价单元的划分尚无统一的方法,有以土壤类型、土地利用类型、行政区划单位、方里网等为依据的多种方法。蚌埠市耕地地力评价土地评价单元的划分采用的是按照国家规程规定,利用土壤图、土地利用现状图和蚌埠市行政区域图叠置划分法,在指定的行政区域内相同土种单元和相同土地利用方式地块组成一个评价单元,即“土地利用现状类型 - 土壤类型”的方式。用这种方法划分评价单元,反映了不同土地利用方式下不同土壤地力的空间差异性,使评价结果更具综合性、客观性,可以较容易地将评价结果落实到实地。据此,将蚌埠市的耕地地力划分为 3 330 个单元。

(二)评价单元提取

影响耕地地力评价的因子非常多,有定性因子、定量因子,并且它们信息表达的类型、方式和在计算机中存储的格式也不相同。因此,如何准确地获取各评价单元评价信息，是评价中的重要环节。为了采用定量化的评价方法和自动化的评价手段，减少人为因素的影响，需要对其中的定性因素进行定量化处理，定性因子采取归一化处理，使定性数据转换为定量数据，根据因素的级别状况赋予其相应的分值或数值。

1. 定量因子的数据处理

对于各类定量数据（如养分等）按调查点分析获取的数据进行空间插值处理，得到各因子空间分布的专题图。土壤有机质、pH、有效磷、速效钾、有效锌等数据，首先按照野外实际调查点进行整理，建立属性数据库，以采样统一编号为公共识别符，建立空间数据与属性数据的关联。通过数据转换，将数据库中记录的内容转化成图形点文件，在此基础上对各定量因子进行空间插值处理。

图 2－2－2 为蚌埠市土壤全氮插值图。插值图是通过 ArcGIS 的插值得到，并自动对含量分类，value 字段为自动分类的等级。再根据当地情况可对全氮的含量进行重分类，根据此方法可以生成其他各种图件。

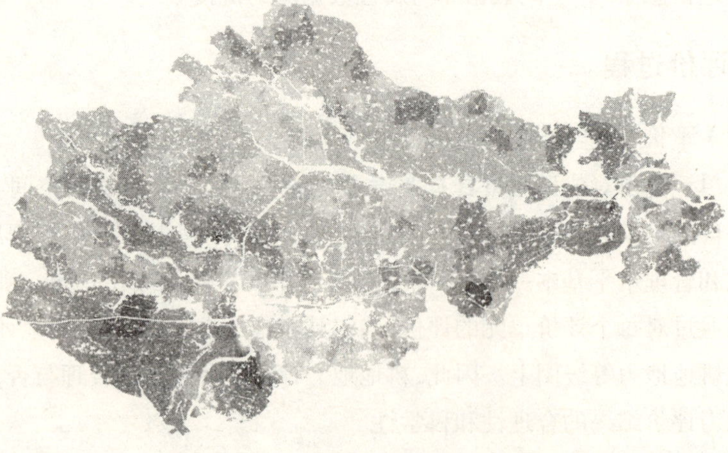

图 2－2－2　蚌埠市土壤全氮插值图

应用 ArcGIS 建立空间信息和属性数据的链接，在生成的评价单元图上与各专题图件叠加采集各参评因素的信息，计算出各因子的数值，将运算结果导入《市域耕地资源管理信息系统》中，直接对叠加后形成的图形的属性库进行“属性提取”操作，以评价单元为基本统计单位，按面积加权平均汇总评价单元立地条件评价因子的分值。由此，得到图形与属性相连的、以评价单元为基本单位的评价信息，为后续耕地地力的评价奠定了基础。

2. 定性因子的量化处理

（1）土壤表层质地：考虑不同质地类型的土壤肥力特征以及与植物生长发育的关系，赋予不同质地类别以相应的分值。见表 2－2－1。

表 2-2-1　土壤表层质地的量化处理

[隶属度]	[描述]
0.1	质地 ＝'石质'
0.4	质地 ＝'砂壤'
0.6	质地 ＝'轻壤'
0.8	质地 ＝'轻黏'
0.9	质地 ＝'中壤'
1	质地 ＝'重壤'

(2)地形部位:根据不同的地形对耕地地力及作物的影响,赋予其相应的分值。见表 2-2-2。

表 2-2-2　地形部位的量化处理

[隶属度]	[描述]
0.4	地形部位 ＝'冲积扇、盆地'
0.5	地形部位 ＝'岗地' or 地形部位 ＝'坡地'
0.6	地形部位 ＝'低岗坡地' or 地形部位 ＝'低坡'
0.7	地形部位 ＝'洼地'
0.9	地形部位 ＝'缓坡平地'
1	地形部位 ＝'平地'

(3)成土母质:考虑到蚌埠市土壤形成过程中,母质因素占有很大比例,将各母质赋予不同的分值。见表 2-2-3。

表 2-2-3　成土母质的量化处理

[隶属度]	[描述]
0.5	成土母质 ＝'坡积物' or 成土母质 ＝'残积、坡积物'
0.7	成土母质 ＝'第四系黄土'
0.9	成土母质 ＝'冲积物'
1	成土母质 ＝'沉积物'

(4)排灌条件:综合考虑农业的影响因素,发现不同的灌溉和排涝能力对蚌埠市的耕地地力有很大的影响,故将排灌条件量化处理。见表 2-2-4。

表2-2-4　排灌条件的量化处理

灌溉保证率

[隶属度]	[描述]
0.4	灌溉保证率 = '无保障'
0.7	灌溉保证率 = '基本满足'
0.9	灌溉保证率 = '较好满足'
1	灌溉保证率 = '完全满足'

排涝能力

[隶属度]	[描述]
0.3	排涝能力 = '弱'
0.5	排涝能力 = '较弱'
0.7	排涝能力 = '中等'
0.9	排涝能力 = '较强'
1	排涝能力 = '强'

(5)剖面构型:综合考虑土壤的影响因素,发现不同的剖面构型对本市的耕地地力有很大影响,故将剖面构型量化处理。见表2-2-5。

表2-2-5　剖面构型

[隶属度]	[描述]
0.4	剖面构型 = 'A-C'
0.5	剖面构型 = 'A-(B)-C'
0.6	剖面构型 = 'A-BC-C'
0.7	剖面构型 = 'A-B-C'
0.8	剖面构型 = 'A-P-C' or 剖面构型 = 'A-P-C、A-AP-C'
0.9	剖面构型 = 'Ae-P-B、Ae-Pe-B'
1	剖面构型 = 'A-P-W-C、A-P-W-B-C'

四、参评因素的选取及其权重确定

正确地进行参评因素的选取并确定其权重,是科学评价耕地地力的前提,直接关系到评价结果的合理性和科学性。

(一)参评因素的选取

参评因素是指参与耕地地力评价的各个因子。影响耕地地力差异的因素很多,在本次蚌埠市耕地地力评价中,根据区域特点,遵循主导因素、差异性、科学性等原则,采用定量和定性方法结合,进行了参评因素的选取。

1. 系统聚类方法

系统聚类方法用于筛选影响耕地地力的理化性质等定量指标,通过聚类将类似的指标进行归并,辅助选取相对独立的主导因子。

2. Delphi 法

用 Delphi 法进行影响耕地地力的立地条件、物理性状等定性指标的筛选。我们确定了由土壤肥料、农业、水利等方面专家及土肥站业务人员组成的专家组,首先对指标进行分类，在此基础上进行指标的筛选。评价指标体系经反复研讨，经过多轮打分，最终确定选择方案。

综合以上两种方法，在定量因素中根据各因素对耕地地力影响的稳定性，以及营养元素的敏感性和必要性，专家组最后确定地形部位、成土母质、剖面构型、耕层厚度、质地、有机质、有效锌、有效磷、速效钾、水溶态硼、灌溉保证率、排涝能力等12项因素作为耕地地力评价的参评指标。见表2-2-6。

表2-2-6　蚌埠市耕地地力评价指标

目标层(A)	准则层(B)	指标层(C)
蚌埠市耕地地力评价指标	立地条件	1. 地形部位
		2. 成土母质
	理化性状	3. 质地
		4. 有机质
	剖面性状	5. 剖面构型
		6. 耕层厚度
	养分状况	7. 有效锌
		8. 有效磷
		9. 速效钾
		10. 水溶态硼
	土壤管理	11. 灌溉保证率
		12. 排涝能力

(二)权重的确定

在耕地地力评价中，需要根据各参评因素对耕地地力的贡献确定权重。确定权重的方法很多，本次评价中采用层次分析法(Analytic Hierarchy Process，简称AHP)来确定各参评因素的权重。

层次分析法是一种解决多目标复杂问题的定性与定量相结合的决策分析方法。该方法将定量分析与定性分析结合起来，用决策者的经验判断各衡量目标能否实现标准之间的相对重要程度，并合理地给出每个决策方案的每个标准的权数，利用权数求出各方案的优劣次序。这种方法用以检验决策者判断的一致性，有利于实现定性因子定量化。AHP法确定参评因素的步骤如下：

1. 建立层次结构

根据表2-2-6可确定蚌埠市耕地地力评价指标为目标层(A层)，影响耕地地力的立地条件、剖面性状、理化性状、养分状况、土壤管理为准则层(B层)，再将影响准则层(B层)中各因素的项目作为指标层(C层)。

2. 构造判断矩阵

根据专家判断,确定B层对C层以及A层对C层的相对重要程度,共构成$\boldsymbol{A}$、$\boldsymbol{C}_1$、$\boldsymbol{C}_2$、$\boldsymbol{C}_3$等判断矩阵。

3. 层次单排序及一致性检验

即求取A层对C层的权数值,可归纳为计算判断矩阵的最大特征根对应的特征矢量,利用《市域耕地资源管理信息系统》,得到各权数值及一致性检验的结果。

4. 层次总排序及一致性检验

经层次总排序,并进行一致性检验,具有满意的一致性,最后计算C层对A层的组合权数值,得到各因子的权重。

第三节　耕地地力评价的结果

一、耕地地力等级的确定

耕地是复杂的生态系统,系统内部各要素之间相互作用,对耕地的生产能力作用关系十分复杂。因此,我们在评价中引入了模糊数学方法,采用模糊评价方法来确定耕地地力等级。

(一)参评因素隶属函数的建立

用Delphi法,根据一组分布均匀的实测值,评估出对应的一组隶属度,然后在计算机中绘制这两组数值的散点图,再根据散点图进行曲线模拟,寻求参评因素实际值与隶属度关系方程,从而建立起隶属函数。

通过模拟得到概念型、戒上型两类隶属函数:其中耕层质地、地形部位、成土母质、剖面构型、灌溉保证率、排涝能力等属于概念型;耕层厚度、水溶态硼、有机质、速效钾、有效磷、有效锌等属于戒上型。

各参评因素类型及其隶属函数,如表2-3-1所示。

表2-3-1　参评因素类型及其隶属函数、隶属度(皖北平原)

[函数类型]	[项目]	[a值]	[b值]	[c值]	[u_t值]
戒上型	耕层厚度	0.021	0	20	$u_t=5$
戒上型	水溶态硼	1.994 169	0	1.1	$u_t=0.15$
戒上型	速效钾	0.000 431	0	150	$u_t=30$
戒上型	有机质	0.079 623	0	20	$u_t=2$
戒上型	有效磷	0.009 791	0	24	$u_t=2$
戒上型	有效锌	3.118 708	0	1.6	$u_t=0.01$

(二)计算耕地地力综合指数

用指数和法来确定耕地的综合指数,公式为:

$$IFI = \sum F_i \times C_i$$

式中:IFI(Integrated Fertility Index)代表耕地地力综合指数;F_i 为第 i 个因素评语;C_i 为第 i 个因素的组合权重。

具体操作过程:在《市域耕地资源管理信息系统》"专题评价"模块中编辑立地条件、剖面性状、理化性状、养分状况和土壤管理的层次分析模型,以及各评价因子的隶属函数模型,然后选择"耕地生产潜力评价"功能进行耕地地力综合指数的计算。获得的评价组合权重,见表2-3-2。

层次分析报告

模型名称:蚌埠市耕地地力评价模型

计算时间:2012-12-18 14:55:05

构造层次模型

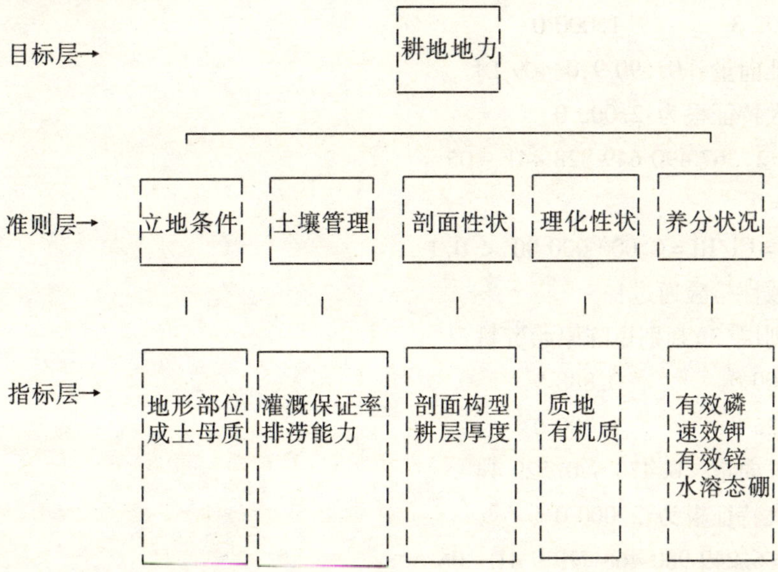

目标层判别矩阵原始资料:

1.000 0	0.909 1	1.176 5	0.869 6	1.111 1
1.100 0	1.000 0	1.294 2	0.956 5	1.222 2
0.850 0	0.772 7	1.000 0	0.739 1	0.944 4
1.150 0	1.045 5	1.352 9	1.000 0	1.277 8
0.900 0	0.818 2	1.058 8	0.782 6	1.0000

特征向量:[0.200 0,0.220 0,0.170 0,0.230 0,0.180 0]

最大特征根为:5.000 0

CI = -8.239 634 112 783 28E-07

RI = 1.12

CR = CI/RI = 0.000 000 74 < 0.1

一致性检验通过!

准则层(1)判别矩阵原始资料:

1.000 0	1.000 0
1.000 0	1.000 0

特征向量:[0.500 0,0.500 0]

最大特征根为:2.000 0

CI = 0

RI = 0

CR = CI/RI = 0.000 000 00 < 0.1

一致性检验通过!

准则层(2)判别矩阵原始资料:

1.000 0	1.444 5
0.692 3	1.000 0

特征向量:[0.590 9,0.409 1]

最大特征根为:2.000 0

CI = 1.367 490 649 828 44E - 05

RI = 0

CR = CI/RI = 0.000 000 00 < 0.1

一致性检验通过!

准则层(3)判别矩阵原始资料:

1.000 0	0.888 9
1.125 0	1.000 0

特征向量:[0.470 6,0.529 4]

最大特征根为:2.000 0

CI = 6.249 980 468 719 9 4E - 06

RI = 0

CR = CI/RI = 0.000 000 00 < 0.1

一致性检验通过!

准则层(4)判别矩阵原始资料:

1.000 0	1.300 1
0.769 2	1.000 0

特征向量:[0.565 2,0.434 8]

最大特征根为:2.000 0

CI = 1.845 982 961 734 55E - 05

RI = 0

CR = CI/RI = 0.000 000 00 < 0.1

一致性检验通过!

准则层(5)判别矩阵原始资料:

1.000 0	1.000 0	1.250 0	1.250 0
1.000 0	1.000 0	1.250 0	1.250 0
0.800 0	0.800 0	1.000 0	1.000 0
0.800 0	0.800 0	1.000 0	1.000 0

特征向量:[0.277 8,0.277 8,0.222 2,0.222 2]

最大特征根为:4.000 0

CI = 0

RI = .9

CR = CI/RI = 0.000 000 00 < 0.1

一致性检验通过!

层次总排序一致性检验:

CI = 8.316 746 863 258 62E - 06

RI = .161 999 575 206 12

CR = CI/RI = 0.000 051 34 < 0.1

总排序一致性检验通过!

表 2-3-2　层次分析结果表

层次 A	层次 C 立地条件 0.200 0	 土壤管理 0.220 0	 剖面性状 0.170 0	 理化性状 0.230 0	 养分状况 0.180 0	 组合权重 $\sum C_iA_i$
地形部位	0.500 0					0.100 0
成土母质	0.500 0					0.100 0
灌溉保证率		0.590 9				0.130 0
排涝能力		0.409 1				0.090 0
剖面构型			0.470 6			0.080 0
耕层厚度			0.529 4			0.090 0
质　地				0.565 2		0.130 0
有机质				0.434 8		0.100 0
有效磷					0.277 8	0.050 0
速效钾					0.277 8	0.050 0
有效锌					0.222 2	0.040 0
水溶态硼					0.222 2	0.040 0

本报告由《市域耕地资源管理信息系统 V3.2》分析提供。

(三)确定耕地地力等级数量

计算耕地地力综合指数之后,在耕地资源管理系统中我们选择累计曲线法进行评价,结合实地耕地地力等级评价校验,将蚌埠市耕地地力划分为六个等级。各耕地地力等级综合指数见表2-3-3。

表2-3-3　蚌埠市耕地地力等级综合指数

耕地地力等级	一级	二级	三级	四级	五级	六级
IFI	>0.796 7	0.756 7~0.796 7	0.716 7~0.756 7	0.676 7~0.716 7	0.636 7~0.676 7	<0.636 7

二、成果图编制及面积量算

(一)图件的编制

1.工作底图的编制

土壤图:利用第二次土壤普查所形成的土壤图进行数字化,一方面使纸质图件转换成电子图件,更有利于保存与应用;另一方面,土壤图中的属性能及时更新。

应用最新耕地利用现状信息进行提取,遥感影像校验变更。利用ArcGIS将土壤图与土地利用现状图进行切割,形成需要进行评价的耕地地力评价单元图斑。

2.耕地地力评价图的编制

以耕地地力评价单元为基础,根据各单元的耕地地力评价等级结果,对相同等级的相邻评价单元进行归并处理,得到各耕地地力等级图斑。用两种方式表示图面耕地地力等级:首先是颜色表示,即赋予不同耕地地力等级以相应的颜色,我们以绿色表示高等级地力,依次由绿色→黄色→红色向低等级地力过渡。其次是代号,用罗马数字Ⅰ、Ⅱ、Ⅲ、Ⅳ、Ⅴ、Ⅵ表示不同的耕地地力等级,对图件加以必要的地理要素整饰,编制出1:50 000耕地地力评价图。

3.专题图的编制

根据国家规程和地方需要,对于有机质、速效钾、有效磷、有效锌等其他专题要素地图,则按照各要素的分级分别赋予相应的颜色,标注相应的代号,生成专题图层,并加以地理要素整饰生成各专题图件。

项目共形成蚌埠市耕地地力等级分布图、水稻适宜性等级分布图、小麦适宜性等级分布图、萝卜适宜性等级分布图、中低产田分布图、采样点位图、蚌埠市土壤图、蚌埠市水稻施肥分区图(550 kg产量)、蚌埠市小麦施肥分区图(550 kg产量)、土壤养分丰缺等级分布图,以及pH、有机质、全氮、有效铁、有效锰、有效铜、水溶态硼、有效磷、有效锌、速效钾养分含量分布图等20幅图件。

(二)面积量算

本市耕地面积 3.72×10^5 hm^2,各地类面积的量算可通过系统操作直接完成。耕地地力等级面积的量算,可在《市域耕地资源管理信息系统》的支持下,对图件属性库进行操作,检索相同等级的面积,然后汇总得到各类耕地地力等级的面积,根据蚌埠市图幅理论面积进行平差,得到准确的面积数值。对于不同行政区划单位内部、不同的耕地利用类型等的耕地地力等级面积的统计,则通过耕地地力评价图与相应的专题图进行叠加分析,由其相应属性库统计获得。

三、成果校验

将评价结果与实际情况进行对比和检验,如果能够反映区域实际情况,说明评价过程合理、科学;如果和实际情况不符或差异较大,则说明评价过程有差错,需要重新进行检查。耕地地力评价涉及相互关联的因素、因子众多,在评价时,有定量的,也有定性的,且概念型因素的描述一般是通过专家的经验或应用某种方法转换为定量的描述;在确定每个要素对耕地地力的贡献时,也依赖于专家的经验。由于专家认识程度的分歧以及数学方法的局限,第一轮评价结果与耕地的实际生产能力经常会发生一定的偏差。第一轮评价工作完成后,应邀请参与制定隶属函数和层次分析判断矩阵的专家依据概念型产量对评价结果进行评估。如两者相差太大,则必须重新拟合隶属函数和评估各个要素对耕地地力的权重。如此经过若干个回合,直至绝大多数专家对评价结果满意为止。蚌埠市经过四轮实际校验,专家们认可评价结果。同时,在自然要素评价的每一个地力等级内随机选取10% ~ 15%的管理单元。蚌埠市选取了13%的管理单元共435个,调查近三年实际的年平均产量,与耕地地力综合指数进行相关分析,建立起综合地力指数与粮食产量的回归方程,获得相关系数 R^2 为0.160 4,相关系数 R 为 $0.400\,5>t_{0.01}=0.148$,达到显著水平。

1997年,农业部颁布了《全国耕地类型区、耕地地力等级划分》标准。该标准根据粮食单产水平将全国耕地地力划分为十个等级。年单产大于900 kg/亩(SI单位为平方米,1亩=666.67 m^2,另一国家法定单位为公顷,1 hm^2 =15亩)为一等地;小于100 kg/亩为十等地,每100 kg为一个等级。蚌埠市将全市耕地分为六个等级,将评价结果归入全国耕地地力等级体系,蚌埠市耕地地力等级划分与全国耕地类型区耕地地力等级划分相吻合。

第三章　测土配方样品采集与土壤分析

第一节　样品采集与分析

一、调查方法

（一）布点和采样原则、技术支持

根据《测土配方施肥技术规范（试行）修订稿》以及蚌埠市的实际情况，耕地地力评价调查样点的布设采取如下原则：

（1）代表性原则。本次调查的特点是在第二次土壤普查的基础上，结合不同土壤类型、不同土地利用方式以及土壤肥力和生产力的变化状况，要求采样点有代表性且分布均匀。因此，调查布点必须覆盖全市耕地的土壤类型以及土地利用类型。

（2）典型性原则。调查采样的典型性是正确分析判断耕地地力和土壤肥力变化的保证。样品的采集和调查必须能够正确反映样点的土壤肥力变化和土地利用方式的变化。因此，采样点必须布设在利用方式相对稳定、没有特殊干扰的地块，避免各种非调查因素的影响。

（3）科学性原则。耕地地力的变化是有规律的，是土壤发生演变的综合反映。因此，调查和采样点必须按照土壤分布规律布设。

（4）比较性原则。为了能够反映第二次土壤普查以来的耕地地力和土壤质量的变化，尽可能在第二次土壤普查的取样点上布设。

在上述原则的基础上，调查之前充分分析了蚌埠市的土壤分布状况，收集并认真研究了第二次土壤普查的成果，以及相关的试验研究和定点监测资料。在省土肥站的指导下，通过野外勘察和室内图件分析，确定了调查和采样点，保证高质量地完成本次调查和评价工作。

（二）布点方法

按照《测土配方施肥技术规范（试行）修订稿》的要求，按每个点代表面积100～200亩的要求进行采样点控制，平原区每100～500亩采一个混合样，丘陵、山区每30～80亩采一个混合样，根据蚌埠市耕地总面积、地形地貌、土壤种类、土地利用方式和行政界线，形成耕地地力评价的评价单元（图斑）。以此为基础，在满足本次调查的基本要求和调查精度基础上，根据图斑形状、种植制度、种植作物种类、产量水平等因素的不同，同时考虑单元内部和区域内样点分布的均匀性，规划确定调查采样点位，并落实到单元图上，标注采样编号，确定其地理坐标。点位要尽可能与第二次土壤普查的采样点相一致。据此确定耕地地力评价样点3 642个，占测土配方采样点的9.5%左右。

（三）采样方法

1. 土样采样方法

采样时间：在作物收获后或播种施肥前采集。

野外采样田块确定：根据点位图，到点位现场向村民了解本村的农业生产情况，确定具有代表性的田块，依据田块的准确方位修正点位图上的点位位置，并用GPS定位仪进行采样定位。

调查、取样：向已确定采样田块的户主，按调查表格的内容逐项调查填写。在该田块中按0～20 cm土层采样，根据实际情况，蚌埠市规定采用“S”法、“对角线”法、“棋盘式”法等采样方式，均匀随机采取7～15个采样点，充分混合后，用四分法留取1 kg。采样工具用木铲、竹铲、塑料铲、不锈钢土钻等。一个土样袋填写两张标签，内外各一张。标签按照规定填写的内容为：样品野外编号（要与大田采样点基本情况调查表和农户调查表相一致）、采样深度、采样地点、采样时间、采样人等。

2. 植株采样方法

由于粮食作物生长的不均一性，一般采用多点取样，避开田边2 m，按梅花形或“S”形采样。在采样区内采取10个样点的样品组成一个混合样。采集样品重约2 kg，用塑料纸包扎好。

二、调查内容

本次调查的重点是耕地。按照《测土配方施肥技术规范（试行）修订稿》的要求，此次调查内容主要是农田采样点的自然条件与农业生产情况调查，包括地形地貌、成土母质、水文气象、土壤性状、农田设施、生产性能与管理、施肥水平、投入产出等情况。调查情况分别填入"采样地块基本情况调查表""农户施肥情况调查表"。

（一）立地条件

采样地点和地块：地址名称采用民政部门认可的正式名称，地块采用当地的通俗名称。

经纬度由GPS定位仪测定，经纬度单位统一为"°、′、″"。海拔统一为米。

土壤名称：依据全国第二次土壤普查时的连续命名法并结合安徽省土壤分类编码表、土种对照表填写。

地形地貌：蚌埠市按形态特征划分为河谷平原、丘陵、低山和中山等。

坡度：一般分为≤2°、2°～6°、6°～15°、15°～25°、>25°五个坡度级（上含下不含）。坡度≤2°的视为平地，其他坡度级分为梯田和坡地两种类型。

坡向：分为平地、正南、东南、东、西南、东北、西、西北、北。

（二）土壤性状调查

土壤质地：指表层质地，按第二次土壤普查规程填写，分为重壤、中壤、轻壤、沙壤、重黏、中黏、轻黏、黏土、紧砂等9级。

耕层厚度：按实际测量确定，单位为厘米。

障碍层次及出现深度：主要指砂、黏、砾、卵石、砂姜、石灰结核等所发生的层位，应描述出障碍层次的种类及其深度。

障碍层厚度：实测，查对土壤普查资料，或访问当地群众。

蚌埠市成土母质分为：长江冲积物，第四纪红土坡、残积物，湖相沉积物，江河冲积物，近代长江冲积物和山河冲积物，碳酸盐岩类坡、残积物，下蜀系黄土坡、洪积物，紫红色砂砾岩类坡、残积物。

（三）农田设施调查

地面平整度：按大范围地形坡度确定。

灌溉水源类型：分为河流、地下水（深层、浅层）、污水等。

输水方式：分为漫灌、畦灌、沟灌、喷灌等。

灌溉次数：指当年累计的次数。

年灌水量：指当年累计的水量。

灌溉模数：按实际情况填写。

排涝模数：按实际情况填写。

（四）生产性能与管理调查

家庭人口：以调查户户籍登记为准。

耕地面积：指调查当年该户种植的所有耕地（包括承包地）。

种植制度：分为一年一熟、一年二熟、一年三熟、两年三熟、两年五熟等。

作物种类与产量：指调查地块上年度主要种植作物及其平均产量。

施肥情况：肥料分为有机肥、氮肥、磷肥、钾肥、复合肥、微肥、叶面肥、微生物肥及其他肥料，注明产品外包装所标示的产品名称、主要成分及生产企业。

生产成本：包括化肥、有机肥、农药、农膜、种子（种苗）、机械、人工及其他。

产品销售及收入情况：大田采样点要调查上年度该农户所种植的各种农作物的总产量，每一种农作物的市场价格、销售量、销售收入等。

三、调查步骤

（一）确定调查单元

按照规程要求，蚌埠市耕地调查的每个单元代表面积 100～300 亩；根据全国测土配方施肥补贴项目的要求，蚌埠市 2005—2011 年共采集土样 41 690 个。

（二）用 GPS 确定采样点的地理坐标

在选定的调查单元，选择有代表性的地块，用 GPS 确定该采样点的经纬度。

（三）调查数据的整理

由野外调查所产生的一级数据（基本调查表），经当地农技人员和土肥站技术人员审核后，由专业人员按《市域耕地资源管理信息系统》数据库建库要求进行编码、整理、录入。

四、样品分析

（一）土壤样品

pH 的测定：采用电位法；

有机质的测定：采用油浴加热重铬酸钾氧化——容量法；

有效磷的测定：采用碳酸氢钠提取——钼锑抗比色法；

速效钾的测定：采用乙酸铵提取——火焰光度法；

全氮的测定：采用凯氏蒸馏法；

土壤有效铜、锌、铁、锰的测定：采用 DTPA 提取——原子吸收光谱法；

土壤中有效硫的测定：采用磷酸盐－乙酸提取——硫酸钡比浊法。

（二）植株样品

全氮的测定：采用 $H_2SO_4-H_2O_2$ 消煮法；

全磷的测定：采用钼锑抗吸光光度法；

全钾的测定：采用火焰光度法。

第二节　分析测试质量控制

一、实验室内质量控制

针对误差来源的5个因素及实验室质量目标，实验室内质量控制基本措施考虑以下几点：

（一）检测前

（1）按项目要求制订周密的抽样方案，确定样品的唯一性和代表性，尽量减少采样误差。

（2）对化验人员进行测量方法、规范操作等内容的培训，并进行质量考核，掌握检验人员业务水平等；管理人员应加强监督。

（3）制订样品的管理和质量控制程序，确保样品的真实性。

（4）检测环境确认，排除温度、湿度干扰。

（5）有多种方法可检测时，确定最合理的检测方法。

（6）检测待用仪器设备的功能和准确度是否符合检测要求。

（二）检测中

（1）使用前后对仪器设备进行检查维修和调整。

（2）严格执行标准或规程，确保检测结果的准确性。

（3）坚持平行试验，必要的重做显性试验，控制精密度，减少随机误差。在分析过程中，随机误差可通过增加测定次数提高平均值的精密度。

每批样品、每个项目开始分析时均须做100%平行样品，结果稳定后，平行次数可减少50%，一般须做10%～15%平行样品。可自行编入明码做平行测定，或由质控员编入密码试验样进行质量控制。

平行双样测定结果的误差在允许的范围之内为合格；平行双样测定全部不合格者，该批样品须重新测定；平行双样测定合格率小于95%时，除对不合格样品重新测定外，再增加 10% ~20% 的平行测定率，直至总合格率达 95% 。

(4)坚持带质控样进行测定。参比样或加标试验等能判断是否存在系统误差，根据所得结果进行统计检验来加以判别。

①与标准试样对照。例行分析中，每批要带标准样品或参比样，在测定的精密度合格的前提下，标准试样测定值又须落在标准保证值(在 95% 的置信水平)范围内，否则本批结果无效，需重新分析测定。

②标准加入法。当选择的项目无标准物质或质控样时，可用加标回收试验来测定准确度。加标率：在每批试样中，随机抽取 10% ~20% 试样进行加标回收测定；样品数不足 10 个时，适当提高加标率。每批同类型试样中，加标试样不应小于 1 个。加标量：被测组的总量不得超出方法的测定上限；加标浓度宜高，体积应小；不应超过原定试样体积的 1% 。

合格要求：加标回收率在 96% ~106% 范围内。

回收率(%) = (测得总量 - 样品含量) ×100%/标准加入量

根据回收率大小，可判断是否存在系统误差。

(5) 注重空白试验。全程空白值是指用某一方法测定某物质时，除样品中不含该物质外，整个分析过程中引起的信号值或相应浓度值。它包含了试剂、蒸馏水中杂质带来的干扰。从待测试样的测定值中扣除，可消除上述因素带来的系统误差。如果空白值过高，则要找出原因，采取其他措施(如提纯试剂、更新试剂、更换容器等)加以消除。每次做两个平行样，连测 5 d 共得 10 个测定结果，计算批内标准偏差 S_{wb}：

$$S_{wb} = \{ \sum (x_i - \bar{x})^2 / m(n-1) \}^{1/2}$$

式中：n 为每天测定平均样个数；m 为测定天数。

(6)作好标准曲线。标准系列应设置 6 个以上浓度点。根据浓度和吸光值按一元线性回归 $y = a + bx$ 计算其相关系数。

标准曲线控制：①每批样品皆需作标准曲线；②标准曲线力求 $r \geq 0.999$，且有良好重现性；③大批量分析时每测 10 ~20 个样品要用一标准液校验，检查仪器状况；④待测液浓度超标时不能任意检测。

(7) 用标准物质校核实验室的标准滴定溶液。标准物质的作用是校准，对测量过程中使用的基准纯、优级纯的试剂进行校验。校准合格才准用，确保测量值准确。

(8) 详细、如实记录检测过程，使检测条件可再现、检测数据可追溯，对测量过程中出现的异常情况也应进行记录，以利查找原因。

(9) 认真填写检测原始记录,检测记录应做到:如实、准确、完整、清晰。记录的填写、更改应制订相应程序。检测时应由一人读数一人记录,记录人员要复读所记的数字,以免发生误差。

(三)检测后

(1) 加强原始记录校核、审核,对发现的问题及时研究、解决,或召开质量分析会,达成共识。

(2)运用质量控制图预防质量事故发生。对控制样品多次重复测定,由所得结果计算出控制样的平均值 $\bar{x}$ 及标准差 S(或极差 R),就可绘制均值 - 标准差控制图(或均值 - 极差控制图),纵坐标为测定值,横坐标为获得数据的顺序。将均值 $\bar{x}$ 做成与横坐标平行的中心线 CL,$\bar{x} \pm 3S$ 为上下警戒限 U_{CL} 及 L_{CL},$\bar{x} \pm 2S$ 为上下控制限 U_{WL} 及 L_{WL}。在进行试样列行分析时,每批带入控制样,根据判异准则进行判断,如果在控制限之外,该批结果全部为错误结果,则必须查出原因,采取措施,加以消除,等"回控"后再重复测定,并控制不再出现;如果控制样的结果落在控制限和警戒限之间,说明精密度已不理想,应引起注意。

对运用均值 - 极差控制图的判断,则参照《质量专业理论与实名》中的判断准则。

(3)控制检出限。检出限是指对某一特定的分析方法在给定的置信水平内可以从样品中检测待测物质的最小浓度或最小量。根据空白测定的批内标准偏差(S_{wb})按下列公式计算检出限(95% 的置信水平)。

①若试样一次测定值与零浓度试样一次测定值有显著性差异时,检出限按下式计算:

$$L = 2\sqrt{2}t_f S_{wb}$$

式中:L 为方法检出限;

t_f 为显著水平为 0.05(单侧)、自由度为 f 的 t 值;

S_{wb} 为批内空白值标准偏差;

f 为批内自由度,$f = m(n-1)$,m 为重复测定次数,n 为平行测定次数。

②原子吸收分析方法中用下式计算检出限:

$$L = 3S_{wb}$$

③分光光度法以扣除空白值后的吸光值为 0.010 相对应的浓度值为检出限。

(4) 异常情况的处理。

①异常值的取舍。对检测数据中的异常值,按 GB4883 标准规定采用 Grubbs 法或 Dixon 法加以判断处理。

②如外界干扰(如停电、停水),检测人员应终止检测,待排除干扰后重新检测,并记录干扰情况。当仪器出现故障时,故障排除后校准合格的,方可重新检测。

(5) 使用计算机采集、处理、运算、记录、报告、存储检测数据时，应制订相应的控制程序。

(6) 检验报告的编制、审核、签发。检验报告是实验工作的最终结果，是实验室的产品，因此对检验报告质量要高度重视。检验报告应做到完整、准确、清晰、结论正确。必须坚持三级审核制度，明确制表、审核、签发的职责。

二、实验室间质量控制

为提高实验室之间分析结果的可比性，可采用发放标准物质对实验室进行质量监督和控制。

由参加测试的实验室对组织单位发放的试样进行分析测定，通过数据汇总、方差分析，对实验室水平进行评估。

(1)发放标准物质，便于实验室对仪器、基准物质及方法进行核实、修正，消除系统误差。

(2)发放考核样品，了解分析质量。

(3)上级主管部门对实验室进行质量验收，提高实验室检测水平。

第四章　耕地地力等级划分及管理对策

第一节　耕地土壤类型

一、土壤分类

(一)土壤分类的原则和依据

土壤是历史的自然体,是在各种自然条件和社会生产活动综合作用下形成的。土壤分类的任务是把自然界存在的各种土壤用科学方法进行系统的整理归纳,使每种土壤在土壤分类系统中占据一定的位置,并能体现各级分类单元在发生学上的相互联系。

土壤分类系统采用四级制,即土类、亚类、土属及土种。土类及亚类代表高级分类单元,主要反映土壤形成过程的主导方向和发育分度。土属及土种是基层(低级)分类单元,主要反映土壤形成过程中土壤属性和发育程度在量上的差异。各级分类单元划分的原则和依据如下:

1.土　类

土类是土壤分类的基本单元,它是在一定的生物气候、水文地质、耕作制度等自然和社会生产条件下形成的,具有独特的形成过程,并产生与之相应的剖面形态和属性(理化、生物特性)。土类与土类之间具有质的差别。例如,蚌埠市的黄棕壤是在南暖温带和北亚热带过渡地区的生物气候条件下,经旱耕熟化作用形成的,而水稻土是长期经水耕熟化作用形成的,两者的形成过程及属性有本质的不同。

2.亚　类

亚类是在土类范围内土类之间的过渡类型,即在主导土壤形成过程之外,同时附加次要的新的成土过程形成亚类。土壤亚类的发生特征和改良利用方向比土类更为一致。例如,蚌埠市黄棕壤中的黄棕壤性土与普通黄棕壤就是黄棕壤发育不同分段的两个亚类。

3. 土　属

土属是在发生学上相互联系，具有承上（亚类）启下（土种）意义的分类单元。主要根据母质类型、性质（质地、石灰性）以及水文地质等区域性因素划分。土属划分依据：

（1）成土母质类型。

①残、坡积物：按岩性及风化物的属性划分土属。

②洪积物：山前洪积物的属性和附近坡积物相近，可并入坡积物；如洪积物面积较大，来自多种母岩风化物，即按其主要属性归并于残、坡积物岩性类似的土属。

③冲积物：按冲积物的石灰性、质地、盐分组成等划分土属。但冲积物母质发育的水稻土例外，只按石灰性有无划分土属，不考虑质地指标。

④湖积物：按净水沉积母质有无埋藏层（其母质作用的）划分土属。

⑤下蜀系黄土：按耕种熟化和上部土体属性划分为黏盘黄棕壤、黄马肝土（质地重壤以上）和黄白土（分布于缓坡地段，表层有轻度水漂，质地重壤）3 个土属。

（2）异源母质。两种以上母质在剖面上下排列，按上层覆盖厚度 25 ~ 50 cm 的主要母质类型确定土属。如上层覆盖厚度小于 25 cm，按下层母质类型确定土属。河、湖交替沉积物（河流汇集处）也应根据 25 ~ 30 cm 交替沉积物的属性（如石灰性、质地等）确定土属，如与河流冲积物属性相近，划分为积物，否则划分为湖积物。

（3）耕种影响。自然土壤经开垦为旱地或果园，连续垦殖 5 年以上，因耕作熟化影响，土壤属性发生变化，可划分为耕种土壤的土属。对旱改水或水稻与藕、菜等稻菜轮作数年后的土壤，指示性土层不发育或发育不明显，仍按原土属处理。

4. 土　种

同一土种具有类似的土体构型、土壤发育程度和肥力特征，其改土培肥措施基本一致。土种的个体形态特征相对稳定，并体现地区性和生产性的特点。划分土种不能将土体中各项因素进行机械的排列组合，应以 70 cm 以上土体的重要因素为主要划分依据，70 cm 以下的为次要依据。一般土壤类型土种划分的共性指标和潮土、水稻土等土类的土种划分的个体指标，分述如下：

（1）一般土壤类型土种划分的共性指标。

①土体构型的差异：土壤的基本土层和其他特殊异质土层、质地级差层次、人为堆垫和异源母质覆盖土层在土体上下排列，形成剖面构型上的差异，分别划为不同的土种。

②特殊异质土层：按各种特殊异质出现在剖面的上位(50 cm 以上)或下位(50 cm 以下)划分土种。特殊异质土层（包括障碍土层）有：焦斑层、网纹层、砂土层、白土层、白黏土层（高岭土层）、腐泥层、草炭层、铁子层（含量按体积估算大于 15%）、砂姜层（含量大于 15%）、砂姜盘层、胶泥层、铁盘泥（厚度大于 1 cm）、砾石

层(砾石含量大于30%)、潜育层等。特殊异质土层一般厚度大于10 cm,如很薄,对土壤发育和生产性能影响不大的,或者出现在下位,厚度虽较厚,但对生产性能和土壤发育也影响不大的,均可不做土种划分。

③耕层肥力状况。耕层肥力状况应结合生产性能综合考虑,根据本地区具体情况,拟定土壤肥力指标,作为划分土种参考。

④异源母质覆盖:8~25 cm出现异源母质覆盖或人工堆垫的土层,应另定土层。

⑤连续种植蔬菜10年以上的土壤,肥力较高,有机质淋溶深度大于30 cm的,划为菜园土种。

(2)潮土划分土种的个体指标。

①质地级差层次:根据间层(多层积累或一层厚度大于10 cm)的部位,按砂土(包括砂土、砂壤土)、壤土(包括轻壤土、中壤土)、黏土(包括重壤土、黏土)划分土种。

间层部位:分"心"(25~60 cm)、"身"(25~100 cm)、"底"(60~100 cm)3个层段,在每个层段上分别出现质地突变的砂层或黏层(即间层质地按野外六级标准相差两级以上),划分为"砂心""砂身""砂底"或"黏心""黏身""黏底"等土种。

②盐碱化程度:按作物立苗成数、盐分含量和碱化强弱划分土种。

a.作物难立苗,表层含盐量大于0.6%或碱化度为20%~40%;

b.作物立苗3~5成,表层含盐量为0.21%~0.59%或碱化度为10%~20%;

c.作物立苗6成以上,表层含盐量为0.1%~0.2%或碱化度为5%~10%。

(3)水稻土划分土种的个体指标。

①水稻土潜育层发育度:按潜育强弱和出现部位划分土种。

a.高位强潜:潜育层出现在30 cm以上,耕层湿烂,犁底层未形成,未AG构型,犁底层稍有发育,未A(P)G构型,应分别划为两个土种;

b.中位潜育:潜育层出现在30~50 cm,犁底层较发育,按该层段上潜育层强(土体膏状、深蓝灰色、强亚铁反应)、弱(土体软湿、有一定结构力、浅青灰色、有亚铁反应)分别划为两个土种;

c.低位强潜、潜育层出现在50~70 cm,犁底层和班淀层较发育,只有一个土种;

d.次生潜育(土体软湿、有一定结构力、有亚铁反应、浅蓝灰色):次潜层出现在上位(0~50 cm),厚度大于20 cm,严重影响作物生长,列入潜育型水稻土类,另立土种。

②钙积情况:受人为施石灰影响而钙积,土体有石灰反应,作为一个土种。

③矿毒影响:受工业三废污染,矿毒危害严重,划分为一个土种。各级分类单

元不仅有发生学上的相互联系，而且各自有其为生产服务的明确目的。

土类、亚类主要反映土壤合理利用、土壤改良和农业发展的方向；土种则为土壤利用改良和提高土壤肥力的具体措施服务；土属介于两者之间。

（二）土壤命名

关于土壤命名，我们是以安徽省土壤普查办公室统一制定的土壤命名的原则为依据，拟定蚌埠市各种土壤的名称。

土类、亚类采用国内土壤学常用的名称，如黄棕壤、普通黄棕壤、黏盘黄棕壤、黄棕壤性土等。各种土壤命名方法保持统一，有利于资料汇总和技术交流。

土属具有承上启下的作用。土属的命名：非耕地土壤按成土母质命名，并在母质名称后加上亚类名称，如普通黄棕壤亚类中的麻石黄棕壤、细粒黄棕壤等；耕地（旱作）土壤仅把壤字换成土字，避免亚类间土壤名称混淆。土属、土种的地方性、生产性很强，两者的关系极为密切。土属是土种的整理归纳，土种是土属的变异或衍生。如黄潮土亚类两合土土属中的沙心两合土、沙底两合土等，都属于这种情况。

土壤是农民直接劳动的对象，农民对它很熟悉，土种最能体现土壤的生产性。农民根据自己长期的生产实践经验，给土壤起了很多名字，有些名称确实能反映土壤的本质（形成特点、肥力水平），具有较强的科学性，应当予以肯定和应用。如称两合土为夜潮土，黄马肝土为黄泥土等。但群众名称有时也有局限性，经常发生同名异土或同土异名的现象。因此，在给土种命名时，一方面要考虑群众习惯的称呼，另一方面要根据土壤的土体构型、形态特征、生产性能和肥力水平等基本性质，两者结合起来，给土壤选择适当的名称，力求既能反映土种的主要特征，又便于群众掌握应用。

二、土壤分布

蚌埠市范围不大，但分布的土壤类型较多，说明在同一生物气候带内土壤类型的发生主要取决于地形、水文地质及社会生产活动等因素。蚌埠市有低山残丘、倾斜平原、河湖洼地、冲积平原等多种类型的地形地貌单元及水文地质条件，因而形成诸多类型的土壤。

蚌埠市耕地土壤由于受地形、地貌、水文、气候以及人为因素的综合影响，土壤种类较多，分布具有明显的地带分布规律。根据土壤分类标准和方法，将全市土壤分为 8 个土类、13 个亚类、31 个土属、62 个土种。各种土壤分布的情况如下：

（一）黄棕壤

黄棕壤是亚热带湿润地区的地带性土壤，为淋溶土纲的一个土类。本区主要分布于沿淮河两岸的残丘岗地，总面积 129 307 hm^2，其中耕地 91 127 hm^2，占全市土壤总面积23.4%。在分布和发生上均具有明显的南北过渡性,表现为土体有较明显的黏化过程,但不如南方强烈、明显,黏化层质地黏于上、下层,一般黏化值为1.2,黏粒部分的硅、铝、铁成分被破坏,分离不明显,pH 为2.5~3.3,具有弱富铝化过程。黏土矿物中主要是高岭石、伊利石和少量蒙脱石,呈中性或微酸、微碱性反应,向下变化则无规律。

（二）红色石灰土

红色石灰土土类成土母质为碳酸盐类的风化物。土壤剖面发育属 ABC 构型,土壤淋溶作用较强,但不如黄棕壤彻底,大部分已无石灰性,只在底土层局部尚有石灰性。心底土有铁锰结核或出现砂姜。酸碱度中性至微碱性反应,pH 为7.8左右,盐基高度饱和。全剖面各种化学成分大致相近,上下土层中 Fe_2O_3 含量为5.9%~6.3%,Al_2O_3 含量为16%左右,K_2O 和 Na_2O 含量较高。因此,该土类划归半淋溶土纲。

（三）紫色土

紫色土是尚未具备地带性特征尚未岩成土土壤类型,归入初育土纲。这些土壤发育微弱,母质特征明显,土壤特性分异较差,紫色土类由第三纪紫色页岩和紫色砂砾岩类风化残坡积物发育而成。其形成特点是物理风化强烈,化学风化作用较弱。脱硅富铝化作用微弱,一般黏粒硅铝率在3以上,且上下土层间无明显差异。全剖面颜色均一,均质母质色泽,无明显发育阶段,上下土层矿物质含量差异较小,说明矿物化学风化不彻底,仍继承母质的特性。主要分布于五河县朱顶镇境内小溪、石巷、柳湖乡等地的岗塝上。该土处于相对幼年发育阶段,土壤剖面多属A(B)C 构型。

（四）黑色石灰土

黑色石灰土是尚未具备地带性特征尚未岩成土土壤类型,归入初育土纲。这些土壤发育微弱,母质特征明显,土壤特性分异较差。怀远县集中成片分布于明龙山残丘中下部,五河县朱顶镇内也有零星分布。

（五）粗骨土

粗骨土是尚未具备地带性特征尚未岩成土土壤类型,归入初育土纲。这些土壤发育微弱,母质特征明显,土壤特性分异较差。主要分布在本市沿淮,淮河以南的荆山、涂山、东西芦山、老虎山、燕山、大巩山等混合花岗岩丘陵地区。

（六）潮　土

本市潮土主要发育在黄泛沉积物母质上,受地下水影响,经耕种熟化发育而成。由于地下水参与成土过程,毛管水可以上升到达地表,使土壤湿润,群众又称“夜潮土”。因母质来源于黄泛,所以又称“黄潮土”。主要分布在沿淮及其支流浍河、懈河和淝河等泛区地带。面积 85 600 hm^2，占全市土壤面积 15.6%。

（七）砂姜黑土

砂姜黑土类属半水成土纲，是在黄土性古河流沉积物母质的基础上，经过淋溶、淀积、草甸潜育、旱耕熟化等成土过程发育起来的旱耕土壤。主要分布在蚌埠市三县河间浅洼平原，其主要特点是具有黑土层和砂姜层，过去曾名为草甸褐土、青黑土。面积 262 727 hm^2，占全市土壤面积 47.8%，是本市分布最广、面积最大的土壤类型。

（八）水稻土

水稻土类属人为土纲。它是在各种地带性土壤和非地带性土壤、各种母质类型土壤上经长期水耕熟化发育而成的土壤类型。主要分布在浍河、沱河、茨河、淝河两岸及沿淮低丘岗地排灌条件较好的水旱轮作田。面积 66 340 hm^2，占全市土壤总面积的 12.1%。三县四区均有分布，怀远面积最大为 36 533 hm^2，五河县次之为 21 867 hm^2，市辖四区为 6 447 hm^2，固镇面积最小为 1 487 hm^2。

根据不同的水型和剖面的形态特征，本市水稻土划分为淹育型水稻土、潴育型水稻土和漂洗型水稻土 3 个亚类。

淹育型水稻土属地表水型水稻土，主要分布于淮河以南市郊区、五河县朱顶镇丘岗地带。水耕年代短，灌溉条件差，水分向下运动快，易旱。土体中矿物质淋溶淀积不明显，一般剖面为 A－AP－C 构型。根据该亚类中不同的母质划分为浅麻石砂泥田和浅马肝田 2 个土属及与该土属相应的浅麻石砂泥田和浅马肝田 2 个土种。

潴育型水稻土属良水型水稻土，主要分布于平坦的二级阶地和平岗地的缓坡地段，冲沟里也有零星分布。地下水位较高，参与成土过程，潜育型发育明显，土体构型为 A－P－W－C 或 A－P－W－B－C 型。根据母质类型和土壤属性，潜育型水稻土亚类划分为扁石泥田、马肝田、黄白土田和砂姜黑土田 4 个土属。扁石泥田土属仅有 1 个扁石泥田土种；黄白土田土属只有 1 个黄白土田土种；砂姜黑土田土属也只有 1 个砂姜黑土田土种。

漂洗型水稻土的成土母质为戚咀组黄土状沉积物，主要分布于淮河以南的平缓岗地及怀远、五河、固镇县的河谷地段。由于所处地段有一定坡度，以及地表径流和侧渗水的作用，在土壤发育过程中，耕地或犁底层形成灰白色漂洗层，剖面构型为 Ae－P－B 或 Ae－Pe－B 型。依据剖面特征划分为白马肝田和白黄土田 2 个土属。白马肝田土属只有澄白土田 1 个土种；白黄土田土属据土壤颗粒组成划分为白黄土田和板白土田 2 个土种。综上所述，水稻土类划分 3 个亚类、8 个土属、11 个土种。

三、土壤类型特征

(一)黄棕壤

黄棕壤土类依据母质类型及土壤发生发育特点划分为黄棕壤、黏盘黄棕壤和黄棕壤性土3个亚类。黄棕壤土类共划分为3个亚类、8个土属、19个土种。

1. 黄棕壤亚类

由酸性结晶类残坡积物母质所发育,分布于残坡麓前的土壤是黄棕壤亚类,只有1个麻石黄棕壤土属,包括麻石黄棕壤和麻石黄棕土2个土种。

麻石黄棕土:该土种是在酸性结晶岩残积坡积物上发育的麻石黄棕壤土种经旱耕熟化形成的旱耕地土壤。分布在上述残丘坡麓下部及丘岗坡,上坡为黄棕壤土种,下部与马肝土相连。土层较麻石黄棕壤厚,可达10 m左右,主要作物有小麦、大豆、山芋、芝麻等。全市面积为4 653 hm^2,其中市辖四区2 687 hm^2,怀远1 193 hm^2,五河767 hm^2,其他地区6 hm^2。

2. 黏盘黄棕壤亚类

由第四系黄土(Q3q)母质发育且具有均质黄土层、黏盘层和网纹层3个层段。根据土壤颗粒组成、水分状况和利用方式划分为黏盘黄棕壤、马肝土、黄白土和潮马肝土4个土属。其中黏盘黄棕壤土属只有1个下位黏盘黄棕壤土种;马肝土土属划分为马肝土、上位黏盘马肝土和山黄土3个土种;黄白土土属包括黄白土和白土2个土种;潮马肝土土属包括潮马肝土、坡黄土、坡红土、白黄土、厚淤坡黄土和薄淤坡黄土6个土种。

(1)黏盘黄棕壤。目前,该土壤多为林地或宜林地,质地黏重,所处位置高,坡度较大,易造成地表径流和黏粒淋洗,肥力低,偏酸性,具有黏盘层脱水,根系下扎困难。该土宜栽植林果树,其中马尾松生长较好。

(2)马肝土。成土母质为戚咀组黄土,为该土属代表土种,主要分布在五河县、市郊区淮河以南平岗地有一定坡度地段,海拔15~25 m。全市面积为8 293 hm^2,占土属面积81.2%,其中市辖四区5 147 hm^2,五河3 146 hm^2。马肝土耕层厚度多为10~12 cm,呈棕灰色至棕褐色,粒状结构,较疏松。心底土为黄棕色至灰棕色,块状或棱柱状结构,紧实,土体结构面上有胶膜及铁锰结核等新生体,自上而下渐多。

(3)黄白土。成土母质为戚咀组黄土,由马肝土经长期淋溶形成,分布在淮河以南市郊区和五河县的平岗地缓坡地段。全市面积为3 387 hm^2,其中市辖四区3 073 hm^2,五河314 hm^2。黄白土质地较轻,一般为中壤土,因白土化作用呈现灰黄至黄白色。耕层疏散,粒状结构,利于耕作和作物生长,犁底层以下质地黏重,为黄棕色至暗棕色;棱块状或棱柱状结构,有锈斑和铁锰结核,且由上至下渐多,在侵蚀较严重的地方，耕层也有少量铁锰结核出现。耕层厚度一般为 12 ~ 15 cm。

（4）潮马肝土。成土母质为戚咀组黄土，分布在郊区吴郢和吴小街乡低岗坡地上，面积为 73 hm^2。潮马肝土比马肝土地势稍低，受地下水影响较大，自心底土层以下结构面上有发亮胶膜和红棕色泽环状锈斑及软质铁锰结核。耕层厚度为 15 ~ 20 cm，暗棕灰色，粒状结构，疏松，有时有潮化现象。

3. 黄棕壤性土亚类

分布于残丘土段，剖面发育为 A(B)C 构型的为黄棕壤性土亚类，根据母质类型划分为麻石黄棕壤性土、扁石黄棕壤性土和硅质黄棕壤性土 3 个土属。按照发育程度和利用方式，将麻石黄棕壤性土土属划分为麻石黄棕壤性土和黄砂土 2 个土种；扁石黄棕壤性土土属只有 1 个土种；将硅质黄棕壤性土土属划分为硅质黄棕壤性土和火石砂土 2 个土种。

（1）麻石黄棕壤性土。主要分布于沿淮淮南残丘的中下部地段，海拔 50 ~ 100 m，坡度较大，多为非耕地。全市面积为 3 160 hm^2，其中郊区面积最大，为 2 600 hm^2，怀远、五河分别为 460 hm^2、107 hm^2。该土种全剖面为灰棕色，质地砾质轻壤土，全剖面含有未风化完的片麻岩、花岗岩砾石，约占土体重的 30% ~ 50%，55 cm 以下砾石更多。该土土层浅薄，一般小于 30 cm，土体构型一般为 A(B)C 型。土壤有机质和全氮含量较高，该土层有机质含量一般为 1.5% ~ 2.5%，全氮含量为 0.10% ~ 0.15%，磷、钾含量较低。

（2）扁石黄棕壤性土。该土层（系黄棕壤性土亚类）成土母质为泥质岩类（页岩、砂页岩、云母片岩、千枚岩）等残、坡积物。只有扁石黄棕壤性土 1 个土种，主要分布在五河县石巷乡残丘下部或丘谷内，面积 900 hm^2。该土以黄棕至灰棕色为主，土层细粒状结构或块状结构，耕层较疏松，含有石砾和砂粒，质地变化较大，全剖面无石灰性，pH 为 5.5 ~ 6.5，土壤养分含量较低。

（3）硅质黄棕壤性土。分布在五河县小溪乡残丘岗地，因坡度较大水土流失严重，石（砾）块多，非耕地植被多为疏松草地，面积 187 hm^2。表层砂壤土，石英砂石砾含量占 20% ~ 30%。土体厚度一般在 60 cm 左右，层次较分明，表土层以下为中壤土，土体紧实，无石灰性，pH 为 7.8，土壤养分含量低。硅质黄棕壤性土土属划分为硅质黄棕壤性土和火石砂土 2 个土种。

（二）红色石灰土

该土类只有 1 个山红土亚类和 1 个同名土属，分布于怀远县大洪山、明龙山石灰岩残丘坡麓、谷地和剥蚀阶地。面积 1 273 hm^2，占土壤总面积 0.25%，其中耕地 87 hm^2。根据土壤发育程度、砾石含量及利用方式，山红土划分山红土和碎石山红土 2 个土种。

山红土分布在怀远县大洪山、明龙山石灰岩残丘剥蚀阶地或谷地。由碎石山红土垦殖后形成旱耕地土壤，地形部位较高，上接碎石山红土，下缘为山黄土，面积1 033 hm^2。山红土颜色为红色或棕红色，耕层质地重壤，屑粒状结构，疏松。心底土层有明显的黏粒下移，质地黏重，出现有少量铁锰结核，土体紧实，呈棱柱状结构。无石灰性，pH 为7～8。

（三）紫色土

据土体中碳酸钙淋溶程度和肥力特点，划分为中性紫泥土和石灰性紫泥土2个亚类。紫色土土类划分为2个亚类、3个土属、6个土种。

1. 中性紫泥土亚类

中性紫泥土亚类，按质地划分为中性紫砂土和中性紫泥土2个土属，又据其肥力特点，土属又相应划分为紫砂土、猪血砂土、紫泥土、猪血泥土4个土种。

（1）中性紫砂土。该土属（系中性紫砂土亚类）成土母质为紫色砂岩、泥岩等残坡积物。依据土壤熟化程度及其属性划分为紫砂土和猪血砂土2个土种。紫砂土分布在五河县朱顶镇与小溪乡交界一带残丘上，面积573 hm^2。紫砂土颜色为淡棕至暗红色，土壤物理性砂粒含量80%以上为砂壤土，粒状结构，土层比较浅薄，土体中石砾含量可达10%～40%。全剖面无石灰性，pH 为6.5～7.5，土壤养分含量不均。

（2）中性紫泥土。该土属（系中性紫泥土亚类）成土母质为紫色页岩、泥页岩类的残坡积物。经垦殖形成的旱耕土壤海拔35～45 m。依据土壤肥力等属性划分为紫泥土和猪血泥土2个土种。紫泥土集中分布在五河县石巷乡的低塝和冲沟，面积283.4 hm^2。土壤耕层厚15 cm左右，质地中壤土，粒状结构，以下各层多为小块状结构，紧实，有铁锰结核及胶膜，并随土体加深而增加。通体无石灰性，pH 为7左右，土壤养分含量除磷缺乏以外，有机质、全氮、速效钾含量较高。

2. 石灰性紫泥土亚类

石灰性紫泥土亚类只有1个同名土属，按肥力水平划分为石灰性紫泥土和石灰性猪血泥2个土种。

石灰性紫泥土：该土属（系石灰性紫泥土亚类）成土母质为紫色砂岩、砾岩残坡积物。分布在五河县朱顶镇部分低丘缓坡地，常与中性紫泥土呈复区共存。依据土体厚度和熟化程度划分为石灰性紫泥土和石灰性猪血泥土2个土种。石灰性紫泥土分布在五河县石巷乡的丘岗中上部，多为荒地和宜林地，面积920 hm^2，占土属面积91.7%。该土土层浅薄，一般小于30 cm，剖面构型为AC型。表土颜色为暗红色，质地中壤至重壤，屑粒状结构。土体多岩屑，熟化程度低，有强石灰性，pH 为8.2，土壤养分含量较低。

（四）黑色石灰土

黑色石灰土类只有一个棕色石灰土亚类，成土母质为碳酸盐岩类风化残坡积物。亚类以下有一个棕色石灰土土属,包括棕色石灰土和鸡肝土 2 个土种。

棕色石灰土:该土属(系棕色石灰土亚类)成土母质为碳酸盐岩类残坡积物。依据土层厚薄和利用情况划分为棕色石灰土和鸡肝土 2 个土种。棕色石灰土是在碳酸盐岩类残坡积物母质经初步发育形成的自然土,分布于怀远、五河两县石灰岩残丘中下部和丘岗上,面积 787 hm^2,其中怀远 693 hm^2。该土土体颜色呈褐色至黄棕色,土层浅薄,含有砾石和碎石块,剖面为 A－C 或 A－B－D 构型,有的剖面有假菌丝或棕色胶膜。表土质地重壤,为屑粒状结构,无石灰性,有机质含量低,心底土有石灰性,呈中性偏碱反应。

(五)粗骨土

本市粗骨土类按岩性只有硅铝质粗骨土 1 个亚类,1 个麻石硅铝质粗骨土属及 1 个麻石粗骨土土种。主要分布在本市沿淮、淮河以南的荆山、涂山、东西芦山、老虎山、燕山、大巩山等混合花岗岩丘陵地区。

麻石粗骨土属粗骨土土类硅铝质粗骨土亚类,本市仅有一个麻石粗骨土土种。该土母质特征明显,发育微弱,土壤特性分异不明显。

麻石粗骨土成土母质为酸性岩类、中性岩类、泥质岩类风化物。主要分布在沿淮淮南残丘地区,一般海拔几十米至 100 m。怀远的涂山、荆山,市郊区的燕山、老虎山、陶山、张公山、蚂蚁山、锥子山、芦山、老山、曹山,五河县的大巩山、女山等残丘上部均有分布,面积合计 767 hm^2。由于所处地势高、坡度大,侵蚀严重,剖面土层浅薄,无明显层段发育特征,土体厚度小于 30 cm,质地多为砂质或砾质土。下层为半风化的松散碎屑岩层,土层及松散碎屑岩厚度因所处部位不同差异很大,在缓坡及岭间低地的厚度较大,陡坡处厚度较小,甚至大量岩石裸露。同时,各残丘间所形成粗骨土的颗粒组成差别也很大。

(六)潮　土

潮土土类本市只有 1 个潮土亚类。根据其质地和微地域共划分为砂土、两合土、淤土和山淤土 4 个土属。根据土体构成的质地排列差异,沙土属划分为砂土、间层砂土、淤底砂土 3 个土种;两合土属划分为两合土、砂底两合土、淤底两合土、间层两合土 4 个土种;淤土属划分为淤土、漏风淤土,砂身淤土和黄底淤土 4 个土种;山淤土属有 1 个山淤土土种。综上所述,该土类划分为 1 个亚类、4 个土属、12 个土种。

(1)砂土。砂土(系潮土亚类)受“近砂”“紧砂”沉积规律的作用,由砂质或砂壤质黄泛冲积物发育而成。依据其沉积物质地分异,划分为砂土、间层砂土和淤底砂土 3 个土种。

砂土是在近代黄泛沉积物近河处质地较粗的母质上发育而成的土壤。按近砂远淤的分布规律呈带状分布于沿淮及其支流中、下游两岸的近河处,地势稍高,海拔 17 m 左右。本市怀远县、五河县和郊区均有分布，面积分别为 6 080 hm^2、6 427 hm^2 和 640 hm^2，合计 13 147 hm^2。

砂土土体深厚，颜色为灰棕至灰黄色，屑粒状结构，耕层厚度 15 ~ 20 cm。质地轻，上下较均一，土体中物理性砂粒含量都在 60% 以上，土壤容重 1.30 g/cm^3 左右，孔隙度 50% 左右。

(2) 两合土。该土属(系潮土亚类)是在近代黄泛沉积物母质上发育的中壤土类型。据剖面各沉积层的质地分异划分为两合土、砂底两合土、淤底两合土和间层两合土 4 个土种。该土种是沿河两侧砂土和淤土之间的过渡性土壤类型，地势高于淤土而低于砂土，一般海拔 16 ~ 17 m。全市三县四区均有分布，总面积 14 934 hm^2，其中怀远县 4 760 hm^2，五河县 7 280 hm^2，固镇县 260 hm^2，市辖四区 2 640 hm^2。

耕层土壤厚度 15 ~ 20 cm，中壤土，多为灰黄色，屑粒状结构，疏松，有些剖面有少量铁锰斑点，结构面上有灰色水膜。

(3) 淤土。该土属(系潮土亚类)由黄泛黏质为主的沉积物发育而成。依据剖面土壤属性划分为淤土、漏风淤土、砂身淤土和黄底淤土 4 个土种。

淤土主要分布于沿淮及其支流两岸两合土的外侧、距河流较远的低平洼地。该土壤面积 29 826 hm^2，占土属面积的 83.45%，其中怀远 10 600 hm^2、五河 11 493 hm^2，固镇 5 853 hm^2，市辖四区 1 880 hm^2。

不同淤土剖面的颜色差异很大，在近代黄泛沉积物中，颜色具有“近艳远暗”的规律。一般耕层为黄棕至暗褐色，粒状结构。犁底层以下各层较紧，片块状或棱块状结构，结构面上有亮灰薄水膜，有些剖面心底土层还有少量铁锈斑点。

淤土质地黏重，在成土时间上具有“近黏远轻”的规律，相对土体质地比较均一，多为轻黏至中黏土。耕层土壤容重较低，孔隙度较高，平均分别为 1.24 g/cm^3 和 53.3%。

(4) 山淤土。该土属(系潮土亚类)成土母质是在石灰岩风化物及黄土剥蚀的沉积物的基础上，经人们旱耕熟化而形成的。地下水参与成土作用，具有潮土一般特征。根据土壤剖面特征和理化性状只有 1 个山淤土土种。

山淤土分布于怀远县大洪山、明龙山的山前冲积扇和丘间盆地。上部为山红土和山黄土，下缘常与平原砂姜黑土接壤，面积 3 140 hm^2。耕层质地重壤至黏土，粒状或碎块状结构，黄棕色至暗红棕色，全剖面质地较均一，沉积层次不明显，无障碍层次。土体受地下水影响明显，心底土可见锈斑和较多的铁锰结核，全剖面无石灰性，中性至微碱性反应。个别剖面所处地势低洼，覆盖一层薄的黄泛沉积物，表现有石灰反应，pH 高达 8 以上，土壤养分含量较高。

(七)砂姜黑土

砂姜黑土只有1个砂姜黑土亚类。根据亚类中土壤颗粒组成、颜色及异元母质覆盖等划分为黑土、黄土、青白土、淤黑土和山淤黑土5个土属。

(1)黑土。该土属(系砂姜黑土亚类)成土母质为黄土性古河流沉积物。依据黑土原发育程度及颜色划分为黑土和黄黑土2个土种。

黑土土种主要分布在淮河以北河间浅洼平原洼地,群众称为湖地,其次在天河、龙子河、滨湖洼地也有少量分布。全市面积18 740 hm^2,占土属面积18.3%。其中五河县10 687 hm^2,固镇县5 293 hm^2,怀远县1 973 hm^2,郊区787 hm^2。

黑土土种的主要形态特征是有明显的黑土层和砂姜黑土层两个诊断层,两者之间为棕色过渡层。在长期的旱耕熟化作用下,黑土层逐步分化为耕作层和犁底层,颜色变浅,耕作层一般为淡灰至灰黄色,犁底层黑土层较明显。黑土耕作层为屑粒状结构,其他层次为块状或棱块状结构,结构面上有铁锰结构等新生体,且往下层逐渐增多。砂姜一般出现在70 cm上下。黑土质地较黏重,为重壤土,物理性黏粒为50%~60%,上下层较均一。

(2)黄土。黄土属(系砂姜黑土亚类)处在黄土性古河流沉积物发育的河间浅洼平原外围,地势比黑土属高,具有"岗黄土,洼黑土"的分布规律,只有1个黄土土种。

黄土分布在河间浅洼平原地势较高的平坦地上,三县四区均有一定的分布,其中怀远县58 187 hm^2,固镇35 113 hm^2,郊区240 hm^2,合计97 760 hm^2。主要形态特征是黑土层发育不明显,通体呈灰黄至黄棕色,心土层黏化僵死。耕作层厚度与黑土相似,粒状结构砂姜层出现部位与黑土相近或略高。犁底层以下为块状或棱块状结构,有铁锰结核,数量少于黑土。黄土物理性砂粒含量稍高于黑土。

(3)青白土。该土属(系砂姜黑土亚类)成土母质为黄土性古河流沉积物。依据白土化程度、质地等土壤属性划分为青白土和白淌土2个土种。

青白土主要分布在河间浅洼平原的黄土与黑土之间缓坡地段,面积49 660 hm^2,其中怀远县29 166 hm^2,五河6 447 hm^2,固镇14 047 hm^2。

青白土土种主要特征是黄土性古河流沉积物经下渗水的侧向漂洗,表土中一些较细的黏粒和铁锰等深色物质还原被淋溶下移或流失,该表土中砂粒含量增高,颜色变浅,肥力下降,黑土层发育不明显,多为黄灰色,块状或棱块状结构。

(4)淤黑土。该土属(系砂姜黑土亚类)是在砂姜黑土上覆盖25~50 cm的黄泛沉积物所形成的异元母质土壤类型。将其划分为淤黑土、淤黄土2个土种。

淤黑土分布在潮土与砂姜黑土的过渡地段,该土种在本市仅怀远县龙亢、魏庄两区有零星分布,面积440 hm^2。该土种系在黑土上覆盖大于25 cm厚的黄泛黏质冲积物,具有潮土亚类中淤土的特征,下层保持着黑土的基本性状。耕层土壤物理性黏粒占70%以上,为轻黏土。耕层和犁底层有强石灰性,黑土层和底土层无石灰性。全剖面呈弱碱性,pH为8.0~8.7,自然肥力与黑土相近。

(5)山淤黑土。山淤黑土土属(系砂姜黑土亚类)是在黑土上覆盖25~50 cm厚的碳酸钙盐类的坡积物或山黄土和山红土的沉积物,经旱耕熟化发育而成。将其划分为山淤黑土和山淤黄土2个土种。

山淤黑土分布在怀远县大洪山、明龙山的山前平原洼地,呈冲积扇状。面积20 143 hm^2,占土属面积56.54%。山淤黑土的上层土壤同山淤土,无石灰性,而下部土层的土壤同砂姜黑土,属异元母质发育的土壤类型,群众又称为"两样土"。全剖面无石灰性,pH为8.2左右,土壤养分含量较高。

(八)水稻土

1.淹育型水稻土亚类

(1)浅麻石砂泥田。该土属为酸性结晶岩类坡积物所形成的麻石砂泥田,经水耕熟化发育而成,只有浅麻石砂泥田1个土种。分布在市辖四区、五河丘岗塝地上,面积767 hm^2,其中市辖四区507 hm^2。其土体颜色均一,含有细砂粒,多为黄棕色,少数剖面为紫色。土壤结构耕层一般为屑粒状,犁底层多为棱块状,以下为粒状或碎块状。耕层较紧,犁底层以下比较紧实,耕层可见锈纹斑,土体结构为A-P-C或A-AP-C型。该土土体物理性砂粒平均含量60%左右,耕层粉砂含量40%~50%,土壤容重也较高,耕层为1.41 g/cm^3,以下各层达1.6 g/cm^3左右,全剖面无石灰性,pH为6~7。

(2)浅马肝田。该土属是由戚咀组黄土母质发育的马肝土经长期水耕种稻而形成的一种水稻土。由于所处地形部位高,地下水位低,地下水参与成土过程的作用程度很弱,或不参与成土作用。目前只有浅马肝田1个土种,主要分布在市辖四区、五河县丘岗塝地上,水利条件较差,靠蓄水和提水灌溉。面积分别为2 087 hm^2和387 hm^2,合计2 474 hm^2。剖面耕层和犁底层中只有少量的锈纹斑,犁底层的发育和心土层比较差异不大,剖面构型为A-AP-C型。该土耕层物理性黏粒含量为48.9%,多为重壤土,土体无石灰性,pH为7~8。土壤养分含量差异较大,平均含量较高。

2.潴育型水稻土亚类

(1)扁石泥田。该土属是成土母质为泥质岩类坡洪积物所形成的扁石泥田经水耕熟化发育而成的水稻土,仅有扁石泥田1个土种。主要分布在五河县小溪乡和石巷乡波状起伏岗塝及冲内。因所处地势低洼,在成土过程中,潴育层较发育,剖面构型为A-P-W-C(G)或A-P-W-Wg型。面积858.6 hm^2。该土耕层、犁底层为暗灰棕色至黑色,群众又称为"黑泥"。粒状结构,有锈纹斑。犁底层较发育,锈纹斑较多。心底土层为黄棕色,质地多为重壤土,块状或棱块状结构,铁锰结核逐渐增多，土色变暗，结构面上有灰色胶膜，潴育层发育明显。

（2）马肝田。该土属系发育在戚咀组黄土母质上的各种母土，经水耕熟化而成的水稻土。共划分为马肝土田、黑马肝土田和坡黄土田等 3 个土种。主要分布在五河县朱顶镇平岗坡上，秦集、燕山、李楼、长淮卫等镇（乡）也有分布，面积仅 788.9 hm^2。耕层土壤暗灰色，粒状结构，有锈纹斑，犁底层较紧实，块状结构，有胶膜和铁锰斑，向下土层中铁锰结核渐多。全剖面无石灰性，pH 为 8.0～8.5。土壤养分含量低。

（3）砂姜黑土田。该土属由古河流黄土性沉积物母质发育的砂姜黑土经水耕熟化而成，只有黑土田 1 个土种。黑土田三县四区都有分布，总面积 18 080 hm^2，其中怀远 11 500 hm^2，五河 5 220 hm^2，固镇 740 hm^2，市辖四区 627 hm^2。其土壤颜色与砂姜黑土相近，耕层灰黄色－暗棕灰色，屑粒状结构，疏松，有锈纹斑。心土层有发亮灰色胶膜，有时可见软铁锰斑块，底土层潮湿，结核增多，有软有硬，硬的可用手指压碎。该土质地为重壤土，物理性黏粒含量为 50%～60%，土壤容重较高，耕层平均为 1.32 g/cm^3，犁底层达 1.43 g/cm^3，孔隙度与砂姜黑土相近。该土剖面无石灰性，pH 为 7～8。

（4）黄白土田。该土属成土母质为戚咀组黄土，是由黄白土水耕熟化发育而成的水稻土，只有黄白土田 1 个土种。主要分布在马城镇和五河县朱顶镇平缓岗地，面积 3 980 hm^2，其中怀远县 1 940 hm^2。该土壤耕种层为黄白色，质地中壤至重壤，屑粒状结构，疏松，有鲜棕红色鳝血斑块。犁底层有较小的鳝血斑；心底土层锈斑减少，有铁锰结核。土壤养分贫乏，尤缺磷、钾。

3. 漂洗型水稻土亚类

（1）白马肝田。该土属是在戚咀组黄土母质上发育并经水耕熟化而形成的水稻土，依据土壤属性划分只有白土田 1 个土种。主要分布在淮河以南的燕山、秦集、李楼、长淮卫等镇（乡）的平缓岗地和五河县小溪乡冲沟上部缓坡地上，面积分别为 1 307 hm^2 和 19.1 hm^2，合计 1 326.1 hm^2。主要特征是表土漂洗严重，土色为黄色或白灰色，质地为轻壤土至中壤土，屑粒状结构，松散，有橘黄色锈斑点且小而多。犁底层锈纹斑增大，心底土层为棱块状或棱柱状结构，结构面上灰色胶膜有铁锰结核，并自上而下增多，土体构型为 Ae－P－B－C 型。该土耕层、犁底层为轻薄土，物理性砂粒含量为 70% 左右，心底土层质地黏重，土壤养分含量很低。

（2）白黄土田。该土属成土母质为戚咀组黄土状沉积物，是白黄土经水耕熟化而形成的水稻土。根据表土层受漂洗的程度划分为白黄土田和板白土田 2 个土种。主要分布于沿淮及其支流两岸的平缓二级阶地上，面积 30 107 hm^2，其中怀远 20 533 hm^2，五河 8 767 hm^2，固镇 753 hm^2。表土受轻度漂洗，为浅白黄色或棕灰白色，一般为重壤土，物理性砂粒含量平均为 53.05%，粒状结构，疏松。剖面其他各土层为棱块状结构，紧实。铁锰结核向下渐多，土体构型为 Ae－P－B－C 型。土体中性至微碱性反应，pH 为 7.0～8.5，土壤养分含量较低。

第二节　土壤有机质及养分含量

以下各单元养分汇总结果是通过耕地地力评价分类进行统计，分别以单体 N、P、K、Cu、Zn、Fe、Mn、B 表示，详见表 4－2－1、表 4－2－2。单位：有机质、全氮用 g/kg 表示；有效磷、速效钾、Cu、Zn、Fe、Mn、B 用 mg/kg 表示。

一、含量与分布

（一）有机质

全市耕地土壤有机质含量平均值变化范围为 12.13～21.31 g/kg。

（1）从行政区域看：怀远县兰桥乡平均值最高为 21.31 g/kg，其次是怀远县万福镇，平均值为 20.84 g/kg，最低是固镇县杨庙乡，平均值为 12.97 g/kg，见表 4－2－1。

（2）从土壤类型分：山淤黑土平均值最高为 20.02 g/kg，其次是砂姜黑土田，平均值为 19.52 g/kg，最低是黏盘黄棕壤，平均值为 12.13 g/kg，见表 4－2－2。

（二）全　氮

全市土壤全氮含量平均值变化范围为 0.84～1.34 g/kg。

（1）从行政区域看：怀远县兰桥乡平均值最高为 1.34 g/kg，其次是怀远县找郢乡，平均值为 1.25 g/kg，最低是固镇县杨庙乡，平均值为 0.87 g/kg，见表4－2－1。

（2）从土壤类型分：山淤黑土平均值最高为 1.25 g/kg，其次是山淤土，平均值为 1.20 g/kg，最低是黏盘黄棕壤，平均值为 0.84 g/kg，见表 4－2－2。

（三）有效磷

全市土壤有效磷含量平均值变化范围为 11.42～35.99 mg/kg。

（1）从行政区域看：固镇县濠城镇平均值最高为 35.99 mg/kg，其次是怀远县徐圩乡，平均值为 35.34 mg/kg，最低是五河县大新镇，平均值为 12.65 mg/kg，见表 4－2－1。

（2）从土壤类型分：麻石硅铝质粗骨土平均值最高为 27.71 mg/kg，其次是砂姜黑土田，平均值为 23.08 mg/kg，最低是黏盘黄棕壤，平均值为 11.42 mg/kg，见表 4－2－2。

（四）速效钾

全市土壤速效钾含量平均值变化范围为 84.63～188.12 mg/kg。

（1）从行政区域看：固镇县濠城镇平均值最高为 188.12 mg/kg，其次是淮上区吴小街镇，平均值为171.37 mg/kg，最低是固镇县湖沟镇，平均值84.63 mg/kg，见表4-2-1。

（2）从土壤类型分：麻石硅铝质粗骨土平均值最高为156.28 mg/kg，其次是扁石黑泥田，平均值为140.29 mg/kg，最低是硅质黄棕壤性土，平均值为110.52 mg/kg，见表4-2-2。

（五）有效铜

全市土壤有效铜含量平均值变化范围为1.01~3.04 mg/kg。

（1）从行政区域看：怀远县河溜镇平均值最高为3.04 mg/kg，其次是淮上区小蚌埠镇，平均值为2.99 mg/kg，最低是固镇县任桥镇，平均值为1.01 mg/kg，见表4-2-1。

（2）从土壤类型分：白黄土田平均值最高为2.50 mg/kg，其次是砂姜黑土田，平均值为2.34 mg/kg，最低是山淤土，平均值为1.42 mg/kg，见表4-2-2。

（六）有效锌

全市土壤有效锌含量平均值变化范围为0.37~4.73 mg/kg。

（1）从行政区域看：五河县临北回族乡平均值最高为4.73 mg/kg，其次是淮上区梅桥镇平均值为2.32 mg/kg，最低是五河县大新镇，平均值为0.37 mg/kg，见表4-2-1。

（2）从土壤类型分：淤黑土平均值最高为1.43 mg/kg，其次是两合土，平均值为1.36 mg/kg，最低是山淤土，平均值为0.73 mg/kg，见表4-2-2。

（七）有效锰

全市土壤有效锰含量平均值变化范围为11.98~62.63 mg/kg。

（1）从行政区域看：五河县申集镇平均值最高为62.63 mg/kg，其次是怀远县淝河乡，平均值为57.50 mg/kg，最低是五河县头铺镇，平均值为11.98 mg/kg，见表4-2-1。

（2）从土壤类型分：扁石黑泥田平均值最高为52.68 mg/kg，其次是黏盘黄棕壤，平均值为43.52 mg/kg，最低是山淤土，平均值为18.46 mg/kg，见表4-2-2。

（八）有效铁

全市土壤有效铁含量平均值变化范围为14.52~94.57 mg/kg。

（1）从行政区域看：五河县申集镇平均值最高为94.57 mg/kg，其次是五河县双忠庙镇，平均值为89.93 mg/kg，最低是五河县头铺镇，平均值为14.52 mg/kg，见表4-2-1。

（2）从土壤类型分：白黄土田平均值最高为70.82 mg/kg，其次是砂姜黑土田，平均值为67.18 mg/kg，最低是中性紫泥土，平均值为23.91 mg/kg，见表4-2-2。

（九）水溶态硼

全市土壤水溶态硼含量平均值变化范围为0.22～0.64 mg/kg。

（1）从行政区域看：怀远县淝南乡平均值最高为0.64 mg/kg，其次是怀远县古城乡，平均值为0.60 mg/kg，最低是五河县朱顶镇，平均值为0.23 mg/kg，见表4－2－1。

（2）从土壤类型分：白黄土田平均值最高为0.44 mg/kg，其次是砂姜黑土田，平均值为0.41 mg/kg，最低是中性紫泥土等，平均值为0.22 mg/kg，见表4－2－2。

二、各行政区域土壤有机质及养分含量分类统计结果

表4－2－1　蚌埠市各行政区域土壤有机质及养分含量分类统计结果

单位：有机质、全氮为g/kg；有效磷、速效钾、有效铁、有效锌、有效铁、有效锰、水溶态硼、有效硫为mg/kg。

县市名称	乡镇名称	pH	有机质	全氮	有效磷	速效钾	有效锌	水溶态硼	有效锰	有效铜	有效铁
蚌山区	燕山乡	6.75	19.30	0.89	23.84	122.83	1.21	0.30	24.89	2.36	56.48
	雪华乡	6.78	20.06	0.91	26.15	130.81	1.36	0.30	24.11	1.97	53.40
禹会区	秦集镇	6.91	18.67	0.88	21.86	145.67	1.12	0.29	22.67	2.13	51.20
	长青乡	7.01	17.25	0.87	26.72	138.25	1.19	0.28	17.99	2.32	37.25
淮上区	曹老集镇	7.06	17.82	0.98	21.48	142.55	0.90	0.28	31.70	2.42	54.99
	小蚌埠镇	7.58	17.32	0.94	29.21	165.23	2.12	0.23	16.54	2.99	20.80
	吴小街镇	7.72	17.98	0.98	20.09	171.37	1.48	0.24	21.49	2.89	31.49
	梅桥镇	7.56	17.23	1.03	24.55	136.56	2.32	0.31	21.58	2.95	30.63
龙子湖区	李楼乡	6.21	14.16	0.95	18.53	128.14	0.81	0.37	36.25	2.23	74.34
	长淮卫镇	7.22	15.22	0.96	19.16	144.57	1.00	0.32	26.61	2.31	39.74
固镇县	仲兴乡	6.32	16.25	1.03	22.89	133.38	0.64	0.32	36.09	1.34	29.97
	杨庙乡	6.27	12.97	0.87	21.46	114.04	0.72	0.39	36.93	1.24	31.94
	新马桥镇	6.46	14.45	0.92	17.67	108.23	0.78	0.38	38.46	1.43	32.53
	王庄镇	6.17	14.73	0.94	25.36	123.95	0.60	0.40	37.38	1.46	41.15
	石湖乡	6.42	15.14	0.96	23.13	101.99	0.85	0.37	37.72	1.33	27.58
	任桥镇	6.19	15.08	1.01	28.25	92.56	1.19	0.41	24.19	1.01	22.79

续表

县市名称	乡镇名称	pH	有机质	全氮	有效磷	速效钾	有效锌	水溶态硼	有效锰	有效铜	有效铁
固镇县	刘集镇	6.22	15.21	0.97	25.20	129.57	0.93	0.37	43.96	1.42	36.29
	连城镇	6.09	14.18	0.94	18.87	101.05	0.71	0.36	39.38	1.26	34.77
	湖沟镇	6.18	13.87	0.91	23.11	84.63	1.20	0.40	22.08	1.44	21.75
	濠城镇	6.28	18.36	1.02	35.99	188.12	0.90	0.31	40.80	2.18	33.20
	城关镇	6.14	15.16	0.96	21.44	109.75	0.67	0.35	47.87	1.82	41.58
怀远县	包集镇	6.54	13.21	0.99	18.77	135.73	1.03	0.36	30.70	2.73	43.54
	找郢乡	7.02	20.37	1.25	22.31	115.96	0.84	0.36	31.32	2.73	65.83
	徐圩乡	6.41	16.32	1.04	35.34	116.49	0.68	0.38	31.77	2.62	42.62
	魏庄镇	6.81	17.23	1.05	19.12	146.41	1.24	0.35	40.66	1.85	47.98
	万福镇	6.64	20.84	1.13	22.54	140.46	0.67	0.24	29.96	2.30	49.26
	唐集镇	6.59	20.41	1.28	21.69	129.75	0.89	0.57	34.84	2.45	68.16
	双桥镇	6.48	17.12	1.06	18.47	116.80	0.98	0.36	39.31	1.38	51.77
	马城镇	7.44	20.54	1.22	15.84	130.75	0.81	0.24	16.22	1.56	31.45
	龙亢镇	7.25	16.14	1.07	22.22	114.52	0.91	0.38	21.28	2.03	28.35
	兰桥乡	6.33	21.31	1.34	25.80	130.09	0.93	0.57	33.30	2.71	76.37
	荆芡乡	7.23	17.34	1.05	20.04	117.78	1.32	0.46	35.83	2.74	62.70
	河溜镇	6.83	13.60	1.06	18.67	139.32	1.74	0.43	42.01	3.04	81.50
	古城乡	6.78	17.60	1.16	20.03	129.35	0.93	0.60	54.88	2.08	76.93
	淝南乡	7.23	19.07	1.19	23.62	105.26	1.07	0.64	28.16	2.76	56.23
	常坟镇	7.58	19.72	1.14	20.24	129.60	0.77	0.31	21.13	2.21	52.18
	城关镇	7.76	17.29	0.94	20.19	152.29	1.29	0.36	31.41	2.64	39.70
	褚集乡	6.36	16.17	1.04	20.31	86.67	0.48	0.34	28.61	1.63	55.29
	淝河乡	6.35	17.99	1.06	20.65	129.92	0.85	0.53	57.50	1.95	84.07
五河县	朱顶镇	7.47	14.37	1.05	13.46	113.65	0.87	0.23	17.17	1.60	22.83
	新集镇	7.84	16.66	1.11	13.39	105.00	0.59	0.42	17.13	1.74	23.52
	小溪镇	7.00	15.38	1.03	15.01	122.78	1.21	0.23	41.35	2.14	39.46
	小圩镇	6.68	17.77	1.01	25.68	93.53	1.77	0.30	31.34	2.21	62.69
	武桥镇	6.43	16.50	1.00	21.03	90.17	2.11	0.42	55.66	2.02	76.98

续表

县市名称	乡镇名称	pH	有机质	全氮	有效磷	速效钾	有效锌	水溶态硼	有效锰	有效铜	有效铁
五河县	沱湖乡	7.70	20.20	1.20	14.82	132.11	1.61	0.25	20.61	1.82	31.36
	头铺镇	7.98	16.90	1.18	13.84	116.96	0.79	0.34	11.98	1.68	14.52
	双忠庙镇	6.69	18.54	1.11	22.95	94.98	0.59	0.41	48.39	2.04	89.93
	申集镇	6.53	18.16	1.04	19.97	107.94	0.84	0.29	62.63	2.24	94.57
	沫河口镇	7.11	16.67	1.11	14.14	113.24	0.89	0.40	25.91	2.02	39.31
	临北回族乡	7.99	16.45	1.19	15.81	128.80	4.73	0.42	27.75	2.01	33.37
	浍南镇	6.69	17.42	1.08	15.92	111.76	0.95	0.40	50.85	2.30	68.42
	城关镇	7.82	15.58	1.03	13.45	107.27	0.62	0.35	14.88	1.57	23.23
	大新镇	7.85	16.00	1.08	12.65	107.84	0.37	0.42	12.40	1.45	15.62
	东刘集镇	6.63	17.00	0.99	20.16	103.18	2.22	0.33	44.33	2.59	69.53

表 4-2-2　蚌埠市各土壤类型有机质及养分含量分类统计结果

单位:有机质、全氮为 g/kg;有效磷、速效钾、有效硫、水溶态硼、有效铁、有效锌、有效铁、有效锰为 mg/kg。

县土属名称	pH	有机质	全氮	有效磷	速效钾	有效锌	水溶态硼	有效锰	有效铜	有效铁
白黄土田	6.81	18.99	1.17	20.61	115.45	1.14	0.44	38.41	2.50	70.82
白马肝田	6.75	17.88	0.90	20.76	128.31	1.02	0.30	28.66	2.25	56.12
扁石黑泥田	6.69	15.69	1.19	17.87	140.29	1.15	0.22	52.68	1.73	35.67
扁石黄棕壤性土	6.89	14.73	1.05	15.62	119.40	1.33	0.22	42.23	1.82	34.48
潮马肝土	6.75	17.13	1.06	20.72	113.52	1.05	0.39	35.43	2.07	54.37
硅质黄棕壤性土	7.11	15.29	1.04	14.01	110.52	1.09	0.23	32.33	2.17	39.18
黑土	6.47	16.06	1.00	22.43	119.78	1.02	0.38	37.34	1.91	47.23
黄白土	6.80	16.65	0.92	19.01	126.64	1.17	0.30	29.44	2.12	52.50
黄白土田	6.81	17.34	0.98	20.90	131.53	1.28	0.26	37.15	2.00	49.71
黄土	6.50	16.31	1.04	22.14	120.44	0.96	0.39	36.77	1.93	48.36
两合土	7.76	16.44	1.04	18.52	133.75	1.36	0.34	19.94	2.24	28.77
麻石硅铝质粗骨土	6.73	19.18	0.92	27.71	156.28	1.02	0.31	27.72	2.29	57.86
麻石黄棕壤性土	6.82	15.94	0.97	16.57	119.71	1.05	0.29	33.14	2.22	48.79
麻石黄棕土	6.90	17.40	0.95	21.65	137.65	1.00	0.30	26.06	2.14	49.15

续表

县土属名称	pH	有机质	全氮	有效磷	速效钾	有效锌	水溶态硼	有效锰	有效铜	有效铁
马肝田	6.67	15.69	0.94	18.68	127.01	1.03	0.31	30.47	2.13	56.10
马肝土	6.92	16.75	0.98	18.93	129.05	1.06	0.31	27.22	2.06	48.38
浅麻石砂泥田	6.43	15.24	0.92	19.04	116.28	1.09	0.29	42.30	2.09	60.31
浅马肝田	6.99	15.70	0.96	17.15	123.58	1.20	0.26	29.59	2.08	39.43
青白土	6.52	16.75	1.04	22.28	121.89	1.02	0.38	39.45	1.94	53.16
砂姜黑土田	6.60	19.52	1.14	23.08	115.51	1.08	0.41	35.02	2.34	67.18
砂土	7.89	16.14	1.02	17.36	128.56	1.36	0.34	18.69	2.13	25.59
山红土	7.41	17.27	1.13	13.45	112.14	0.79	0.36	19.88	1.60	33.00
山淤黑土	7.03	20.02	1.25	16.91	119.37	0.78	0.38	24.55	1.66	40.76
山淤土	7.37	19.27	1.20	15.92	120.56	0.73	0.28	18.46	1.42	30.74
石灰性紫泥土	7.16	14.57	1.07	13.26	115.66	0.89	0.22	26.48	1.59	25.43
淤黑土	7.08	17.12	1.06	21.64	120.17	1.43	0.33	34.00	1.99	36.53
淤土	7.49	16.93	1.05	18.82	130.91	1.20	0.35	24.36	2.18	33.75
黏盘黄棕壤	6.58	12.13	0.84	11.42	116.44	0.78	0.22	43.52	1.68	39.40
中性紫泥土	7.24	15.45	1.15	14.19	123.60	0.97	0.22	26.23	1.60	23.91
中性紫砂土	7.44	15.32	1.11	14.00	128.66	0.86	0.22	24.56	1.72	24.59
棕色石灰土	7.20	17.80	1.14	13.38	115.48	0.93	0.36	23.55	1.72	35.16

第三节 耕地地力等级划分结果及管理对策

蚌埠市耕地面积371 633 hm^2，其耕地质量的好坏直接影响着农民的收入，影响着本市新农村建设的步伐。

我们在前述耕地质量调查和评价原理、方法的基础上，按照农业部这次耕地质量调查和评价的规程和分级标准，将本市耕地地力进行了评价和分等定级。

采用累积频率曲线法，用样点数与耕地地力综合指数制作累积频率曲线图，根据样点分布的频率，用累计频率曲线的拐点处作为每一等级的起始分值，将全市耕地分为六个等级，见表4-2-3。

表4-2-3 蚌埠市耕地地力分级表(累积频率曲线法)

市耕地地力分级	区间	面积(hm^2)	占比(%)	主要分布地点
一等地	大于0.796 7	78 413	21.1	怀远县常坟镇、找郢乡、马城镇、淝南乡、兰桥乡;五河县东刘集镇;固镇县、淮上区等
二等地	0.756 7~0.796 7	81 387	21.9	怀远县万福镇、淝河乡;五河县小圩镇;固镇县仲兴乡;禹会区、淮上区等
三等地	0.716 7~0.756 7	105 913	28.5	固镇县河溜镇、王庄镇、杨庙乡、城关镇、刘集镇;怀远县徐圩乡、包集镇、淝河乡;五河县东刘集镇、沫河口镇;蚌山区、淮上区等地
四等地	0.676 7~0.716 7	73 213	19.7	秦集镇周蔡村;秦集镇河北村等
五等地	0.636 7~0.676 7	22 673	6.1	长青乡石巷村;秦集镇秦集村等
六等地	小于0.636 7	9 660	2.6	燕山乡孙家圩子村;秦集镇宗洼村

一、一等地

(一)分布区域与面积

一等耕地土壤主要分布于怀远县常坟镇、找郢乡、马城镇、淝南乡、兰桥乡,五河县东刘集镇、小圩镇、申集镇,淮上区梅桥镇、吴小街镇、小蚌埠镇,少量在固镇县、蚌山区、禹会区等,面积为78 413 hm^2,占总耕地面积的21.1%。

(二)主要特性

一等地土壤多为两合土、白黄土田、潮马肝土、砂姜黑土田、砂土等。地形部位为平地、缓坡平地,质地为重壤、中壤,耕层厚度一般在18.09 cm左右。该等耕地土壤有机质含量为19.08 g/kg左右;有效磷为22.39 mg/kg左右;速效钾为133.49 mg/kg左右;水溶态硼为0.38 mg/kg左右;有效铜为2.41 mg/kg左右;有效锌含量为1.27 mg/kg左右;有效铁为52.81 mg/kg左右;有效锰为30.71 mg/kg左右;pH为7.13左右。

土壤成土母质为沉积物、第四系黄土。水肥条件优越,表层质地适中,疏松易耕,保肥性好,易发小苗,水、肥、气、热状况协调,是较好的耕作土壤。

(三)存在的问题及合理利用

一等耕地为全市农业高产高效区,人多地少,化肥施用量较大,有机肥投入明显不足,极易造成中量或微量元素失调、全氮偏低。在施肥上,应注意平衡施肥,增施有机肥,实行秸秆还田等措施,提高土壤肥力;在土壤改良上,应加强深耕,提高活土层厚度,提高作物吸收深层水分和养分的能力。

二、二等地

（一）分布区域与面积

主要分布于怀远县唐集镇、万福镇、淝河乡，五河县双忠庙镇、小圩镇、东刘集镇，固镇县仲兴乡、濠城镇，淮上区曹老集镇，少量在禹会区、蚌山区、龙子湖区等地，面积为81 387 hm^2，占总耕地面积的21.9%。

（二）主要特性

二等耕地水利条件较好，农田灌溉保证率高。土壤多为白黄土田、潮马肝土、黑土、黄土、青白土，土壤轻度侵蚀，成土母质为第四系黄土、沉积物。地形部位为缓坡平地、低岗坡地、洼地、平地，土壤质地多为重壤、中壤、砂壤等，耕层厚度为17.44 cm左右。水肥条件优越，管理方便，耕性良好。

该等耕地土壤有机质含量在17.51 g/kg左右；有效磷为20.78 mg/kg左右；速效钾为123.30 mg/kg左右；水溶态硼为0.38 mg/kg左右；有效铜为2.17 mg/kg左右；有效锌为1.21 mg/kg左右；有效铁为54.11 mg/kg左右；有效锰为34.33 mg/kg左右；pH平均为6.95。

（三）存在的问题及合理利用

该等耕地耕性较好，土地利用率高，复种指数大。但过度提高复种指数，造成养分失调，地力下降。其改良措施有3条：

一是平衡施肥，除施用氮、磷大量元素肥料外，根据测土化验，增施硅、硼、锌元素，实行平衡施肥，搞好养分协调；

二是多种冬季绿肥等养地作物，如紫云英、小油菜等；

三要根据该等耕地复种面积大的特点，实行油菜和稻草秸秆还田，提高耕地有机质含量，有利于保水保肥，逐步加深耕作层，培肥地力，提高耕地综合生产能力。

三、三等地

（一）分布区域与面积

该等耕地主要分布于固镇县河溜镇、王庄镇、杨庙乡、城关镇、刘集镇，怀远县徐圩乡、包集镇、淝河乡，五河县东刘集镇、沫河口镇，少量在蚌山区、淮上区等地，面积105 913 hm^2，占全市耕地面积的28.5%。

（二）主要特性

该等耕地灌溉保证率基本满足，土壤强度侵蚀。土壤类型为青白土、黑土、黄土、淤土等，成土母质为第四系黄土、冲积物、沉积物、残积物、坡积物等。地形部位是低岗坡地、洼地、平地，质地以重壤、中壤、砂壤、轻壤、轻黏为主，耕层厚度为17.16 cm。

该等耕地土壤有机质含量平均值为16.24 g/kg；有效磷平均为20.59 mg/kg；速效钾平均为121.31 mg/kg；有效铁平均为45.01 mg/kg；有效锰平均为33.39 mg/kg；有效铜平均为1.95 mg/kg；有效锌平均为1.04 mg/kg；水溶态硼平均为0.36 mg/kg；pH平均为6.79。

（三）存在的问题及合理利用

重壤耕种土壤黄棕壤偏黏，通气性差，紧实致密，养分分解缓慢，供水供肥性差。不宜种植棉花等双子叶作物，旱地宜种植玉米，水田宜种植水稻等单子叶作物。土壤改良应增施有机肥或通过秸秆还田，改良土壤。

中壤耕种土壤砂泥土是理想的耕作土壤，但土地利用频繁，养分供应失调。土壤利用改良上应在增施有机肥的同时，增施适量的氮、磷、钾化肥和硅、硼、锌等中微量元素肥料，平衡施肥，科学灌溉，做到经济合理和因土施肥、因土浇灌，以达到最佳土壤生态状态，提高经济效益。

四、四等地

（一）分布区域与面积

该等耕地主要分布于固镇县包集镇、杨庙乡、新马桥镇、湖沟镇、任桥镇、仲兴乡，五河县浍南镇、头铺镇，少量在怀远县、禹会区、龙子湖区、蚌山区等。面积73 213 hm^2，占总耕地面积的19.7%。

（二）主要特性

该等耕地土壤灌溉基本无保证，排涝能力强，强度侵蚀。土壤类型多为黄土、淤土、黑土等，成土母质为沉积物、第四系黄土。质地多为中壤、重壤等，耕层厚度为16.40 cm左右。

该等耕地土壤有机质含量平均值为15.30 g/kg；有效磷平均为20.11 mg/kg；速效钾平均为114.25 mg/kg；有效铁平均为38.46 mg/kg；有效锰平均为30.64 mg/kg；有效铜平均为1.88 mg/kg；有效锌平均为0.95 mg/kg；水溶态硼平均为0.37 mg/kg；pH平均为6.75。

（三）存在的问题及合理利用

该等耕地黄白土、马肝土、表潜板结田所占比重较高，这3种土壤质地较黏重，耕种困难，应增施有机肥，提高有机质，实行秸秆还田，由黏变壤。在种植上，应实行水旱轮作，改良土壤，也可实行多犁多耕，改变土体性状。对于灰砂泥土耕地，则实行平衡施肥，增施中微量元素肥料，轮作倒茬，提高地力。总之，该等土地在增施有机肥培肥地力的同时，应合理布局、用地养地结合以获取最佳经济和生态效益。

五、五等地

（一）分布区域与面积

五等耕地主要分布于五河县朱顶镇、龙子湖区李楼乡，少量分布在固镇县、怀远县等地，面积为22 673 hm^2，占全市耕地面积的6.1%。

（二）主要特性

土壤类型为淤土、黄土，土壤母质类型为第四系黄土、残积物、坡积物、冲积物，地形部位为坡地、洼地，耕层质地为中壤，轻黏，耕层厚度为15.46 cm。

该等耕地土壤有机质含为14.97 g/kg左右；有效磷为17.06 mg/kg左右；速效钾为110.87 mg/kg左右；水溶态硼为0.35 mg/kg左右；有效铜在1.73 mg/kg左右；有效锌为0.83 mg/kg左右；有效铁为37.96 mg/kg左右；有效锰为28.52 mg/kg左右；pH为6.82左右。

（三）存在的问题及合理利用

该等耕地大部分为通体型，有轻度侵蚀，表土流失严重，耕层浅板瘦。由于地处岗丘，表土径流量大，耕层厚度一般只有16 cm，水田次生潜育化严重。土壤酸性强，腐殖质的积累作用偏弱，表层有机质含量低，而且易受旱涝的威胁，难以旱涝保收耕作。主要措施是蓄引并举，治旱改土兴修水利，扩大灌溉面积，因地制宜，逐步扩大实行坡地梯田化或退耕还林，减少表土径流；调整作物布局，在适当减少双季稻种植的同时，应稳定肥-稻或油-稻的面积，并轮作换茬，用养结合；实行作物秸秆还田，合理使用化肥，实行氮、磷、钾及中微量元素的正确配比，以求达到均衡协调。

六、六等地

（一）分布区域与面积

六等耕地主要分布于五河县朱顶镇、龙子湖区李楼乡，少量分布在禹会区秦集镇、怀远县马城镇等地，面积9 660 hm^2，占全市耕地面积的2.6%。

（二）主要特性

土壤类型为麻石硅铝质粗骨土、麻石黄棕壤性土，地形部位为岗地、坡地，强度侵蚀，土壤质地一般为石质，成土母质为残、坡积物，耕层厚度为13.96 cm。该等耕地土壤有机质含量为15.37g/kg左右；有效磷为16.61 mg/kg左右；速效钾为

120.62 mg/kg 左右;水溶态硼为 0.28 mg/kg 左右;有效铜为 1.95 mg/kg 左右;有效锌为 0.97 mg/kg 左右;有效铁为 42.14 mg/kg 左右;有效锰为 21.52 mg/kg 左右;pH 为 6.95 左右。

（三）存在的问题及合理利用

该等耕地耕性较好,阳离子代换量高,保肥保水性好。由于受地理环境影响,大部分是旱作区,受气候制约因素较大。干旱是影响农业生产的主要因素,而地力低下是该等土壤的第二大障碍因素。因此,在改良措施上,一是搞好农田基本建设,提高土壤保墒能力;二是增施有机肥,如肥源不足,应广泛开展作物秸秆还田,提高土壤肥力;三是注意平衡施肥,控氮、减磷、增施钾肥和中微量元素肥料,实行配方施肥。

第五章　土壤养分含量及变化分析

第一节　土壤养分现状及演变原因

土壤是农业的基本生产资料，随着人口增长、资源枯竭、环境恶化，人均可耕地日益减少。如何保持和提升耕地质量，用越来越少的耕地养活越来越多的人口，成为世界各国共同关心的问题。我国耕地面积占世界耕地总面积的7%，却养活世界19%的人口，我国人口、资源、环境的压力比世界其他国家更大，提升耕地质量的要求更迫切，任务更艰巨，这方面的工作也更易成为世界关注的焦点。但我国多年来耕地质量到底是下降了还是提升了，一直没有定论。Smail根据中国森林退化、水土流失和荒漠化的情况判断得出：中国土地资源和环境都在退化，这个结论是从宏观环境上来说的，并未深入到土壤肥力这种微观层面。因此，近年我国许多科学家对土壤肥力的演变情况进行了调查研究。张贝尔等对山东禹城市30年来的土壤肥力演变状况进行的分析得出：经过近30年的耕作施肥和低产田改造，禹城市耕地质量显著提高；俞海对我国多个省市近30年来的土壤肥力演变趋势进行的分析表明：东部地区除土壤速效钾下降和酸碱性有所退化外（多为酸化倾向），耕地的有机质、全氮和速效磷的含量都增加了，而东北地区土壤肥力则有所下降；孙树荣则对西部干旱地区的山西沂州农田土壤肥力变化进行了调查研究，得出土壤因为灌溉条件改善和化肥大量施用而促进了肥力的提高，2006年以来的秸秆还田更使土壤肥力提升加快；秦明周在南宁市调查的结果则说明当地1984年以来的土壤肥力在下降。

土壤具有复杂的时空变异性，各地的经济发展程度、耕作制度不同，施肥水平和管理水平参差不齐，肥力的演变过程和演变方向也不同。有必要通过不同时空尺度上的土壤肥力演变分析，因地制宜地采取耕地质量提升措施。蚌埠市多数土壤地处沿淮地区，土壤类型和农业历史有自己的地理特征和地域特点，有必要对本地自第二次全国土壤普查以来的土壤养分变化状况及其演变原因进行调查分析。

本章将第二次全国土壤普查的资料进行了提取，对近年测土配方施肥项目41 690个土样的养分数据进行了分析，结果总结如下。

一、第二次土壤普查土壤养分含量

通过查找第二次土壤普查资料，包括《蚌埠土壤》《蚌埠土种志》《怀远土壤》《怀远土种志》《固镇土壤》《固镇土种志》《五河土壤》《五河土种志》《蚌埠市郊区土壤》《蚌埠市郊区土种志》等，分土类对耕层土壤中的有机质、全氮、有效磷、速效钾、pH 进行了统计，加权平均，得出全市平均值。

表5-1-1　第二次全国土壤普查蚌埠市土壤养分数据

土类	有机质 (g/kg)	全氮(g/kg)	有效磷 (mg/kg)	速效钾 (mg/kg)	pH	占总耕地面积比例（%）
黄棕壤	11.1	0.74	4.0	153	7.6	23.7
潮土	12.0	0.80	6.9	145	8.1	15.6
砂姜黑土	10.6	0.68	4.0	121	7.2	47.8
水稻土	12.7	0.78	13.2	117	7.4	12.1
红色石灰土	9.3	0.65	7.0	210	7.8	0.23
紫色土	9.0	0.68	4.0	106	6.8	0.52
粗骨土	27.8	0.14	9.4	79	6.0	0.02
全市加权平均	11.1	0.72	5.6	132	7.5	100.0

二、近年土壤养分含量

选取测土配方施肥项目县(区)2005—2011 年取土化验数据，怀远县 10 907 个土样、五河县 8 002 个土样、固镇县 8 268 个土样、淮上区 7 314 个土样、龙子湖区4 504个土样、蚌山区和禹会区 2 695 个土样，对有机质、全氮、有效磷、速效钾、pH等5 个指标进行分类汇总，加权平均得出蚌埠市现在的土壤养分数据。

表5-1-2　蚌埠市各地区土壤养分现状

县(区)	有机质 (g/kg)	全氮(g/kg)	有效磷 (mg/kg)	速效钾 (mg/kg)	pH	占总耕地面积比例（%）
怀远	19.1	1.17	28.1	139	6.6	43.3
五河	16.0	1.11	15.9	108	7.2	25.0
固镇	28.9	1.79	11.8	72	5.7	24.3

续表

县(区)	有机质(g/kg)	全氮(g/kg)	有效磷(mg/kg)	速效钾(mg/kg)	pH	占总耕地面积比例(%)
淮上	16.9	0.95	21.9	150	7.2	3.6
龙子湖	14.8	1.00	20.7	152	7.2	1.6
蚌山和禹会	18.7	0.86	20.1	138	6.8	2.2
全市加权平均	20.5	1.28	20.6	116	6.6	100.0

土壤酸碱度分级及养分丰缺指标,依据《中国百科全书——土壤卷》耕地丰缺指标标准。

表5-1-3　土壤酸碱度分级标准

级别	极强酸性	强酸性	中微酸性	中性	中微碱性	强碱性	极强碱性
pH	<4.5	4.5~5.5	5.5~6.5	6.5~7.5	7.5~8.5	8.5~9	>9

表5-1-4　耕地土壤养分分级标准

分级	有机质(g/kg)	全氮(g/kg)	有效磷(mg/kg)	速效钾(mg/kg)
1(低)	<8	<0.8	<4	<35
2(较低)	8~12	0.8~1.2	4~6	35~50
3(中)	12~18	1.2~1.7	6~12	50~80
4(较高)	18~28	1.7~2.0	12~18	80~120
5(高)	28~36	2.0~2.6	18~25	120~160
6(极高)	>36	>2.6	>25	>160

三、结果与分析

1. 蚌埠市20世纪80年代土壤养分状况分析

根据第二次全国土壤普查数据计算,蚌埠市20世纪80年代土壤养分含量平均值:有机质11.1 g/kg,全氮0.72 g/kg,有效磷5.6 mg/kg,速效钾132 mg/kg,pH 7.5。对照土壤有机质、大量元素和酸碱度丰缺标准,可以看出,25年以前蚌埠市土壤酸碱度呈中性(接近上限值),全氮低,有效磷较低,速效钾高,有机质较低。

2. 蚌埠市土壤养分现状分析

从表5-1-2中可以看出,近年蚌埠市土壤养分含量平均值:有机质20.5 g/kg,全氮1.28 g/kg,有效磷20.6 mg/kg,速效钾116 mg/kg,pH 6.6。对比土壤有机质、大量元素和酸碱度丰缺标准,可以看出,蚌埠市土壤养分现状为:土壤酸碱性呈中性（接近下限值），全氮属中等水平，有效磷属高水平，速效钾属较高水平，有机质属较高水平。

3. 蚌埠市土壤养分演变特征

自第二次土壤普查以来的近30年时间，蚌埠市土壤酸碱度从7.5到6.6，呈明显酸化的趋势；土壤速效钾含量评价等级从高到较高减少了16 mg/kg，减幅为12.2%；土壤全氮、有效磷、有机质全部提高。全氮增加0.56 g/kg，增幅为77.8%，评价等级由低到中；有效磷增加15 mg/kg，增幅为269.3%，评价等级由较低到高，上升了3个等级；有机质增加了9.4 g/kg，增幅为85.0%，评价等级由较低到较高。

4. 土壤养分变化原因分析

（1）种植水平提升。随着农业技术不断推广普及，用地养地意识不断提高，农民对肥料投入量增加，尤其农民对氮、磷肥施用量加大，造成了土壤中氮、磷的含量逐年增多。同时，随着农业产量的大幅度提高及农村经济的快速发展，农村不再以秸秆为主要的燃料，加之现在农机应用面积加大，促使了农作物根茬、枯枝落叶大量残留归还土壤，这样就使有机质在土壤中的含量大幅度提高。

（2）肥料投入量逐年提高。肥料是作物的粮食，现在肥料投入成本已占到农资成本的50%以上，是25年前的3～4倍，现在用量每年每公顷纯氮450 kg，五氧化二磷180 kg，氧化钾120 kg，且用量有逐年增加的趋势。目前，蚌埠市化肥的利用率低，氮肥的当季利用率仅为30%左右，磷肥的利用率仅为15%左右，大部分残留在土壤中被固定和吸收，随着时间的推移，土壤中氮、磷含量得以提高。

（3）施肥结构不合理。蚌埠市现在种植作物主要是水稻、小麦、玉米、蔬菜等，一般为一年两熟，农民施用化肥来补充作物的营养需求，主要是复合肥加尿素，且复合肥中钾元素含量都比较低，氮、磷所占比例较高。同时，小麦、水稻、玉米、蔬菜对钾元素需求量大，造成钾元素过量消耗，这是导致土壤中钾元素含量降低的主要原因，也是造成氮、磷大幅度提高的主要原因 。

（4）肥料的不合理施用是土壤酸化的主要原因。一是土壤中氮肥超量施用，土壤中氮素除30%被作物吸收外，部分氮元素留在土壤中被转化为硝酸根离子和亚硝酸根离子，增加了土壤的酸度；二是生理酸性肥料投入太多，很多复合肥都是“双氯”（氯化铵和氯化钾共同配）肥料，由于价格低，农民愿意买，这些生理酸性肥料施入，慢慢积累，也是土壤酸化的重要原因；三是部分农民使用化工厂生产的废液废渣作为有机肥，投入到农田，这些物质的pH一般为3～4，也加速了土壤酸化。

四、合理施肥及土壤培肥措施

1. 积极推广测土配方施肥技术

依托各县（区）多年来取得的土壤养分化验数据和肥料试验结果，根据不同作物需肥规律、土壤供肥特性和肥料效应，研制出施肥建议卡，农民根据建议卡施肥，做到按方施肥。

2. 加强农企对接，强化配方肥推广

根据有关文件要求，农技部门、肥料生产（销售）企业、农民要相互对接，密切合作，各负其责。农技部门按不同类型区、不同作物提供配方，肥料生产企业保质保量生产，肥料销售企业合理布点及时提供给农户，农户按技术指导要求施肥。实现整村、整镇（乡）、整县（区）使用配方肥，充分发挥配方施肥的作用，实现科学施肥，促使土壤肥力持续稳定提高。

3. 搞好土壤肥力监测，建立施肥动态指标体系

根据不同的土壤类型和不同的种植习惯，每个县（区）建立2～3个土壤肥力长期监测点，形成完善的县域土壤肥力监测系统，建立主要农作物小麦、水稻、玉米、蔬菜的施肥动态指标体系。

4. 积极培养农民科学施肥习惯

在测土配方施肥技术基础上，重点增施商品有机肥，开展秸秆粉碎还田，种植绿肥来增加土壤有机质含量，培肥地力；改变农民重基肥轻追肥，重氮轻钾，重大量元素轻中微量元素的施肥习惯，提倡增钾减氮，有针对性地补充中微量元素，减少基肥用量，加大追肥比例。

第二节　土壤有效锌的现状及对策

锌对农作物来说是不可缺少的重要元素，锌是构成酶的元素，它参与作物的光合作用、呼吸、氮代谢、激素合成和植物生长等方面，起着不可代替的重要作用。

锌作为很多酶的活性核心元素，具有不可替代性。迄今发现的含锌复合酶分布在氧化还原酶类、转移酶类、水解酶类、裂解酶类、异构酶类和合成酶类等6大类中已达59种。锌还可以活化草酰乙酸氧化酶、烯醇化酶等。

锌在植物中不能迁移，因此缺锌症状首先出现在幼嫩叶片上和其他幼嫩植物器官上。许多作物共有的缺锌症状主要是植物叶片褪绿黄白化，叶片失绿，脉间变黄，出现黄斑花叶，叶形显著变小，常发生小叶丛生，称为“小叶病”“簇叶病”等，生长缓慢、叶小、茎节缩短，甚至节间生长完全停止。缺锌症状因物种和缺锌程度不同而有所差异。

表5－2－1　土壤中有效锌的级别指标体系

级别	1（低）	2（较低）	3（中）	4（较高）	5（高）
指标（mg/kg）	<0.5	0.5～1.0	1.0～3.0	3.0～5.0	>5.0

土壤有效锌测试方法为 DTPA 浸提－原子吸收分光光度计法。

一、土壤有效锌含量变化状况

表 5－2－2　第二次土壤普查土壤中有效锌不同级别面积（单位：亩）

级别	怀远县	五河县	固镇县	市辖四区	蚌埠市合计	占总面积比例（%）
1（低）	41.123 2	7.094 91	52.63	8.2	109.048 11	24.24
2（较低）	89.554 2	105.842	50.562	6.8	252.758 2	56.19
3（中）	64.52	3.372 99	15.318	3.607	86.817 99	19.30
4（较高）	0.0256	0	1.17	0	1.195 6	0.27
5（高）	0	0	0	0	0	0
面积合计	195.223	116.31	119.68	18.607	449.82	100.00

注：蚌埠市区划调整前所辖怀远县、五河县、固镇县、市郊区，区划调整后所辖怀远县、五河县、固镇县、淮上区、龙子湖区、蚌山区和禹会区。表 5－2－2 土壤中有效锌含量数据来自《蚌埠土壤》《蚌埠土种志》《怀远土壤》《怀远土种志》《五河土壤》《五河土种志》《固镇县土壤》《固镇土种志》《蚌埠市郊区土壤》《蚌埠市郊区土种志》及相关资料。

表 5－2－3　2006—2011 年实施测土配方施肥项目土壤中有效锌不同级别面积（单位：亩）

级别	怀远县	五河县	固镇县	淮上区	龙子湖区	蚌山和禹会区	蚌埠市	占总面积比例（%）
1（低）	38.877 5	7.826 51	42.643	0.7	4.8	1.39	96.237	21.52
2（较低）	86.442 5	88.343 1	29.122	8.6	5.2	3.76	221.468	49.51
3（中）	62.25	6.4327 5	31.008	9.3	3.9	3.69	116.581	26.06
4（较高）	1.83	4.610 14	2.331	2.1	0.1	0.26	11.231 1	2.51
5（高）	0.7175	－	0.694	0.3	0.01	0.06	1.781 5	0.40
面积合计	190.118	107.213	105.798	21.0	14	9.16	447.289	100.00

从表 5－2－2 可以看出，蚌埠市 1986 年以前土壤中有效锌含量分布情况是：低于 0.5 mg/kg 占总面积 24.24%，0.5～1.0 mg/kg 占总面积 56.19%，低于 1.0 mg/kg 也就是土壤缺锌面积达 80.43%，大于 3.0 mg/kg 只占总面积的 0.27%，大于 5.0 mg/kg 没有。

表 5－2－3 土壤有效锌含量数据来自 2006—2011 年怀远、五河、固镇三县和淮上、龙子湖、蚌山、禹会四区测土配方施肥采集土样数据平均的结果。可以看出，近年来蚌埠市有效锌含量分布情况是：低于 0.5 mg/kg 占总面积的 21.52%，0.5～1.0 mg/kg 占总面积的 49.51%，低于 1.0 mg/kg 也就是土壤缺锌面积达 71.03%，

大于3.0 mg/kg 也只占总面积的2.91%，大于5.0 mg/kg 仅占总面积的0.4%。

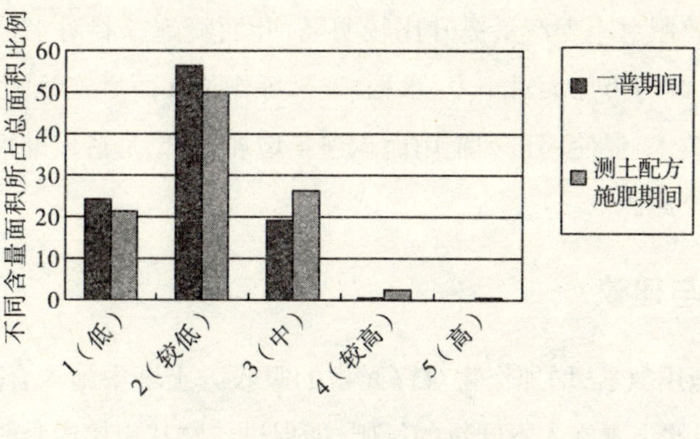

图5-2-1　近25年来蚌埠市土壤中有效锌含量变化

通过表5-2-2和表5-2-3对比，可以发现土壤中有效锌缺乏的面积从第二次土壤普查时占总耕地面积的80.43%降到现在71.03%，减少了9.4%；土壤中有效锌大于3.0 mg/kg 从第二次土壤普查时占总面积的0.27%，到现在占总面积的2.91%；大于5.0 mg/kg 从第二次土壤普查时的无到现在占总面积的0.4%。整体上看，蚌埠市土壤有效锌的含量在近二三十年有所增加，缺锌的面积有所减少，如图5-2-1所示。

二、变化原因分析

1. 土壤酸碱度对土壤有效锌的影响

通过对近25年来蚌埠市土壤pH分析，得出土壤酸碱度由第二次土壤普查时的7.5降到现在的6.6，呈明显酸化的趋势，有效锌的平均含量与pH有一定的关系，即pH <7的土壤有效锌的平均含量较高，pH >7的土壤水溶态硼、有效锌的平均含量相对较低。

2. 土壤中有机质含量与有效锌含量的关系

通过对近25年来蚌埠市土壤有机质分析，有机质增加了9.4 g/kg，增幅84.95%，评价等级由较低到较高，随着有机含量增加，土壤有效锌也增多了。

3. 测土配方施肥项目实施有效锌投入增加

近几年蚌埠市所辖县区逐步实施测土配方施肥项目，根据测土化验结果，掌握了蚌埠市大部分土壤的含锌状况，有针对性地提出施肥建议卡，主要作物每亩补施硫酸锌肥1 kg 做底肥或追施硫酸锌肥0.5 kg，同时大力推广配方肥，每袋中含硫酸锌肥1 kg。随着测土配方施肥技术的应用和配方肥的推广，锌肥施入土壤量加大，促使土壤中有效锌投入加大。

4. 叶面喷施锌肥增加作物产量,品质显著提高,应用力度加大

叶面喷施锌肥对小麦产量提升比较明显,叶面喷施锌肥对水稻产量和品质有明显促进作用,蚌埠市加大对小麦、水稻、玉米等作物叶面喷施锌肥力度,农民自发应用叶面喷锌技术,促使用量和施用面积连年增加,这也是造成蚌埠市土壤有效锌含量增加的一个原因。

三、对策与建议

(1)合理施用氮素,增加作物对锌元素的吸收。土壤中施入合理的氮素,根据不同作物、不同的土壤施入不同量的氮肥,能促进作物从土壤中吸收锌元素。

(2)提高土壤有机质含量。大力提倡秸秆还田,增施土杂肥,推广商品有机肥的使用等,增加土壤中有机肥含量,从而提高土壤中有效锌的含量。

(3)增加农用锌肥的投入。增施锌肥与土壤有效锌的含量成正相关,随着投入量的增加,土壤中有效锌含量也相应增加。

第三节　砂姜黑土改良与耕地质量提升技术

砂姜黑土成土母质主要为河湖相沉积物,是土壤分类学中一个特殊土壤类型,是我国主要耕作土壤的组成部分,面积约 4.0×10^6 hm^2,集中分布在黄淮海平原南部的广大地区。蚌埠市砂姜黑土面积约 2.8×10^5 hm^2,广泛分布在北部县(区)及沿淮与淮河以南部分地带,占全市耕作土壤的50%之多,也是全市目前主要的中低产土壤。

由于砂姜黑土质地黏重,结构性差,土壤蓄水保水能力弱,易旱易涝,土壤抗御自然灾害的能力脆弱。同时,土壤肥力不高,生产性能不稳,目前是蚌埠市乃至黄淮海地区面积最大的中低产土壤之一。但是,砂姜黑土地区具有丰富的光、热、水等自然资源,农业生产有很大的增产潜力和提升空间。加强对该区域耕地保育,特别是加强中低产土壤的改良和培肥,对促进区域农业持续发展、农民增收和保障国家粮食安全等方面具有重要作用。

一、土壤基本特征与农业生产水平

(一)土壤养分状况

20世纪80年代,中国科学院南京土壤研究所怀远县鲍集砂姜黑土综合治理试验站(以下简称鲍集站)建立了万亩砂姜黑土改良与培肥试验示范基地。科研人员对万亩试验区的土壤类型及其性状进行了调查与定量分析。从分析结果来看，作为土壤养分重要指标的土壤有机质含量普遍较低是砂姜黑土主要特征之一，其耕层有机质含量一般为7.3～15.5 g/kg，平均在10.8 g/kg左右；耕层全氮含量为0.4～1.0 g/kg，平均在0.79 g/kg左右；耕层土壤全磷(P)含量为0.24～0.36 g/kg，平均在0.28 g/kg左右；耕层有效磷(P)含量为2.98～6.06 mg/kg，平均在4.72 mg/kg左右；耕层土壤全钾(K)含量为13.1～15.2 g/kg，平均在14.3 g/kg左右；耕层土壤有效钾(K)含量为77～175 mg/kg，平均在106 mg/kg左右(表5－3－1)。

表5－3－1 砂姜黑土万亩试验区建站(1989年)时土壤养分状况

项 目	有机质(g/kg)	全氮(g/kg)	全磷(g/kg)	有效磷(mg/kg)	全钾(g/kg)	有效钾(mg/kg)
样本数	$n=50$	$n=50$	$n=50$	$n=50$	$n=50$	$n=50$
含 量	10.8±2.6 (7.3～15.5)	0.79±0.25 (0.4～1.0)	0.28±0.12 (0.24～0.36)	4.72±1.64 (2.98～6.06)	14.3±0.86 (13.1～15.2)	106±32 (77～175)

(二)土壤物理性状

1. 土壤的一般形态特征

通过对万亩试验区土壤剖面的观察，砂姜黑土土体较为深厚，剖面自上而下有耕作层、亚耕层、残留黑土层、氧化还原层、过渡层及砂姜黑土层。上部50 cm或80 cm土体以暗灰黄色、橄榄棕色为主，并有20～40 cm不等厚度的棕黑色残留黑土层。心土层以橄榄棕色为主，有较多黄棕色锈斑或铁锰斑、灰斑，其下为橄榄棕色砂姜土层，夹有少量锈斑、铁锰斑等新生体。由于微地形的起伏或上部土层遭侵蚀，黑土层出现部位及厚度不一，砂姜层出现部位常随黑土层厚薄而深浅不一。耕层一般以壤质黏土为主，呈碎块状结构，多细孔隙，多须根，土壤较疏松。黑土层一般为壤质黏土，块状结构，土壤稍紧实。过渡层土体呈块状或棱块状结构，夹有3%～5%面砂姜，土壤紧实。砂姜层一般为壤质黏土，呈块状或棱块状结构，夹有5%～10%硬砂姜，土体紧实。

2. 土壤的蓄水性能

土壤蓄水性能可以用土壤有效含水量来进行定量表征。通过对万亩试验区内的典型剖面土壤持水性能的分析(表5－3－2)可以看出，砂姜黑土有效水含量水平较低，在1.0 m深的整段剖面上，耕层有效水含量最高，随着深度增加，有效水含量逐渐降低，且在有效水范围内，随着土壤含水量的降低，土壤水分的能量水平(有效度)急剧下降，特别是在作物根系主要的吸水层——耕层和犁底层，土壤吸力在0.1 MPa以上的有效水占50%以上。因此，干旱季节，土壤在强烈蒸发蒸腾作用下，由于上层土壤水分损失较快，大大降低了水分有效性，从而产生水分供不应求而使作物受旱。

表 5-3-2　不同吸力下的土壤砂姜黑土的持水性能

深度 (cm)	不同土壤吸力下的土壤含水量(g/kg)					有效水含量 (g/kg)	<0.1 Mpa 有效水百分数(%)
	0 MPa	0.03 MPa	0.1 MPa	0.3 MPa	1.5 MPa		
0~22	357.1	260.6	185.5	175.9	127.5	133.1	56.4
22~44	325.6	254.7	197.8	189.2	137.4	117.3	48.5
44~65	306.4	247.7	207.0	199.2	142.4	105.3	38.7
65~100	294.3	238.7	205.4	196.5	155.0	83.7	39.8

3. 土壤的保水性能

由于砂姜黑土富含胀缩性强的黏土矿物——蒙脱石，干缩湿胀明显、频繁。因此，其保水性能也较差。把砂姜黑土在田间持水量时的体积看作最大(即收缩为零)，随着土壤含水量的降低，土体急剧收缩。在干旱季节，由于土体迅速收缩而产生大量裂隙，裂缝宽可达 2 cm 左右，深达 50 cm 左右，下层水分易沿平直裂缝表面直接向大气扩散，从而大大加快了土壤水分蒸发损失。

4. 土壤的颗粒组成

通过对典型剖面颗粒组成(表 5-3-3)的分析，可以看出，砂姜黑土全剖面质地黏重，为壤质黏土及黏土，颗粒组成中黏粒(<0.002 mm)占 1/3 左右。有的层次偶见少数大于 2 mm 的石砾，实质上为土壤新生体——钙质结核。因此，在有机肥含量不高的状况下，后者在雨后地表容易出现板结现象，影响作物出苗。

5. 土壤容重和孔隙特性

耕层土壤容重变化为 1.38~1.68 g/cm^3(表 5-3-4)，耕层以下土壤容重一般在 1.50 g/cm^3 以上。耕层总孔隙度在 50% 左右，随土层深度增加而逐渐降低，这与越往下层土壤越黏重、越紧实的特性是一致的。

在总孔隙度中，决定土壤通气性和排水状况的通气孔隙度较低，耕层在 9.5% 左右，而耕层以下只有 5% 左右(表 5-3-4)。当通气孔隙度低于 10% 时，会对作物根系增长产生明显限制作用，甚至影响作物生长。因此，较差的孔隙状况会对砂姜黑土通气透水性能产生不良影响，从而影响土壤质量及生产性能。

表 5－3－3 砂姜黑土的颗粒组成

剖面	深度(cm)	颗粒组成(g/kg)				土壤质地
		2～0.2 mm	0.2～0.02 mm	0.02～0.002 mm	<0.002 mm	
剖面 1	0～15	–	382	356	262	壤质黏土
	15～25	0.3	355	372	270	壤质黏土
	25～50	0.2	352	334	412	壤质黏土
	50～93	–	297	335	368	壤质黏土
	93～125	–	316	330	354	壤质黏土
剖面 2	0～18	–	280	306	414	壤质黏土
	18～50	–	246	275	479	黏土
	50～112	–	367	339	294	壤质黏土
	112～126	–	326	344	330	壤质黏土

表 5－3－4 砂姜黑土的容重和孔隙特性

剖面	深度(cm)	容重(g/cm^3)	孔隙度(%)	毛管孔隙度(%)	通气孔隙度(%)
剖面 1	0～23	1.50	43.40	36.03	7.37
	23～40	1.63	38.49	35.35	3.14
	40～70	1.64	38.11	34.84	3.27
	70～100	1.68	36.60	31.82	4.78
剖面 2	0～22	1.38	47.92	38.77	9.15
	22～44	1.53	42.26	37.19	5.07
	44～65	1.56	41.13	37.60	3.53
	65～100	1.60	39.62	36.32	3.30
剖面 3	0～25	1.36	48.68	39.17	9.51
	25～44	1.44	45.66	40.23	5.43
	44～80	1.58	40.38	37.37	3.01
	80～100	1.62	38.87	35.33	3.54

6. 砂姜层

砂姜层的“砂姜”主要为钙质结核，按其发育程度和结构特征，可分为雏形钙质结核、完形钙质结核和钙质硬盘。这三种形态钙质结核通常依次出现在剖面的上、中、下部，但它们在不同剖面密集出现的部位有明显差异，低位出现于 90 cm 以下，甚至更深，而高位在 40 cm 左右出现，有的甚至直接伏于暗腐殖质层之下。对剖面样品的测定表明，1 m 土体内钙质结核平均含量为土体总容积的6.0%左右。

（三）农田基本建设状况

20世纪80年代，国家在农田水利建设上，特别是大型水利工程建设上取得一定成效和成绩，但忽视了中小型配套工程，特别是田间水利工程的配套。主要是缺少小沟和毛沟，桥涵不配套，使得沟与沟或沟与河不通，雨时田间积水难排。不少水利工程设施失修或被废弃，旱时无法灌溉。由于排灌不结合，作物在灌溉之后有时遇大雨，因为排水不畅造成农田积水，形成涝渍灾害，反而比不灌的效果更糟。当时建成的一些农田水利设施，由于重建轻管，使得原有设备不能得到良好的维修保养，田间工程容易遭到破坏，遇到旱涝这些设施利用不起来，效用一低再低。因此，总的看来，20世纪80年代，农田水利设施存在着量少、配套不完善、管理与维护不及时，农业生产基本上处于雨养农业阶段，严重影响了粮食产量和农民的收入。

（四）有机肥及化肥施用情况

20世纪90年代初期，万亩试验区亩均施用有机肥约0.3方，氮肥（N）平均用量约为6.38 kg/亩，磷肥（P_2O_5）平均用量约为3.26 kg/亩，钾肥（K_2O）平均用量约为0.23 kg/亩。可见，那时砂姜黑土有机肥施用明显偏少，无机化肥中氮肥和钾肥明显不足，耕地质量很难得到改善与提高，粮食作物也难以获得高产。

（五）种植结构及产量

万亩试验区种植结构不合理。据统计，20世纪80年代末，种植结构中粮食作物约占总播种面积的75%～80%，经济作物占20%左右，粮食作物中高产的饲料粮比例很小。特别是秋熟作物结构不合理，红薯面积过大，一般达40 %左右；产量低而不稳的老品种大豆面积也不小，占夏播作物的30%～35%；可以高产的杂交玉米和花生面积都比较小，不足10%（但当时使用的玉米和花生品种老化，高产品种较少，且栽培技术落后，产量也较低）。实际上，夏红薯的单产并不高，一般亩产红薯干只有200～300 kg，老品种的大豆单产一般只有50～100 kg，而玉米单产一般可达500 kg，甚至600～700 kg。一般夏玉米单产要比大豆高3～4倍，比红薯则要高50%～70%。在N、P实际用量基本相同的条件下，不同轮作制中以大豆茬的后作小麦产量最高，玉米茬稍次，而以红薯茬最低，后者只相当于大豆茬的一半左右，表明红薯大量消耗土壤肥力。若按市场价格计算其经济效益仍以玉米最高，扣除玉米季内肥料的多投入部分后，约为大豆的1.3～1.5倍，是红薯的1.2～1.5倍，且尚未将红薯茬后作小麦产量的降低考虑在内。同时，由于红薯的面积过大，造成年年重茬或隔年重茬，使土壤生理、生态环境恶化，形成恶性循环。春红薯虽产量较高，但一年只能种一季，对土地的利用率太低；如将春红薯改为油菜茬、蚕豆茬或菠菜等春菜茬红薯，则不仅产量不会降低，还可增加一季收入。大豆虽是养地作物，但由于品种陈旧，与同类作物花生相比，产量和效益都太低，因为花生单产可达 300 kg 或更高。玉米不仅产量高，而且茬口早，又可维持地力，它又是猪、牛、禽等养殖业的最佳精饲料。因此，发展玉米生产将可在高产高效的同时，促进畜牧养殖业的发展。

根据当时对万亩试验区作物产量的调查，小麦平均产量为 246.5 kg/亩，玉米平均产量为 287.6 kg/亩，大豆平均产量为 50 kg/亩，花生平均产量为 113 kg/亩。

二、万亩试验区开展的主要培肥工作

长期以来，鲍集试验站科研人员围绕砂姜黑土僵硬、黏闭与贫瘠等特性，开展了以下几方面的试验研究工作。

（一）长期定位施肥试验

砂姜黑土是在特定成土条件和地球化学环境下形成，具有独特的形态学、矿物学和物理化学特性，也就决定了其特有的肥力特征。作为一种暗色黏质耕作土壤，其农业生产性能不良，属于低产土壤类型。随着 20 世纪 80 年代国家黄淮海农业综合开发工作的开展，砂姜黑土区无机化肥的使用逐年增加，作物产量也得到了一定程度的提高。但由于农业生产过程中，土壤养分、肥料等资源的利用方面仍存在许多不合理现象，如偏施氮、磷肥，而钾肥使用不足，有机肥使用减少等，造成肥料利用率和增产效益下降，以及影响农产品品质和环境质量等不良后果。为此，试验站开展了化肥长期定位施肥试验。试验设 6 个区，分别为：无肥区（CK）、施氮区（N）、施氮磷区（NP）、施氮钾区（NK）、施磷钾区（PK）、施氮磷钾区（NPK）。试验采用随机区组排列，重复 4 次，小区面积 33 m^2。试验供试作物为小麦 - 玉米轮作，一年两熟。通过长期定位试验对淮北砂姜黑土养分持续供给能力和作物响应特点进行深入研究，希望能为该区农业持续发展，改进土壤 - 作物系统内养分调控，使养分循环向有利于人类需要方向发展，减少不合理施肥造成的养分浪费、肥料利用率和增产效益降低，以及提高产品品质和环境质量等方面提供参考。

（二）有机物料长期定位培肥试验

砂姜黑土所含黏土矿物主要为蒙脱石，从而导致土壤产生一系列物理、化学等不良性状，在农业生产上主要表现为质地黏重、干缩湿胀、易旱易涝、耕性差、适耕期短、土壤瘠薄等。砂姜黑土有机质质量较差，其腐殖质中碳原子缩合度大，芳化度高，土壤颜色虽较深，但有机质含量并不高，而且高芳化度的腐殖质不易被分解，活性低，不能提供形成有机无机复合体所需的有机基团，所以土壤结构性能较差，加之新鲜有机物料还入土壤数量的减少，土壤有机质更新缓慢，进一步恶化了土壤生态环境。研究表明，增施有机物料可以有效地改善土壤理化性质，促进土壤有机物质的更新。为进一步加快砂姜黑土改良步伐，充分利用农业废弃物，减少对环境的污染，开展了基于不同有机物料还田改良和修复砂姜黑土的田间长期定位试验，研究这些物质对砂姜黑土的改良效果。试验设计为：无机化肥、秸秆、堆肥、牛粪等 4 个处理的长期定位培肥试验。小区面积 24 m^2，重复 3 次，随机区组排列，小麦、玉米轮作。

（三）主要粮食作物的平衡施肥试验

平衡施肥技术是以土壤养分测试和肥料田间试验为基础，根据作物需肥规律、土壤供肥性能和肥料效应，在合理施用有机物料的基础上，提出氮、磷、钾和中微量元素等肥料的施用数量、施用时间和施用方法。其核心就是解决作物需肥与供肥之间的矛盾，有针对性地补充作物所需的营养元素，作物缺什么就补什么，需要多少就补多少，实现各种养分的平衡供应，从而达到提高肥料利用效率、减少施肥量、改善农产品品质、节本增效，以及土壤养分可持续利用之目的。为此，围绕砂姜黑土旱作区主要粮食——小麦、玉米，开展了基于“3414”试验设计的作物高产稳产平衡施肥技术研究，旨在探讨高强度利用下砂姜黑土的供肥能力、作物需肥特性、施肥效应等，为该区主要粮食作物高产高效平衡施肥提供依据。

（四）作物系统水肥配合的综合效应试验

砂姜黑土分布区由于受季风气候的影响，降水时空分布不均匀，加之土壤水分物理性质差，干缩湿胀，土壤有效水容量低等自然原因，该区作物常受水分的影响，作物产量出现大幅度波动，影响作物高产稳产和肥料高效利用。为此，以该区主要作物小麦－玉米系统为研究对象，开展作物水肥配合综合效应研究。试验设水分和氮肥双因素，水分设 2 个水平，氮肥设 4 个水平。水、肥配合共组成 8 个处理。小区面积 36 m^2，重复 3 次。各小区间隔 1.5 m，并用埋深 1.0 m 的塑料薄膜隔离，防止小区间水分发生侧渗。以期通过该试验为砂姜黑土区小麦－玉米作物系统的高产稳产的水肥管理提供科学依据。

（五）改善农田水利条件，为粮食增产提供硬件支撑

砂姜黑土由于土壤本身理化性质和区域环境条件等原因，在农业生产上表现为耕作性能差、适耕期短和易旱易涝、土壤养分供应不平衡等不良生产特性，造成大面积均衡增产困难和年际间产量波动较大。但是，研究也表明，通过科学的综合配套技术措施，完全可以实现砂姜黑土区域农业从中低产向中高产的转变，达到大

面积均衡增产的生产目标，为农民增产增收、区域农业可持续发展和国家粮食安全作出更大贡献。为此，在砂姜黑土区开展农业技术研究的同时，加强物质投入，改善农田水利条件，是实现粮食高产和农业可持续发展的重要物质保障。

三、主要成果

通过上述农田水利设施的建设和各项培肥技术措施的实施，万亩试验区砂姜黑土农田生态系统得到了较大改善，土壤质量明显提高，土壤抗御自然灾害的能力得到进一步提升。

（一）土壤肥力水平得到明显提高

通过长期实施有机培肥、平衡施肥、秸秆还田以及改善农田水利设施等综合治理技术措施，万亩试验区土壤肥力得到明显提升，见表 5－3－5。

表 5－3－5　鲍集站万亩试验基地土壤养分变化状况

项目	建站时（1989 年）				当期（2009 年）			
	$\bar{x}$	R	Sx	CV（%）	$\bar{x}$	R	Sx	CV（%）
有机质（g/kg）	10.8（7.3～15.5）	8.2	2.6	24.07	13.6（9.1～18.2）	9.1	3.4	25.04
全氮（g/kg）	0.79（0.4～1.0）	0.6	0.25	31.64	1.08（0.48～1.72）	1.24	0.39	36.11
全磷（g/kg）	0.28（0.24～0.36）	0.12	0.12	42.86	0.51（0.31～0.76）	0.45	0.18	35.29
有效磷（mg/kg）	4.72（2.98～6.06）	3.08	1.64	34.75	13.66（5.23～19.42）	14.19	5.89	43.12
全钾（g/kg）	14.3（13.1～15.2）	2.1	0.86	6.01	14.8（12.8～16.9）	4.1	1.28	8.65
有效钾（mg/kg）	106（77～175）	98	32	30.19	112（72～189）	117	48	42.86

从表 5－3－5 中的监测数据可以看出，经过 20 年改良与培肥，万亩试验区砂姜黑土耕层土壤有机质含量提高了 2.8 g/kg，提高幅度为 25.9%；全氮含量提高了 0.29 g/kg，提高幅度为 36.7%；全磷含量提高了 0.23 g/kg，提高幅度为 82.1%；有效磷含量提高了 8.94 mg/kg，提高幅度为 189.4%；全钾含量提高了 0.5 g/kg，提高幅度为 3.5%；有效钾含量提高了 11 mg/kg，提高幅度为 10.4%。总体来看，万亩试验区土壤养分状况与建站时相比表现为：土壤有机质和全氮含量稳中有升、土壤磷素含量明显提高、土壤钾素含量基本维持稳定。

（二）土壤物理性状及耕作性能得到明显改善

针对砂姜黑土低产障碍因子，在万亩试验区，围绕高标准农田建设实施了一系列综合改良土壤的技术措施。首先是改善农田水利条件，建设了 533.3 hm^2 集固定式喷灌、半固定式喷灌、移动式喷灌和U形防渗渠灌溉和灌排配套的沟渠、涵桥及电站、机井系统，做到旱能及时灌溉，涝能及时排。其次是实施沃土工程，通过以过腹还田、堆沤还田、秸秆直接还田和平衡施肥等技术措施来培肥和改良土壤。第三，实施机械化深耕深松等耕作措施。针对砂姜黑土质地黏重、耕作层较浅（一般在15 cm左右）、有坚实犁底层，可供作物根系生长和吸收养分的土壤空间较小，不利于作物高产、稳产等不良特性，通过大型专业机械耕作，进行深松，深度达35 cm，每季进行深翻，深度达20 cm。通过深耕、深松，打破犁底层，加深耕作层，增加根系适宜生长和吸收土壤养分空间。通过这些综合措施，万亩试验区土壤物理性状与耕作性能也得到了明显改善。具体体现在以下几个方面：

1. 降低了土壤容重，增加了孔隙度

从前后两期的监测数据来看（表5-3-6），建站时，万亩试验区耕层土壤容重平均为1.42 g/cm^3（1.34～1.52 g/cm^3），总孔隙度平均为47.0%（42.6%～49.4%），毛管孔隙度平均为37.1%（35.4%～39.0%），通气孔隙度平均为9.9%（5.7%～12.5%）。经过20年综合治理与改良后，万亩试验区耕层土壤容重平均为1.29 g/cm^3（1.18～1.35 g/cm^3），比改良前降低了0.13 g/cm^3，降幅为9.2%；总孔隙度平均为51.3%（49.1%～55.4%），比改良前提高了4.3%，提高幅度为9.1%；毛管孔隙度平均为39.2%（37.8%～42.0%），比改良前提高2.1%，提高幅度为5.7%；通气孔隙度平均为12.1%（9.9%～13.5%），比改良前提高2.2%，提高幅度为22.2%。

表5-3-6　万亩试验区前后两期土壤部分物理性状比较

项目	建站时（1989年）				当期（2009年）			
	$\bar{x}$	R	Sx	CV（%）	$\bar{x}$	R	Sx	CV（%）
土壤容重（g/cm^3）	1.42（1.34～1.52）	0.18	0.075	5.3	1.29（1.18～1.35）	0.17	0.064	2.8
土壤总孔隙度（%）	47.0（42.6～49.4）	6.8	2.39	5.1	51.3（49.1～55.4）	6.3	2.43	4.7
毛管孔隙度（%）	37.1（35.4～39.0）	3.6	1.15	3.1	39.2（37.8～42.0）	4.2	1.48	3.8
通气孔隙度（%）	9.9（5.7～12.5）	6.8	2.75	27.8	12.1（9.9～13.5）	3.6	1.50	12.4
田间持水量（%）	26.2（24.3～27.8）	3.5	1.22	4.7	30.5（28.7～35.6）	6.9	2.67	8.8
凋萎含水量（%）	10.6（9.3～11.4）	2.1	0.74	6.9	10.4（9.2～11.0）	1.8	0.65	6.2
有效水含量（%）	15.6（13.3～17.8）	4.5	1.63	10.5	20.1（17.8～25.0）	7.2	2.95	14.7

2. 增强了土壤持水性能，提高了土壤有效水含量

建站初期，万亩试验区土壤田间持水量平均为26.2%（24.3%～27.8%），凋萎含水量平均为10.6%（9.3% ~11.4%），有效水含量平均为15.6%（13.3% ~17.8%）。经过20年改良培肥后，耕层土壤的田间持水量平均为30.5%（28.7% ~35.6%），提高了4.3%，提高幅度为16.4%；凋萎含水量平均为10.4%，降低了0.2%，降幅为1.9%；有效水含量平均为20.1%（17.8% ~25.0%），提高了4.5%，增幅为28.8%。

3. 改善了土壤耕作性能

通过对前后两期土壤塑性的测定可以看出，经过改良培肥，提高了砂姜黑土耕层土壤的下塑限，降低了塑性指数（表5-3-7）。下塑限提高意味着该土壤适耕的含水量范围增加了，宜耕期增长，降低了耕作阻力，便于耕作。同时土壤易破碎，减少大块或大条土块的出现，提高了耕作质量。

表5-3-7　前后两期土壤塑性的变化

项目	建站时（1989年）	当期（2009年）
下塑限（%）	23.5	24.6
上塑限（%）	44.6	38.3
塑性指数	21.1	13.7

（三）作物产量得到明显提高

随着砂姜黑土质量的不断提高和农田水利设施的不断完善，万亩试验区作物产量也在不断提高。小麦产量提高185.6 kg/亩，增幅达75.3%；玉米产量提高159.1 kg/亩，增幅达55.3%；大豆产量提高70.9 kg/亩，增幅达141.8%；花生产量提高247 kg/亩，增幅224.5%。可见，基础条件的改善和土壤质量的提高对作物产量有明显的提升作用。

综合来看，土壤容重的降低、田间持水量和有效水含量的增加、塑性指数的降低等都表明经过综合治理后，砂姜黑土的抗逆性能、持水性能增强，耕作性能改善，土壤抗御旱涝渍害综合能力增强。

四、提高砂姜黑土耕地质量的经验与具体措施

（一）持续施用有机肥，改善土壤不良性状，提高土壤质量

根据有机肥长期培肥试验结果，连续施用有机肥，可使耕层土壤容重降低0.14 ~0.27 g/cm³，降幅为8.9% ~20.0%。土壤总孔隙度可提高4.5% ~10.1%，而且毛管孔隙度和通气孔隙度均得到增加，土壤固、液、气三相比例更加协调。耕层土

壤的饱和持水量提高2.5% ~11.1%,土壤持水性能增强。施入的有机肥在腐解过程中产生的各种有机酸可溶解土壤中的部分$CaCO_3$,形成活化Ca^{2+},可在有机胶体和无机胶体之间起桥梁和胶结作用,有利于形成有机矿质复合体,进而促进土壤微团聚体和团聚体的形成。同时,Ca^{2+}还能影响胶粒的定向排列,减少土粒间的接触点,可在一定程度上改善砂姜黑土僵、黏等不良特性。因此,从改良砂姜黑土不良物理性质上看,持续施用有机肥可使土壤发松变软,降低土壤容重,增加孔隙度,从而使砂姜黑土不良通透性和僵硬性状得到不同程度的改善。

实际上,持续施用有机肥,还为土壤提供了矿质养分。连续施用有机肥,可使砂姜黑土耕层土壤有机质含量增加了7.9~10.4 g/kg(增幅为50.9% ~67.1%),全氮含量增加0.27~0.31 g/kg(增幅为20.8% ~23.9%),速效磷含量增加7.7~26.5 mg/kg(增幅为11.5% ~39.9%),速效钾含量增加43.4~120.5 mg/kg(增幅为27.3% ~75.8%)。同时,增强了土壤保蓄养分的能力、土壤缓冲能力,提高了土壤抗逆性能。另外,施用有机肥能提高土壤有机质的化学稳定性和热稳定性,有利于土壤有机质的积累。总之,连续施用有机肥能起到较好的改良与培肥土壤的作用,是改善砂姜黑土不良结构最为经济和有效的措施之一。

(二)推广秸秆直接还田

随着农作物产量的提高,农作物秸秆、果壳等有机废弃物量也随之增加,它们都是重要的有机物料资源,进行合理的综合利用,不仅可变废为宝,减少环境污染,而且可培肥土壤,提高土壤地力,降低无机化肥用量,节约农业生产成本,促进农业可持续发展。为此,在万亩试验区推广秸秆还田技术,取得了良好效果。秸秆还田包括秸秆粉碎翻压还田和秸秆粉碎覆盖还田两种方式,根据研究结果与生产实践经验,提出了秸秆直接还田的技术要求。

1. 秸秆粉碎翻压还田的技术要求

在进行秸秆粉碎翻压还田时要注意秸秆还田质量,主要要把握好以下几个技术环节:一是还田秸秆的质量要符合要求,发生严重病虫害的作物秸秆不适宜直接还田,同时保持还田秸秆的含水量为10% ~25%;二是还田秸秆粉碎的质量要符合要求,一般要求秸秆合格切碎长度≤15 cm,秸秆粉碎长度合格率≥85%,漏切率≤20%,翻埋深度≥20 cm,旋埋深度7~15 cm,翻埋(或旋埋)合格率≥80%;三是合理使用促腐剂,要求使用的促腐剂的质量与技术指标要达到"GB 20287-2006 农用微生物菌剂"要求,并适应淮北地区的施用环境,用法和用量严格按照促腐剂产品的使用说明进行;四是调节秸秆碳氮比到1/25~1/35,以加快秸秆腐烂;五是秸秆要翻压至20 cm以下并平整压实土壤,调节土壤水分到土壤相对含水量50% ~

75%，以利于秸秆快速腐烂。

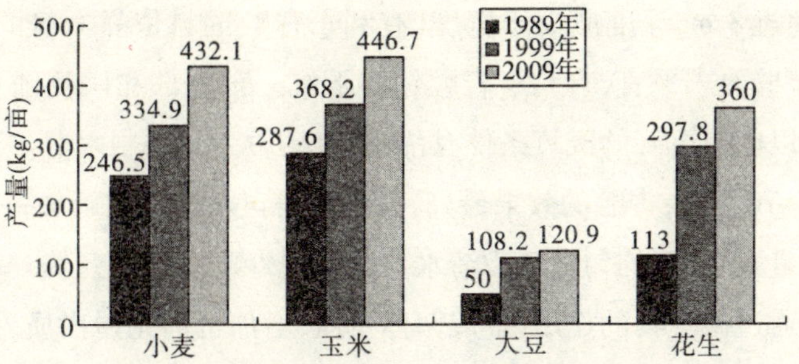

5－2－2　万亩试验区主要作物产量变化

2. 秸秆覆盖还田的技术要求

秸秆覆盖还田一般适宜在旱作大棵作物（如玉米等）的田块上实施。有两种覆盖方法，一是小麦机械收获中，麦秸粉碎直接留在本田里；二是麦秸收获后堆积存于地面上，待下茬作物出苗后株高长至30～40 cm时在其行间覆盖秸秆。前者是淮北砂姜黑土区目前主要的秸秆覆盖还田方式。在进行秸秆覆盖还田时主要把握好以下几个技术环节：一是发生严重病虫害的小麦秸秆不适宜于覆盖还田；二是秸秆粉碎质量上要求机械收割时残茬高度≤25 cm，秸秆合格切碎长度≤15 cm，粉碎长度合格率≥85%，残茬覆盖率≥40%，漏切率≤20%，秸秆抛撒不均匀度≤20%；三是合理使用促腐剂，要求促腐剂的质量与技术指标要达到“GB 20287－2006 农用微生物菌剂”要求，并且要适应淮北地区的施用环境，并严格按照促腐剂产品说明要求进行使用；四是调节秸秆碳氮比到1/25～1/35，并进行适当的喷水灌溉，调节秸秆含水量到50%～60%，以加速秸秆的腐烂速度；五是播后苗前如需化学除草和防治病虫害，要选用非杀菌类农药，以免杀死腐秆细菌，影响腐烂速度与效果。

（三）农牧结合，延长农业产业链

农牧结合是充分利用秸秆资源的又一项有效措施，它既延长了产业链，实现农业的增值，又充分利用了自然资源，提高了资源利用率，还可以增加农民收入，改善环境质量。过腹还田主要是通过秸秆养殖猪、牛、羊等畜禽，不仅可较大幅度增加猪、牛、羊肉产量，丰富“菜篮子”市场，改善人民群众的膳食结构，而且可以节约饲料用粮，缓解粮食供需矛盾。它们的粪便与饲养垫料采用收积、堆沤、发酵或无害化处理等技术过程后，是优质而量大的有机肥源，用作还田施用，可以增加土壤有机质，提高土壤肥力，增加土壤微生物数量，降低农业生产成本，促进农业良性循环发展。

小麦秸秆收获后铡成3～5 cm小段后可直接用来喂牛，山芋和花生秸秆粉碎后可以直接喂猪。玉米秸秆一般采用青贮方式用于饲喂牛、羊等。青贮的技术要点:①保证厌氧条件。青贮窖应建在地下水位低、土质干燥、坚硬、不透气的地方。窖深一般不超过3 m,深度应大于宽度,有利于青贮饲料依靠本身的重量来压实、排除空气。窖壁要求平直,有利于青贮饲料下沉。窖底部和两侧铺上塑料薄膜来增加密封性,以创造更好的厌氧条件,提高饲料品质。②控制水分。青贮秸秆的含水量为60% ~70%时,青贮的效果最好,如果原料含水量过高可加一些干草进行调节,如果含水量不足,可均匀地喷洒清水。③增加青贮饲料的营养。可在青贮饲料中加入尿素,通过微生物的作用,形成菌体蛋白,增加可消化蛋白质,提高秸秆饲料的营养价值。一般1 000 kg青贮原料加入4 ~5 kg尿素。④快速装填压实。一般来说,一个青贮窖在两天内装满压实,不留空隙。⑤合理封盖。原料装满压实后,可使用2 ~3层塑料布严密地将青贮原料密封好。一般经过2 ~3周的厌氧发酵,青贮饲料就可以饲喂了,品质优良的青贮饲料一般质地柔软,略带湿润,叶和茎保持原来的状态,并且纹理清晰,颜色接近作物的颜色,用手接触后,手上留有极轻微的酸香味和芳香味,略带酒味。⑥饲喂时要分层取用,并及时将暴露面盖好,防止饲料变质。

(四)加强土壤养分监测,实施平衡施肥技术

建立长期定点监测点和监测网络,实时进行土壤养分检测。由于土地实行以家庭为单位的承包制度,受文化程度、经济条件、管理水平等因素的影响,使得农田土壤养分空间变异加剧,土壤养分状况日趋复杂。因此,必须加强土壤养分监测,推广平衡施肥技术。

平衡施肥技术是根据土壤基础肥力情况、作物品种与需肥特性以及气候等因素,提出在一定产量条件下,某一区域某一作物应该施用的肥料品类及其数量配比。推广平衡施肥技术对农业和农村经济的可持续发展具有重要作用,一是提高农作物产量和改善品质,满足人民生活所需,提高农产品在国际市场上的竞争力;二是有利于优化化肥资源配置,提高肥料利用率,降低生产成本,提高经济效益;三是可以避免和减轻因施肥不科学带来的环境和食品污染;四是有利于培肥地力,保障农业可持续发展。

推广平衡施肥主要把握以下几方面的关键技术:一是进行土壤养分测试和作物需肥特性试验以及肥料养分检测。随着土壤利用强度加大、高产品种的推广以及施肥结构的变化,现阶段砂姜黑土区土壤养分较第二次土壤普查时发生了较大变化。因此,一方面要开展土壤养分测试工作,摸清土壤养分现状;另一方面要加强作物需肥规律和施肥效应研究,做到因土、因作物平衡施肥。另外,由于肥料品种和产地不同,其质量也可能会有差异,因此也需要对使用的肥料进行检测,以保证肥料(原料)的质量。二是建立试验区、示范区,确定合理施肥用量及比例。将肥

料试验、示范资料及土壤分析测试数据进行收集、汇总，经过专业分析后，提出对于各类土壤、各种作物的各种元素肥料的最佳配方、最佳施用量、施肥时期、施肥次数、科学的施用方法等建议，并进行大田试验、示范，验证施肥效果。三是建立平衡施肥配肥站或推广使用专用肥。配肥站（厂）根据肥料平衡配方，配置出不同区域、各种作物的配方肥料，直接供应农户，或者把平衡施肥技术物化，由肥料企业生产出专用肥，指导农民使用。四是推广先进的平衡施肥方法。实行有机肥与无机肥相结合，化肥深施，针对性施用微量元素肥料，合理确定追肥次数、时期及比例等。

在万亩试验区，通过大量多因素多水平的肥料施用试验、长期定位施肥试验、平衡施肥试验等研究工作，基本摸清了砂姜黑土养分的持续供给能力、作物的需肥规律和施肥效应，以及土壤与作物的各种参数。

试验研究结果表明，氮、磷、钾化肥对产量的影响从大到小的顺序：小麦为 N > P > K，玉米为 N > K > P。也就是说，氮肥是该区作物获得高产的首要因子，磷肥对小麦产量的影响大于对玉米产量的影响，而钾肥对玉米产量的影响大于对小麦产量的影响。两种作物对磷、钾肥的不同响应特点为高产平衡施肥提供了理论依据。土壤氮素养分供给能力较弱，不施氮肥，土壤 N 素供给能力第 1 年降至 64.0%，15 年后则降至 15.0% 左右。不施磷肥，土壤 P 素供给能力第 1 年降至 96.6%，15 年后降至 40.0% 左右。不施钾肥，土壤 K 素供给能力第 1 年降至 90.0%，15 年后降至 60.0% 左右。因此，砂姜黑土养分供给能力表现为 K > P > N。对小麦、玉米来说，土壤 P、K 素供给能力表现有所不同，15 年连续不施磷肥，土壤 P 素供给能力在小麦和玉米上分别降至 30% 左右和 50% 左右，而 15 年连续不施钾肥，土壤 K 素供给能力在小麦和玉米上分别降至 70% 左右和 45% 左右。连续不施肥后砂姜黑土地力衰竭很快，1 年不施，地力贡献就降至 50% 左右，15 年连续不施肥，其地力贡献仅为 13.6%。地力恢复试验表明，对不施肥区恢复全面施肥，第 1 年作物产量恢复到全肥区的 90%，第 2 年则恢复到全肥区的 98% 左右。

通过平衡施肥试验，获得了小麦、玉米两种作物的农学参数、养分效率参数和土壤养分供给参数等（表 5-3-8）。这些参数为建立作物高产高效平衡施肥技术提供了重要数据支撑，并建立了小麦、玉米肥料效应方程（小麦肥料效应方程：$y = 3\,491.5 + 30.294\,9N - 0.051\,1N^2 - 2.516\,9P - 0.000\,4P^2 - 0.705K - 0.000\,5K^2 - 0.005\,3NP - 0.015\,7NK + 0.056\,3PK$；玉米肥料效应方程：$y = 3\,327.6 + 19.343N - 0.027N^2 + 1.410\,6P + 0.000\,3P^2 + 0.871\,6K - 0.007K^2 - 0.017\,7NP + 0.005\,3NK + 0.038\,3PK$）。提出了砂姜黑土区作物高产高效平衡施肥目标与原则：既要满足作物高产对养分的需求，又要低耗高效；既要利用和挖掘土壤生产潜力，又要维持土壤养分平衡和有利于良性土壤生态系统的建立。因此，在砂姜黑土区一要坚持施用有机肥与无机肥相结合的原则，即必须坚持施用有机肥以维持和提高土壤有机质含量，进而改善土壤理化和生物性状，提高土壤保水、保肥能力，增强土壤微生物的活性，促进化肥利用率的提高。通过施用有机肥与无机肥的长期结合，培肥地力，逐步提高耕地质量，实现农业可持续发展。二要坚持大、中、微量元素相配合的原则，即在注重氮、磷、钾大量元素施用的同时，加强中量元素和微量元素的监测与使用，使之相互配合，实现养分的平衡供应，保证作物高产稳产。建立了小麦、玉米高产高效平衡施肥方案（表 5－3－9、表 5－3－10），该施肥方案与习惯施肥相比，小麦具有“降氮、稳磷、节钾”的特点，玉米和水稻具有“控氮、节（免）磷、补钾”的特点。该方案根据土壤氮、磷、钾有效养分含量的不同，可以组合成几十种不同的施肥模式。在肥料施用方法上，小麦氮肥 60% ~70% 作为基肥，30% ~40% 作为追肥施用，其他肥料作为基肥一次施入。玉米氮肥 50% 作为基肥，50% 在喇叭口期作为追肥施入，其他肥料作为基肥一次施入。

表 5－3－8　砂姜黑土区作物与土壤养分参数

<table>
<tr><th colspan="3">项目</th><th>小麦</th><th>玉米</th></tr>
<tr><td rowspan="15">农学参数</td><td rowspan="3">肥料增产率（%）</td><td>氮肥</td><td>76.0</td><td>78.0</td></tr>
<tr><td>磷肥</td><td>12.3</td><td>3.7</td></tr>
<tr><td>钾肥</td><td>9.4</td><td>16.7</td></tr>
<tr><td rowspan="3">单位肥料增产量（kg）</td><td>氮</td><td>16.4</td><td>11.9</td></tr>
<tr><td>磷</td><td>7.3</td><td>6.4</td></tr>
<tr><td>钾</td><td>4.5</td><td>5.3</td></tr>
<tr><td rowspan="3">籽粒养分含量（%）</td><td>氮（N）</td><td>1.86</td><td>1.27</td></tr>
<tr><td>磷（P_2O_5）</td><td>0.82</td><td>0.58</td></tr>
<tr><td>钾（K_2O）</td><td>0.38</td><td>0.34</td></tr>
<tr><td rowspan="3">秸秆养分含量（%）</td><td>氮（N）</td><td>0.51</td><td>0.59</td></tr>
<tr><td>磷（P_2O_5）</td><td>0.17</td><td>0.40</td></tr>
<tr><td>钾（K_2O）</td><td>1.31</td><td>1.79</td></tr>
<tr><td rowspan="3">100 kg 经济产量需养分量（kg）</td><td>氮（N）</td><td>2.26</td><td>1.79</td></tr>
<tr><td>磷（P_2O_5）</td><td>1.07</td><td>0.85</td></tr>
<tr><td>钾（K_2O）</td><td>1.54</td><td>1.83</td></tr>
</table>

续表

项目			小麦	玉米
养分效率参数	肥料利用率(%)	氮	49.4	39.8
		磷	17.9	24.2
		钾	42.0	37.2
土壤养分参数	土壤当季供肥量(kg/hm^2)	氮(N)	68.3	54.2
		磷(P_2O_5)	51.9	35.7
		钾(K_2O)	52.2	88.2
	土壤养分校正系数(%)	氮	39.0	30.9
		磷	102.5	110
		钾	41.1	44.8
	生物学意义上的养分丰缺状况	氮	低	低
		磷	中	中高
		钾	中	中低
	地力贡献率(%)		47.3	42.4

表 5-3-9　砂姜黑土小麦高产高效平衡施肥推荐用量

土壤有效养分含量(mg/kg)			小麦目标产量(kg/hm^2)	理论施肥量(kg/hm^2)			推荐施肥量(kg/hm^2)		
N	P_2O_5	K_2O		N	P_2O_5	K_2O	N	P_2O_5	K_2O
80	15	90	6 000	146	120	24	165	90	30
			6 750	183	150	53	195	120	60
			7 500	222	180	81	225	140	90
120	25	120	7 500	143	90	12	165	60	0
			8 250	180	120	41	195	90	30
			9 000	218	150	71	225	120	60
160	35	150	9 000	140	60	0	165	60	0
			9 750	177	90	30	195	90	30

表5-3-10　砂姜黑土玉米高产高效平衡施肥推荐用量

土壤有效养分含量(mg/kg)			玉米目标产量(kg/hm^2)	理论施肥量(kg/hm^2)			推荐施肥量(kg/hm^2)		
N	P_2O_5	K_2O		N	P_2O_5	K_2O	N	P_2O_5	K_2O
80	15	90	7 500	197	81	116	210	75	120
			8 250	230	101	150	240	90	150
120	25	120	9 000	194	45	108	210	45	105
			9 750	227	63	143	240	60	135
160	35	150	9 750	158	0	66	180	0	75
			10 500	191	0	101	210	0	105

注：加强微肥和叶面肥施用，推荐玉米基施锌肥15 kg/hm^2。小麦拔节抽穗期、玉米拔节抽雄期推荐喷施磷酸二氢钾0.2%～0.5%、硼砂0.05%～0.1%、硫酸锰0.1%～0.2%等叶面肥2～3次。

（五）改善农田水利条件，大力推行节水灌溉，提高水分利用效率

万亩试验区先后争取到国家与地方300多万元的资金支持，建设了数千亩的高标准水利灌排样板示范区。共疏挖大、中、小沟74条约40 km，斗农渠10条5 km，建成U形防渗渠道2 800 m，修建大、中、小沟桥50座，大沟节制闸2座，渡槽7座，斗渠桥3座，新建电灌站2座，新打机井55眼，修复老井28眼，埋设地下输水管道（PVC管）面积约133.3 hm^2。并相应地购买了全固定式和半固定式自动喷灌设施，在万亩试验区形成了固定式喷灌、半固定式喷灌、移动式喷灌和U形防渗灌溉等多种形式的节水灌溉工程，面积达266.7 hm^2。同时营造农田林网120 hm^2，修建农村道路8 km。通过这些水利设施的建设应用，使万亩试验区80%的田块达到了旱能灌、涝能排的旱涝保收农田，为砂姜黑土区发展补充灌溉和节水农业作出了示范，为区域农业的可持续发展奠定了良好的基础。在试验区农业再上新台阶中发挥了重要作用，同时也为整个砂姜黑土区发展补充灌溉和节水农业作出了示范。

在节水灌溉方面，除了上述的工程措施外，还推广节水灌溉的农艺措施，包括保墒技术（例如：地膜覆盖技术、秸秆覆盖技术、防蒸腾剂等）、提高土壤水库技术（例如：垄作栽培增加耕层厚度、提高土壤有机质含量、增强土壤保水持水性能）、提高作物水分利用效率技术（例如：水肥配合技术、化控技术、抗旱高产品种等）。通过节水灌溉工程措施与农艺措施的结合，有效地提高作物水分利用效率。

（本节内容根据中国科学院南京土壤研究所鲍集砂姜黑土综合治理试验站万亩试验示范基地20多年来开展的各项试验研究结果和示范推广工作的经验，阐述砂姜黑土改良与耕地质量提升的一些技术措施，以期能为同类型区的土壤质量提升提供参考。）

第六章　主要农作物施肥指标体系

第一节　概　述

一、土壤养分诊断指标体系

土壤养分诊断指标体系就是根据不施肥情况下作物生长(经济产量)对土壤养分的反应而划分的土壤养分含量高低界限。

测土配方施肥研究除了要搞清楚一定生产条件下作物的需肥数量,也要建立土壤养分丰缺指标体系。运用蚌埠市各县(区)2006—2013年主要作物的“3414”试验数据计算的土壤养分丰缺指标既是蚌埠市测土配方施肥研究成果的具体体现,也可以作为今后指导蚌埠市农户合理施肥的科学依据,对提高粮食生产的科学技术水平、增产提质、增效、节约养分资源、防止环境污染具有重要意义。

(一)建立原则

养分诊断指标体系体现作物生长对土壤养分的反应,最终也要应用于农业生产。因此,指标的提出不应是室内的空想,而是必须以田间试验的结果为依据总结、归纳。将以往的田间试验资料收集起来,结合测土配方施肥项目实施以来数据更新,并加以科学分析与总结,就可以描述相应的土壤养分丰缺状况,建立指标体系。

1. 科学性

指标体系的建立必须符合科学方法基本规范的要求。指标体系的建立涉及许多方面的工作,如试验的设计与实施、养分含量测定方法、数据统计分析、指标计算等,必须严格按科学研究要求完成。

2. 实用性

即可应用性,就是应针对不同的作物制定相应的指标体系。虽然相对产量已经消除了很多因素的影响,但毕竟水田和旱地土壤肥力性状差异很大,各种作物的营养需求也明显不同,同样条件下,各种作物对土壤养分的实际反应也会有所不同。为使指标更好地应用于生产实践，针对各种作物分别制定养分丰缺指标体系是很有必要的。

3. 客观性

由于各种环境条件的影响，作物对土壤养分的反应会有所不同，建立指标体系时，可以根据实践经验修正。但修正必须以试验数据统计分析结果为基础，而且修正幅度必须加以限定，避免人为因素的干扰，而使指标脱离实际，影响实际应用。

（二）建立方法

依据试验结果，按照《测土配方施肥技术规范（试行）》的要求完成。

1. 资料收集

包括蚌埠市各县（区）2006—2013 年土壤养分测试结果、植株样品分析结果、“3414”田间试验数据及部分肥料利用率试验数据。收集的试验作物涵盖小麦、水稻、玉米、花生、大豆、芹菜和番茄等 7 种，尚有部分试验如 3 个区（龙子湖、蚌山、禹会）的莴苣、萝卜等蔬菜的中微量元素试验因为试验数量少，无法进行回归分析而未收集。

2. 相对产量计算

根据农业部《测土配方施肥技术规范（试行）》技术标准，采用相对产量来表达土壤养分丰缺状况，共分为 4 级，分级标准是：相对产量 <50% 为“极低”，相对产量在 50% ~75% 为“低”，相对产量在 75% ~95% 为“中”，相对产量 >95 % 为“高”。相对产量计算公式如下：

$$相对产量(\%) = \frac{缺素区产量}{全肥区产量} \times 100\%$$

3. 回归分析

进行相对产量与土壤养分测定值的回归分析，建立相对产量与土壤养分测定值的回归方程。

4. 指标确定

以相对产量 50%、75%、95% 为界限，运用回归方程计算各界限对应的土壤养分测定值，建立丰缺指标体系。例如：根据蚌埠市各县（区）2006—2013 年 128 个小麦“3414”试验得出的钾相对产量与土壤速效钾含量的回归方程为：$y = -0.0018x^2 + 0.7007x + 33.295$（$y$ 为钾相对产量，x 为土壤速效钾含量），分别以 y 等于 50%、75% 和 95% 代入方程式中求取 x 值，获得土壤速效钾养分丰缺指标，经过修正取整后得出蚌埠市水稻土壤速效钾的丰缺指标临界值为：50 mg/kg、90 mg/kg、120 mg/kg，即土壤速效钾含量 <50 mg/kg 为“极低”，50 ~ 90 mg/kg 为“低”，90 ~ 120 mg/kg 为“中等”，≥120 mg/kg 为“高”。

5. **指标修正**

指标计算完成后，根据多年研究成果和蚌埠市的粮食生产实践对指标的合理性进行评价，并在 ±10% 范围内给予修正和取整，得到最终的土壤养分诊断指标体系。

二、其他施肥指标体系的确定

（一）单位产量需肥量

根据各县（区）的田间试验样品（如水稻的籽粒和秸秆）养分含量分析结果，结合生物产量（如水稻的籽粒 + 秸秆总产量）和经济产量（稻谷产量），计算出生产 100 kg 稻谷所需要吸收的养分数量，即为“单位产量需肥量”，这是计算肥料利用率和指导施肥的重要依据。

（二）最佳施肥量和推荐施肥量

根据“3414”田间试验产量结果和试验时的施肥水平、肥料价格和农产品价格，运用农业部“3414”田间试验设计与数据分析统计软件包进行分析，可得出该试验条件下的“最佳施肥量”。根据多个试验的最佳施肥量结果和生产实际情况，得出当地该作物的“推荐施肥量”，这是指导当地施肥的重要依据。

（三）肥料利用率

肥料利用率反映了施用的肥料在当季被作物利用的效率，测定与计算方法很多，最常用的是差减法，即根据田间试验的产量及其养分含量得出养分吸收量后，根据施肥量数据，运用如下公式计算肥料利用率（养分量、肥料用量单位：kg/hm^2）：

$$\text{肥料利用率}(\%) = \frac{\text{施肥区作物吸收养分量} - \text{缺素区作物吸收养分量}}{\text{肥料用量} \times \text{肥料中养分含量}} \times 100\%$$

（四）土壤供肥量和土壤养分校正系数

土壤供肥量可以用不施肥区作物所吸收的养分量来进行估算。另外，土壤供肥量也可通过养分校正系数来进行估算，即将土壤有效养分值乘以一个校正系数，以表达土壤“真实”供肥量，其计算公式如下：

$$\text{土壤养分校正系数} = \frac{\text{缺素区作物地上部分吸收该元素量}(kg/hm^2)}{\text{该元素土壤测定值}(mg/kg) \times 2.25}$$

第二节　小麦试验结果及施肥指标体系

一、小麦试验概况

蚌埠市2006—2013年各县(区)共进行小麦“3414”田间试验128个,地区和年度分布如表6-2-1:

表6-2-1　蚌埠市各县(区)2006—2013年小麦“3414”田间试验一览表

年份	固镇县	怀远县	五河县	淮上区	龙子湖区	蚌山区	禹会区	小计
2006	3	0	0	0	0	0	0	3
2007	6	0	10	0	0	0	0	16
2008	9	6	3	2	0	0	0	20
2009	8	0	12	3	10	0	0	33
2010	8	6	5	1	5	4	1	30
2011	0	5	0	0	2	5	4	16
2012	0	4	0	0	2	0	1	7
2013	3	0	0	0	0	0	0	3
合计	37	21	30	6	19	9	6	128

二、小麦试验结果及施肥指标体系

(一)单位产量需肥量(见表6-2-2)

表6-2-2　小麦100 kg经济产量所需养分量(单位:kg)

处理	N	P	K
1. N0P0K0	2.03	0.54	1.46
2. N0P2K2	2.00	0.55	1.60
3. N1P2K2	2.18	0.52	1.67
4. N2P0K2	2.29	0.47	1.65
5. N2P1K2	2.36	0.50	1.74
6. N2P2K2	2.44	0.53	1.85

续表

处理	N	P	K
7. N2P3K2	2.40	0.56	1.76
8. N2P2K0	2.37	0.53	1.45
9. N2P2K1	2.37	0.53	1.53
10. N2P2K3	2.38	0.52	1.93
11. N3P2K2	2.62	0.55	1.83
12. N1P1K2	2.23	0.52	1.68
13. N1P2K1	2.15	0.53	1.55
14. N2P1K1	2.37	0.50	1.54

(二)肥料利用率(见表6-2-3)

表6-2-3　蚌埠市小麦肥料利用率

参数	氮肥利用率(%)	磷肥利用率(%)	钾肥利用率(%)
最大值	71.6	56.1	53.7
最小值	1.8	0.0	0.1
平均值	37.2	18.8	23.1

(三)最佳施肥量与推荐施肥量(见表6-2-4)

表6-2-4　蚌埠市小麦最佳施肥量和推荐施肥量(单位:kg/亩)

参数	N	P_2O_5	K_2O
最佳施肥量最大值	20.8	11.8	15.4
最佳施肥量最小值	0.7	0.0	0.0
最佳施肥量平均值	13.3	5.4	6.0
推荐施肥量	12~14	4~6	5~7

注:本表计算依据见表6-2-7。

(四)土壤养分校正系数(见表6-2-5)

表6-2-5 蚌埠市小麦土壤养分校正系数

参数	N	P	K
最大值	0.61	3.62	0.62
最小值	0.33	0.80	0.28
平均值	0.41	1.35	0.41

注:本表计算依据见表6-2-7。

(五)土壤养分诊断指标体系(见表6-2-6)

表6-2-6 蚌埠市小麦土壤养分诊断指标

等级	有机质(g/kg)	全氮(g/kg)	碱解氮(mg/kg)	有效磷(mg/kg)	速效钾(mg/kg)
极低	<14	<0.80	<75	<6	<50
低	14~17	0.80~1.00	75~100	6~11	50~90
中等	17~20	1.00~1.20	100~120	11~22	90~120
高	≥20	≥1.20	≥120	≥22	≥120

注:本表计算依据见表6-2-7。

表6-2-7 蚌埠市小麦试验结果汇总表

单位:有机质、全氮、碱解氮为g/kg,有效磷速效钾为mg/kg,最佳施肥量为kg/亩。

试验	土壤养分含量					相关处理产量				相对产量			最佳施肥量		
	有机质	全氮	碱解氮	有效磷	速效钾	N0P2K2	N2P0K2	N2P2K0	N2P2K2	N相对产量	P相对产量	K相对产量	N	P_2O_5	K_2O
蚌山2010-1	20.3	0.91	119	12.6	112	121	442	439	499	24.3	88.5	87.9	15.9	4.2	4.3
蚌山2010-2	15.6	0.81	95	23.9	121	264	492	489	515	51.2	95.6	94.9	12.0	6.0	6.0
蚌山2010-3	18.5	0.87	85	18.8	150	182	456	468	505	35.9	90.2	92.8	13.0	5.5	4.0
蚌山2010-4	29.8	1.12	70	12.0	90	218	452	447	494	44.2	91.5	90.4	12.0	5.0	6.0
蚌山2011-1	14.5	0.78	96	19.5	102	175	145	212	248	70.4	58.5	85.4	12.9	3.2	4.3
蚌山2011-2	20.2	0.91	141	27.4	80	115	353	351	399	28.8	88.5	88.0	14.9	3.9	4.1

续表

试验	土壤养分含量					相关处理产量				相对产量			最佳施肥量		
	有机质	全氮	碱解氮	有效磷	速效钾	N0P2K2	N2P0K2	N2P2K0	N2P2K2	N 相对产量	P 相对产量	K 相对产量	N	P_2O_5	K_2O
蚌山 2011－3	12.7	0.74	75	25.4	121	119	364	361	405	29.4	89.9	89.1	15.2	4.3	4.5
蚌山 2011－4	14.7	0.79	99	19.3	102	121	371	369	413	29.3	89.8	89.3	15.8	4.2	4.3
蚌山 2011－5	20.3	0.91	119	12.6	112	116	357	354	397	29.3	89.8	89.2	15.9	4.2	4.3
固镇 2006－1	14.0	0.85	76	23.9	75	411	387	402	422	97.4	91.7	95.3	13.7	5.6	10.4
固镇 2006－2	15.0	0.95	98	23.5	100	411	432	421	434	94.7	99.5	97.0	10.3	3.8	5.0
固镇 2006－3	16.0	0.89	46	17.0	75	378	431	459	475	79.6	90.7	96.7	7.7	0.0	3.6
固镇 2007－1	16.3	1.01	97	16.9	90	278	225	438	456	61.0	49.4	96.1	13.3	5.8	5.0
固镇 2007－2	19.2	1.19	117	57.4	180	265	340	413	413	64.1	82.3	99.9	17.5	5.4	6.7
固镇 2007－3	21.4	1.28	106	19.3	120	220	343	457	478	46.0	71.8	95.5	11.9	5.8	5.7
固镇 2007－4	15.0	0.93	88	47.0	90	430	467	467	517	83.2	90.3	90.3	13.8	11.8	0.0
固镇 2007－5	15.6	0.98	99	13.1	75	346	322	322	468	73.9	68.9	68.8	14.8	7.5	11.0
固镇 2007－6	15.4	1.06	147	37.8	121	338	399	487	488	69.3	81.7	99.7	11.4	3.2	7.9
固镇 2008－1	20.8	1.25	105	17.4	65	350	246	287	450	77.8	54.6	63.8	7.0	3.0	10.0
固镇 2008－2	7.7	0.55	84	39.2	115	247	477	383	470	52.5	101.4	81.6	14.7	5.0	9.6
固镇 2008－3	14.4	0.90	90	11.6	124	264	209	336	433	60.9	48.2	77.5	12.6	3.4	0.0
固镇 2008－4	14.7	0.88	72	8.6	65	176	164	235	447	39.3	36.8	52.6	14.0	6.0	10.0
固镇 2008－5	9.0	0.61	78	20.5	100	191	299	317	407	46.8	73.4	77.9	17.6	10.6	11.5
固镇 2008－6	16.6	0.98	77	32.0	125	395	490	434	527	75.0	92.9	82.3	11.6	4.9	7.9

续表

试验	土壤养分含量					相关处理产量				相对产量			最佳施肥量		
	有机质	全氮	碱解氮	有效磷	速效钾	N0P2K2	N2P0K2	N2P2K0	N2P2K2	N 相对产量	P 相对产量	K 相对产量	N	P_2O_5	K_2O
固镇 2008－7	19.0	1.15	102	20.0	80	464	322	347	518	89.6	62.2	67.0	5.6	6.3	6.4
固镇 2008－8	13.4	0.81	72	18.0	70	295	288	268	535	55.1	53.8	50.1	13.6	8.2	12.4
固镇 2008－9	13.9	0.87	87	35.0	95	386	290	358	525	73.6	55.2	68.2	10.4	5.2	6.8
固镇 2009－1	16.6	0.98	77	32.0	132	208	410	427	430	48.3	95.4	99.4	12.0	4.4	9.2
固镇 2009－2	12.6	0.78	76	26.0	100	165	331	258	365	45.1	90.6	70.8	12.8	5.6	8.0
固镇 2009－3	15.1	0.89	65	20.0	135	155	365	308	456	33.9	80.1	67.5	12.7	3.6	7.8
固镇 2009－4	15.0	0.90	73	17.5	60	258	388	275	450	57.2	86.3	61.1	14.2	5.7	11.0
固镇 2009－5	18.0	1.07	85	14.7	70	211	212	240	393	53.7	53.8	61.2	9.7	3.0	3.6
固镇 2009－6	14.0	0.84	70	11.2	100	173	209	289	433	39.9	48.2	66.6	9.2	3.7	1.9
固镇 2009－7	21.0	1.26	106	16.3	65	307	243	237	403	76.1	60.2	58.9	0.7	1.4	6.3
固镇 2009－8	9.0	0.52	33	10.8	110	203	259	316	476	42.7	54.3	66.3	14.8	7.0	10.9
固镇 2010－1	17.0	1.02	83	17.0	80	217	269	272	397	54.6	67.8	68.5	11.4	3.6	2.8
固镇 2010－2	20.0	1.21	105	17.4	65	270	255	241	377	71.7	67.7	63.8	12.3	5.5	9.1
固镇 2010－3	21.0	1.30	127	39.6	110	347	380	344	410	84.6	92.7	83.8	10.8	4.2	9.9
固镇 2010－4	11.0	0.68	67	31.0	90	190	374	377	427	44.5	87.5	88.4	9.3	0.0	2.0
固镇 2010－5	17.0	1.01	82	23.1	110	267	343	340	460	58.0	74.6	74.0	8.3	2.0	10.3
固镇 2010－6	12.4	0.75	67	13.0	75	170	223	272	410	41.5	54.4	66.3	16.9	8.5	12.4
固镇 2010－7	13.0	0.80	75	18.2	70	286	300	289	439	65.1	68.4	65.8	13.9	4.4	6.8

续表

试验	土壤养分含量					相关处理产量				相对产量			最佳施肥量		
	有机质	全氮	碱解氮	有效磷	速效钾	N0P2 K2	N2P0 K2	N2P2 K0	N2P2 K2	N 相对产量	P 相对产量	K 相对产量	N	P_2O_5	K_2O
固镇 2010-8	13.0	0.79	70	11.0	83	188	180	336	412	45.6	43.7	81.5	2.3	1.4	0.0
固镇 2013-1	13.0	0.80	77	19.3	75	350	288	287	450	77.8	64.0	63.8	17.0	4.3	11.8
固镇 2013-2	15.0	0.92	83	17.0	80	245	311	287	440	55.7	70.7	65.3	15.8	9.1	15.4
固镇 2013-3	21.0	1.27	109	19.2	190	375	388	287	450	83.3	86.2	63.8	20.8	4.2	11.8
怀远 2008 潮土麦	14.8	1.08	96	27.9	118	255	352	366	465	54.8	75.8	78.6	15.5	6.0	6.1
怀远 2008 稻茬麦	12.8	1.08	82	23.4	106	210	306	319	342	61.5	89.4	93.3	13.1	5.2	8.6
怀远 2008 旱作麦 1	15.2	1.12	98	13.4	106	261	471	506	523	49.8	90.1	96.7	16.8	7.8	5.2
怀远 2008 旱作麦 2	14.3	1.09	84	14.1	98	238	464	493	493	48.3	94.2	99.9	15.6	7.2	6.6
怀远 2008 旱作麦 3	15.8	1.18	108	13.8	96	330	496	485	550	60.0	90.0	88.1	18.5	6.6	4.8
怀远 2008 旱作麦 4	13.6	1.02	83	14.6	112	232	554	568	617	37.6	89.7	92.1	13.5	7.8	8.3
怀远 2010 潮土麦	11.5	1.10	78	29.0	97	212	427	438	463	45.8	92.2	94.6	16.3	7.1	8.5
怀远 2010 稻茬麦	10.8	1.08	42	17.0	96	112	270	281	300	37.2	90.0	93.8	15.5	9.8	9.5
怀远 2010 旱作麦 1	12.1	1.00	79	26.0	158	208	367	378	408	51.1	89.9	92.7	17.3	8.2	9.6
怀远 2010 旱作麦 2	12.4	1.06	82	24.0	160	267	431	444	473	56.4	91.0	93.9	16.7	7.7	10.2
怀远 2010 旱作麦 3	13.8	1.20	98	21.0	76	270	437	483	513	52.6	85.1	94.2	16.9	1.0	8.9
怀远 2010 旱作麦 4	11.0	0.98	80	22.0	95	262	407	450	457	57.3	89.0	98.5	16.7	7.0	9.6

续表

试验	土壤养分含量					相关处理产量				相对产量			最佳施肥量		
	有机质	全氮	碱解氮	有效磷	速效钾	N0P2K2	N2P0K2	N2P2K0	N2P2K2	N 相对产量	P 相对产量	K 相对产量	N	P_2O_5	K_2O
怀远 2011 稻茬麦	11.8	0.96	67	10.2	98	126	296	303	324	38.9	91.4	93.5	14.8	10.5	13.1
怀远 2011 旱茬麦 1	12.2	1.07	85	22.0	123	194	515	524	536	36.1	96.0	97.8	16.6	8.7	12.0
怀远 2011 旱茬麦 2	12.5	1.12	98	19.0	115	215	459	474	495	43.5	92.8	95.7	16.4	5.9	10.1
怀远 2011 旱茬麦 3	12.1	1.15	88	15.7	102	226	375	403	420	53.7	89.3	95.9	17.8	3.0	11.1
怀远 2011 旱茬麦 4	11.5	1.08	102	14.4	97	217	385	401	458	47.5	84.2	87.6	19.3	8.4	2.9
怀远 2012 - 1	13.4	1.05	86	18.6	128	250	439	428	449	55.5	97.8	95.1	12.3	6.3	8.8
怀远 2012 - 2	11.9	1.12	80	17.2	120	197	419	415	438	44.9	95.6	94.6	13.1	8.7	6.7
怀远 2012 - 3	12.8	1.14	82	19.2	122	217	439	437	514	42.2	85.6	85.2	15.5	6.5	8.7
怀远 2012 - 4	12.3	1.16	78	19.6	126	204	446	456	518	39.4	86.2	88.2	14.9	3.7	8.3
淮上 2008 - 1	14.7	1.11	89	17.9	210	183	456	473	499	36.7	91.4	94.8	13.0	5.5	3.0
淮上 2008 - 2	11.4	0.99	81	9.4	293	182	456	468	505	35.9	90.2	92.8	13.0	5.5	3.0
淮上 2009 - 1	24.7	1.57	143	16.3	153	183	456	473	499	36.7	91.3	94.7	13.0	5.5	3.0
淮上 2009 - 2	14.2	0.73	119	36.0	216	182	456	468	505	35.9	90.2	92.8	13.0	5.5	3.0
淮上 2009 - 3	22.1	0.71	102	24.0	234	121	442	439	499	24.2	88.6	88.0	15.9	4.2	4.3
淮上 2010	9.5	1.10	121	14.9	168	121	442	439	499	24.3	88.5	87.9	15.9	4.2	4.3
龙子湖 2009 - 1	15.6	0.81	95	23.9	121	254	462	471	555	45.8	83.2	84.9	14.2	4.6	3.1
龙子湖 2009 - 10	16.6	0.98	77	32.0	125	287	429	487	545	52.7	78.7	89.4	13.6	4.2	4.7

续表

试验	土壤养分含量					相关处理产量				相对产量			最佳施肥量		
	有机质	全氮	碱解氮	有效磷	速效钾	N0P2K2	N2P0K2	N2P2K0	N2P2K2	N相对产量	P相对产量	K相对产量	N	P_2O_5	K_2O
龙子湖 2009-2	18.5	0.87	85	18.8	150	239	396	451	520	46.0	76.2	86.7	15.1	5.3	3.9
龙子湖 2009-3	14.5	0.78	96	19.5	102	244	390	446	503	48.5	77.5	88.7	16.9	5.8	3.6
龙子湖 2009-4	12.7	0.74	75	25.4	121	274	458	478	580	47.2	79.0	82.4	13.3	4.9	3.2
龙子湖 2009-5	14.7	0.79	99	19.3	102	261	471	503	509	51.3	92.5	98.8	15.6	4.5	4.1
龙子湖 2009-6	15.0	0.95	98	23.5	100	243	337	404	456	53.3	73.9	88.6	19.3	6.0	3.9
龙子湖 2009-7	16.3	1.01	97	16.9	90	247	457	506	560	44.1	81.6	90.4	14.9	5.9	3.3
龙子湖 2009-8	15.0	0.93	88	47.0	90	216	457	494	540	40.0	84.6	91.5	15.5	5.7	3.8
龙子湖 2009-9	15.4	1.06	147	37.8	121	207	445	493	535	38.7	83.2	92.1	15.5	5.6	3.7
龙子湖 2010-1	16.2	0.89	81	14.4	79	241	336	385	436	55.3	77.1	88.3	13.3	4.9	3.2
龙子湖 2010-2	18.3	1.19	80	10.2	125	268	389	412	466	57.4	83.4	88.5	12.6	4.6	3.8
龙子湖 2010-3	10.1	0.81	71	8.6	49	249	357	423	468	53.2	76.3	90.4	14.2	4.6	3.1
龙子湖 2010-4	19.7	1.18	107	11.5	158	189	398	401	475	39.8	83.8	84.4	13.0	5.0	4.0
龙子湖 2010-5	16.8	0.94	80	15.8	87	226	426	485	521	43.5	81.7	93.2	13.3	4.6	3.8
龙子湖 2011-1	20.2	0.89	84	16.4	87	182	370	378	470	38.7	78.7	80.4	15.5	3.6	3.1
龙子湖 2011-2	15.8	0.94	79	14.6	79	145	365	366	405	35.8	90.1	90.4	15.7	4.0	3.2
龙子湖 2012-1	18.7	0.87	87	14.8	75	95	268	305	332	28.6	80.7	91.9	16.7	5.8	4.2
龙子湖 2012-2	17.9	0.89	88	18.5	79	108	288	320	342	31.6	84.2	93.6	17.0	6.0	4.4
五河 2007-1	13.9	0.92	70	7.0	60	371	485	510	530	70.0	91.4	96.3	13.4	6.8	7.0

续表

试验	土壤养分含量					相关处理产量				相对产量			最佳施肥量		
	有机质	全氮	碱解氮	有效磷	速效钾	N0P2K2	N2P0K2	N2P2K0	N2P2K2	N相对产量	P相对产量	K相对产量	N	P_2O_5	K_2O
五河 2007－10	10.1	0.81	71	8.6	49	254	354	400	444	57.3	79.8	90.0	11.5	5.5	6.0
五河 2007－2	20.5	1.31	109	9.2	90	266	358	383	465	57.1	77.0	82.3	11.0	6.0	5.0
五河 2007－3	15.3	0.83	72	15.5	125	261	357	403	447	58.3	79.9	90.1	11.4	5.8	4.8
五河 2007－4	16.2	0.89	81	14.4	79	257	355	401	449	57.3	79.1	89.3	11.2	5.4	5.2
五河 2007－5	17.3	1.00	78	5.7	100	261	359	404	453	57.5	79.3	89.2	11.2	6.8	5.0
五河 2007－6	18.3	1.19	80	10.2	125	263	364	406	457	57.6	79.6	88.8	11.0	6.5	4.5
五河 2007－7	16.1	0.71	91	10.4	121	263	353	372	488	53.9	72.4	76.1	11.4	6.8	4.6
五河 2007－8	14.6	1.18	82	7.1	101	263	348	374	479	54.9	72.7	78.1	11.8	7.1	4.7
五河 2007－9	6.6	0.50	44	3.9	69	256	355	401	445	57.6	79.8	90.1	11.8	7.1	5.8
五河 2008－1	26.2	1.27	138	26.2	96	266	358	383	465	57.1	77.0	82.3	11.0	6.0	5.0
五河 2008－2	19.0	1.37	115	15.8	99	391	431	413	540	72.5	79.8	76.4	12.5	7.4	6.0
五河 2008－3	19.7	1.18	107	11.5	158	257	355	401	449	57.3	79.1	89.3	11.5	5.5	6.0
五河 2009－1	18.7	0.97	84	20.5	80	401	441	423	550	73.0	80.1	76.9	11.7	3.4	2.6
五河 2009－10	19.6	0.78	83	16.8	88	321	417	447	506	63.4	82.3	88.4	11.5	5.5	6.0
五河 2009－11	19.0	1.37	115	15.8	99	391	431	413	540	72.5	79.8	76.4	10.4	2.8	2.7
五河 2009－12	26.2	1.27	138	26.2	96	266	358	383	465	57.1	77.0	82.3	11.0	6.0	5.0
五河 2009－2	21.3	0.84	82	15.7	102	258	351	381	444	58.0	79.0	85.9	11.0	6.0	5.0
五河 2009－3	23.5	1.09	93	17.2	104	320	412	441	506	63.2	81.5	87.2	11.2	6.8	5.0

续表

试验	土壤养分含量					相关处理产量				相对产量			最佳施肥量		
	有机质	全氮	碱解氮	有效磷	速效钾	N0P2K2	N2P0K2	N2P2K0	N2P2K2	N 相对产量	P 相对产量	K 相对产量	N	P_2O_5	K_2O
五河 2009－4	16.8	0.94	80	15.8	87	322	423	454	510	63.0	82.9	89.0	11.0	6.5	4.5
五河 2009－5	17.8	0.95	97	19.2	93	268	334	361	446	60.1	74.8	80.9	11.4	6.8	4.6
五河 2009－6	20.2	0.89	84	16.4	87	270	370	440	470	57.5	78.7	93.6	11.8	7.1	5.8
五河 2009－7	21.4	1.03	97	18.7	84	266	358	383	465	57.1	77.0	82.3	11.5	5.5	6.0
五河 2009－8	15.8	0.94	79	14.6	79	257	355	401	449	57.3	79.1	89.3	11.2	6.8	5.0
五河 2009－9	21.4	1.14	88	18.4	83	285	368	365	480	59.3	76.7	76.1	11.4	6.8	4.6
五河 2010－1	18.6	0.93	84	18.6	78	410	450	436	562	73.0	80.0	77.6	10.3	2.3	2.2
五河 2010－2	18.7	0.87	87	14.8	75	260	365	380	474	54.8	77.0	80.1	11.5	5.5	6.0
五河 2010－3	18.9	0.94	79	17.9	82	396	458	452	572	69.3	80.1	79.1	11.2	6.8	5.0
五河 2010－4	17.6	0.97	92	19.2	93	404	458	435	569	71.1	80.6	76.4	11.4	6.8	4.6
五河 2010－5	17.9	0.89	88	18.5	79	305	383	391	467	65.3	82.1	83.7	11.5	5.5	6.0
禹会 2010	17.2	1.08	146	20.5	100	183	456	473	499	36.7	91.3	94.7	13.0	5.5	6.0
禹会 2011－1	17.2	1.08	146	20.5	100	144	177	179	180	80.0	98.3	99.4	15.9	2.2	5.3
禹会 2011－2	17.8	0.79	69	16.0	160	222	241	287	326	68.1	73.9	88.0	11.9	3.0	4.2
禹会 2011－3	12.7	0.74	101	20.0	40	114	242	248	266	42.9	91.0	93.2	11.2	3.0	3.9
禹会 2011－4	15.8	0.81	78	2.9	140	110	191	220	231	47.6	82.7	95.2	13.2	4.1	5.2

第三节 水稻试验结果及施肥指标体系

一、水稻试验概况

蚌埠市2006—2013年各县(区)共进行水稻“3414”田间试验64个,地区和年度分布如表6-3-1:

表6-3-1 蚌埠市各县区2006—2013年水稻“3414”田间试验一览表

年份	固镇县	怀远县	五河县	淮上区	龙子湖区	蚌山区	禹会区	小计
2006	0	0	10	0	0	0	0	10
2007	0	0	4	0	0	0	0	4
2008	0	5	7	7	0	0	0	19
2009	0	0	5	1	1	4	3	14
2010	0	0	0	0	5	0	5	10
2011	0	0	0	1	3	0	0	4
2012	0	0	0	1	0	0	0	1
2013	0	0	0	0	0	1	1	2
合计	0	5	26	10	9	5	9	64

二、水稻试验结果及施肥指标体系

(一)单位产量需肥量(见表6-3-2)

表6-3-2 水稻100 kg经济产量所需养分量(单位:kg)

处理	N	P	K
1. N0P0K0	1.67	0.40	1.24
2. N0P2K2	1.61	0.43	1.48
3. N1P2K2	1.72	0.48	1.42
4. N2P0K2	1.90	0.39	1.49
5. N2P1K2	1.88	0.43	1.43
6. N2P2K2	1.96	0.50	1.63
7. N2P3K2	1.88	0.51	1.53
8. N2P2K0	1.87	0.46	1.13
9. N2P2K1	1.88	0.45	1.33
10. N2P2K3	1.86	0.46	1.60
11. N3P2K2	2.08	0.46	1.57
12. N1P1K2	1.68	0.39	1.32
13. N1P2K1	1.73	0.44	1.34
14. N2P1K1	1.84	0.41	1.33

（二）肥料利用率（见表6－3－3）

表6－3－3　蚌埠市水稻肥料利用率

参数	氮肥利用率(%)	磷肥利用率(%)	钾肥利用率(%)
最大值	46.8	45.9	72.6
最小值	7.4	2.0	1.4
平均值	28.0	19.2	19.6

（三）最佳施肥量与推荐施肥量（见表6－3－4）

表6－3－4　蚌埠市水稻最佳施肥量和推荐施肥量（单位:kg/亩）

参数	N	P_2O_5	K_2O
最佳施肥量最大值	20.6	9.4	17.5
最佳施肥量最小值	9.6	2.8	2.6
最佳施肥量平均值	13.5	5.6	7.1
推荐施肥量	12～15	5～7	6～8

注:本表计算依据见表6－3－7。

（四）土壤养分校正系数（见表6－3－5）

表6－3－5　蚌埠市水稻土壤养分校正系数

参数	N	P	K
最大值	0.41	5.66	0.85
最小值	0.34	0.95	0.34
平均值	0.38	1.96	0.53

注:本表计算依据见表6－3－7。

（五）土壤养分诊断指标体系（见表6－3－6）

表6－3－6　蚌埠市水稻土壤养分诊断指标

指标	有机质(g/kg)	全氮(g/kg)	碱解氮(mg/kg)	有效磷(mg/kg)	速效钾(mg/kg)
极低	<13	<0.80	<80	<8	<40
低	13～18	0.80～1.00	80～110	8～13	40～80
中等	18～22	1.00～1.20	110～130	13～21	80～120
高	≥22	≥1.20	≥130	≥21	≥120

注:本表计算依据见表6－3－7。

表 6-3-7 蚌埠市水稻试验结果汇总表

单位：有机质、全氮、碱解氮为 g/kg，有效磷、速效钾为 mg/kg，最佳施肥量为 kg/亩。

试验	土壤养分含量					相关处理产量				相对产量			最佳施肥量		
	有机质	全氮	碱解氮	有效磷	速效钾	N0P2 K2	N2P0 K2	N2P2 K0	N2P2 K2	N 相对产量	P 相对产量	K 相对产量	N	P_2O_5	K_2O
蚌山 2009-1	23.6	0.98	125	27.3	160	492	540	504	564	87.2	95.7	89.4	11.3	3.8	4.8
蚌山 2009-2	22.6	0.96	109	24.3	190	468	486	482	534	87.6	91.0	90.3	10.2	4.2	5.4
蚌山 2009-3	14.6	0.78	126	12.0	180	416	434	416	508	81.9	85.4	81.9	10.3	3.7	7.7
蚌山 2009-4	16.5	0.83	94	20.1	100	399	448	443	498	80.1	90.0	89.0	13.5	5.4	7.2
蚌山 2013	19.7	1.19	159	11.2	138	227	406	581	589	38.6	68.9	98.7	17.5	2.9	7.9
怀远 2008-1	14.7	1.13	94	30.7	134	328	536	548	582	56.4	92.1	94.2	15.7	4.7	10.3
怀远 2008-2	13.2	1.04	85	26.6	118	309	439	447	519	59.6	84.6	86.1	15.6	4.4	3.6
怀远 2008-3	12.4	0.97	82	24.9	110	298	428	466	523	56.9	81.7	88.9	20.4	8.7	17.5
怀远 2008-4	16.4	1.22	106	33.7	142	410	565	554	592	69.3	95.4	93.5	20.6	8.4	10.4
怀远 2008-5	16.8	1.29	108	32.3	144	406	574	567	585	69.3	98.0	96.9	18.3	3.2	4.9
淮上 2008-1	9.8	0.94	108	11.9	137	322	525	521	528	61.1	99.5	98.7	15.0	4.0	4.0
淮上 2008-2	12.0	1.01	103	14.1	132	314	501	541	551	57.0	91.0	98.1	13.6	4.4	10.3
淮上 2008-3	16.6	1.00	111	5.4	91	330	424	360	524	62.9	80.9	68.7	15.0	8.0	8.0
淮上 2008-4	19.3	0.75	122	13.8	97	280	508	540	560	50.0	90.6	96.4	12.6	3.8	10.7
淮上 2008-5	13.0	0.95	119	5.6	181	360	502	511	545	66.1	92.1	93.7	11.1	5.0	11.2
淮上 2008-6	12.1	1.01	143	4.7	160	344	501	510	540	63.7	92.7	94.5	15.3	4.5	11.8
淮上 2008-7	15.6	0.72	115	21.9	152	320	527	528	532	60.2	99.1	99.3	15.0	4.0	4.0
淮上 2009	18.7	0.95	145	30.2	220	434	638	644	648	66.9	98.4	99.3	17.6	6.8	5.7

续表

试验	土壤养分含量					相关处理产量				相对产量			最佳施肥量		
	有机质	全氮	碱解氮	有效磷	速效钾	N0P2K2	N2P0K2	N2P2K0	N2P2K2	N 相对产量	P 相对产量	K 相对产量	N	P_2O_5	K_2O
淮上 2011	12.0	1.01	103	14.1	132	256	478	488	597	42.9	80.1	81.7	16.9	8.2	9.1
淮上 2012	19.7	0.90	150	30.7	235	361	422	541	569	63.4	74.2	95.1	16.6	6.7	5.5
龙子湖 2009－1	16.5	0.83	94	20.1	100	254	462	471	555	45.8	83.2	84.9	14.2	4.6	3.1
龙子湖 2010－1	14.7	1.13	94	30.7	134	325	514	610	635	51.2	80.9	96.1	14.7	5.7	4.1
龙子湖 2010－2	16.4	1.22	106	33.7	142	198	358	424	541	36.6	66.2	78.4	15.0	4.0	3.0
龙子湖 2010－3	16.6	1.00	111	5.4	91	262	352	481	606	43.3	58.2	79.4	14.6	4.7	3.7
龙子湖 2010－4	19.3	0.75	122	13.8	97	285	453	546	645	44.2	70.2	84.7	16.5	3.4	2.6
龙子湖 2010－5	12.1	1.01	143	4.7	160	241	393	458	525	45.9	74.9	87.2	14.2	5.8	4.8
龙子湖 2011－1	17.2	1.01	154	18.4	77	255	526	542	621	41.1	84.7	87.3	14.2	4.0	3.3
龙子湖 2011－2	17.4	0.89	86	14.5	83	225	527	529	615	36.6	85.7	86.0	13.5	3.9	3.2
龙子湖 2011－3	15.2	0.75	102	17.1	76	240	508	548	600	40.1	84.6	91.4	14.0	5.7	3.8
五河 2006－1	22.3	1.39	137	14.2	151	347	362	439	495	70.1	73.1	88.6	11.5	6.0	7.5
五河 2006－2	12.3	0.91	85	10.9	70	347	362	439	501	69.3	72.2	87.6	12.2	6.5	8.5
五河 2006－3	16.2	0.70	131	9.1	110	347	362	439	507	68.5	71.4	86.5	9.9	6.3	8.0
五河 2006－4	13.6	1.20	98	16.8	105	347	362	442	513	67.7	70.5	86.1	12.0	6.4	8.3
五河 2006－5	20.8	0.95	89	17.4	80	344	383	462	516	66.7	74.3	89.6	12.9	6.8	7.2
五河 2006－6	12.9	0.95	92	15.9	70	375	386	468	522	71.8	73.9	89.6	12.2	6.5	8.0
五河 2006－7	26.0	1.17	100	14.8	80	329	332	408	464	70.9	71.6	87.8	11.3	6.0	7.0

续表

试验	土壤养分含量					相关处理产量				相对产量			最佳施肥量		
	有机质	全氮	碱解氮	有效磷	速效钾	N0P2K2	N2P0K2	N2P2K0	N2P2K2	N 相对产量	P 相对产量	K 相对产量	N	P_2O_5	K_2O
五河 2006－8	19.7	1.05	100	20.1	95	336	336	410	472	71.2	71.1	86.8	11.9	5.6	6.5
五河 2006－9	20.9	1.40	91	8.5	90	347	362	439	495	70.1	73.1	88.6	12.4	7.0	7.8
五河 2006 中稻	21.3	1.32	110	11.9	120	460	570	469	610	75.5	93.5	76.8	11.9	6.1	7.2
五河 2007－1	18.9	1.12	119	15.5	108	464	515	561	618	75.1	83.4	90.8	11.2	6.0	7.3
五河 2007－2	17.2	1.01	154	18.4	77	478	532	578	637	75.0	83.5	90.7	9.6	6.5	8.0
五河 2007－3	20.6	1.29	124	24.2	57	456	471	466	619	73.6	76.0	75.3	10.6	6.4	8.4
五河 2007－4	15.2	0.75	102	17.1	76	482	535	584	667	72.3	80.2	87.5	11.3	7.0	7.5
五河 2008－1	21.1	1.12	95	17.2	89	459	475	471	623	73.7	76.2	75.6	9.8	5.4	6.2
五河 2008－2	18.9	0.98	87	19.4	91	436	594	607	646	67.4	91.9	93.9	12.3	6.0	7.0
五河 2008－3	19.6	0.95	88	16.3	78	443	481	534	595	74.4	80.8	89.7	12.6	6.2	6.9
五河 2008－4	17.4	0.89	86	14.5	83	458	497	527	644	71.1	77.1	81.8	13.1	5.7	6.6
五河 2008－5	20.8	1.05	102	18.5	94	430	470	514	576	74.6	81.7	89.1	12.5	6.1	6.9
五河 2008－6	20.6	1.29	124	24.2	57	456	471	466	619	73.6	76.0	75.3	10.6	6.4	7.3
五河 2008－7	15.2	0.75	102	17.1	76	482	535	584	667	72.3	80.2	87.5	11.5	6.0	7.5
五河 2009－1	16.9	0.82	83	17.2	79	454	513	483	612	74.2	83.8	78.9	12.1	6.1	6.9
五河 2009－2	19.1	1.01	88	17.8	77	368	488	503	573	64.2	85.2	87.8	11.5	6.2	7.2
五河 2009－3	18.6	0.94	86	18.3	89	459	513	490	611	75.1	83.9	80.2	11.4	6.2	6.4
五河 2009－4	17.8	0.94	85	17.6	83	454	472	466	617	73.6	76.6	75.4	11.1	6.8	7.7

续表

试验	土壤养分含量					相关处理产量				相对产量			最佳施肥量		
	有机质	全氮	碱解氮	有效磷	速效钾	N0P2K2	N2P0K2	N2P2K0	N2P2K2	N相对产量	P相对产量	K相对产量	N	P_2O_5	K_2O
五河 2009－5	16.3	1.02	92	19.8	87	452	477	473	545	82.9	87.4	86.7	11.5	6.1	7.3
禹会 2009－1	16.5	0.83	107	75.3	150	356	411	500	504	70.6	81.5	99.2	11.5	4.4	6.4
禹会 2009－2	15.8	0.81	94	5.3	80	395	497	503	521	75.8	95.4	96.5	18.3	6.4	7.8
禹会 2009－3	11.7	0.72	71	13.4	110	403	500	485	512	78.7	97.7	94.7	11.8	9.4	4.3
禹会 2010－1	18.2	1.08	136	22.5	101	434	638	644	648	66.9	98.4	99.3	17.6	6.8	5.7
禹会 2010－2	16.9	0.96	136	11.2	110	314	501	541	551	57.0	91.0	98.1	13.6	4.4	10.3
禹会 2010－3	31.8	1.16	115	41.7	110	280	508	540	560	50.0	90.6	96.4	12.6	3.8	10.7
禹会 2010－4	22.0	0.95	110	9.3	120	360	502	511	545	66.1	92.1	93.7	11.1	5.0	11.2
禹会 2010－5	17.2	0.84	89	16.2	90	344	501	510	540	63.7	92.7	94.5	15.3	4.5	11.8
禹会 2013	25.8	0.97	103	36.0	125	204	398	584	602	33.8	66.1	96.9	17.3	2.8	5.8

第四节　玉米试验结果及施肥指标体系

一、玉米试验概况

蚌埠市2006—2013年各县区共进行玉米“3414”田间试验22个，地区和年度分布如表6－4－1：

表6－4－1　蚌埠市各县区2006—2013年玉米“3414”田间试验一览表

年份	固镇县	怀远县	五河县	淮上区	龙子湖区	蚌山区	禹会区	小计
2006	3	0	0	0	0	0	0	3
2007	2	0	0	0	0	0	0	2
2008	1	5	0	0	0	0	0	6
2009	0	5	0	0	0	0	0	5
2010	0	4	0	0	0	0	0	4

续表

年份	固镇县	怀远县	五河县	淮上区	龙子湖区	蚌山区	禹会区	小计
2011	0	1	0	0	0	0	0	1
2012	0	1	0	0	0	0	0	1
2013	0	0	0	0	0	0	0	0
合计	6	16	0	0	0	0	0	22

二、玉米试验结果及施肥指标体系

(一)单位产量需肥量(见表6－4－2)

表6－4－2　玉米100 kg经济产量所需养分量(单位:kg)

处理	N	P	K
1. N0P0K0	1.89	0.44	1.93
2. N0P2K2	1.81	0.68	2.22
3. N1P2K2	1.89	0.56	1.97
4. N2P0K2	2.05	0.49	2.05
5. N2P1K2	2.10	0.54	2.10
6. N2P2K2	2.15	0.59	2.06
7. N2P3K2	2.09	0.61	2.01
8. N2P2K0	2.08	0.60	1.71
9. N2P2K1	2.10	0.59	1.93
10. N2P2K3	2.11	0.57	2.13
11. N3P2K2	2.36	0.57	2.19
12. N1P1K2	1.94	0.50	2.02
13. N1P2K1	1.96	0.56	1.86
14. N2P1K1	2.12	0.50	1.93

(二)肥料利用率(见表6－4－3)

表6－4－3　蚌埠市玉米肥料利用率

参数	氮肥利用率(%)	磷肥利用率(%)	钾肥利用率(%)
最大值	43.1	41.6	100.0
最小值	3.8	0.1	12.9
平均值	29.4	24.0	29.3

（三）最佳施肥量与推荐施肥量（见表 6-4-4）

表 6-4-4　蚌埠市玉米最佳施肥量和推荐施肥量（单位：kg/亩）

参数	N	P_2O_5	K_2O
最佳施肥量最大值	21.7	7.6	16.0
最佳施肥量最小值	6.0	0.5	1.1
最佳施肥量平均值	16.2	4.0	9.1
推荐施肥量	15～17	3～5	8～10

注：本表计算依据见表 6-4-7。

（四）土壤养分校正系数（见表 6-4-5）

表 6-4-5　蚌埠市玉米土壤养分校正系数

参数	N	P	K
最大值	0.63	1.54	0.60
最小值	0.17	0.58	0.34
平均值	0.32	0.91	0.46

注：本表计算依据见表 6-4-7。

（五）土壤养分诊断指标体系（见表 6-4-6）

表 6-4-6　蚌埠市玉米土壤养分诊断指标

指标	有机质（g/kg）	全氮（g/kg）	碱解氮（mg/kg）	有效磷（mg/kg）	速效钾（mg/kg）
极低	<14	<1.00	<100	<8	<80
低	14～16	1.00～1.20	100～130	8～15	80～110
中等	16～18	1.20～1.40	130～150	15～20	110～130
高	≥18	≥1.40	≥150	≥20	≥130

注：本表计算依据见表 6-4-7。

表 6-4-7　蚌埠市玉米试验结果汇总表

单位:有机质、全氮、碱解氮为 g/kg,有效磷、速效钾为 mg/kg,最佳施肥量为 kg/亩。

试验	土壤养分含量					相关处理产量				相对产量			最佳施肥量		
	有机质	全氮	碱解氮	有效磷	速效钾	N0P2 K2	N2P0 K2	N2P2 K0	N2P2 K2	N 相对产量	P 相对产量	K 相对产量	N	P_2O_5	K_2O
固镇 2006-1	15.9	0.99	97	40.0	75	443	441	424	461	96.1	95.7	92.0	6.0	0.5	7.8
固镇 2006-2	15.6	0.97	94	21.0	60	354	432	447	463	76.5	93.3	96.5	8.9	1.2	2.5
固镇 2006-3	14.3	0.86	72	23.0	105	363	431	446	462	78.6	93.3	96.5	13.2	7.6	11.8
固镇 2007-1	15.4	1.06	147	37.8	142	266	467	440	471	56.5	99.2	93.4	21.7	1.0	3.3
固镇 2007-2	15.0	0.93	88	17.0	90	189	284	282	308	61.3	92.3	91.6	16.3	4.3	4.1
固镇 2008	16.6	0.98	77	32.0	160	571	633	416	633	90.2	100.0	65.7	8.9	2.4	1.1
怀远 2008-1	17.4	1.37	98	27.9	128	292	423	387	501	58.3	84.5	77.2	18.2	0.9	5.4
怀远 2008-2	16.1	1.31	102	27.3	136	282	444	433	501	56.3	88.7	86.5	19.2	7.2	13.0
怀远 2008-3	16.0	1.20	90	24.0	114	344	472	501	554	62.1	85.2	90.3	12.9	2.0	16.0
怀远 2008-4	11.0	1.05	93	33.4	112	292	533	488	567	51.5	94.0	86.0	14.2	7.4	4.4
怀远 2008-5	11.5	0.97	87	34.8	104	276	424	373	507	54.4	83.8	73.7	16.7	6.6	9.4
怀远 2009-1	12.3	0.96	105	19.0	85	280	490	480	526	53.2	93.2	91.3	20.9	4.0	9.7
怀远 2009-2	14.6	1.09	110	17.0	115	264	423	410	478	55.3	88.6	85.8	17.6	5.5	3.1
怀远 2009-3	14.4	1.05	98	15.0	118	276	536	534	560	49.3	95.7	95.4	15.9	2.1	13.8
怀远 2009-4	15.3	1.30	160	21.0	122	363	529	525	577	62.9	91.8	91.0	16.9	2.7	13.5
怀远 2009-5	15.6	1.25	130	19.0	107	253	431	402	493	51.4	87.4	81.5	21.2	4.3	8.4
怀远 2010-1	14.0	1.26	128	14.2	122	302	463	476	486	62.2	95.3	97.9	16.5	6.0	14.2
怀远 2010-2	13.8	1.20	116	14.8	110	340	488	520	533	63.8	91.4	97.5	16.5	6.6	11.7

续表

试验	土壤养分含量					相关处理产量				相对产量			最佳施肥量		
	有机质	全氮	碱解氮	有效磷	速效钾	N0P2K2	N2P0K2	N2P2K0	N2P2K2	N相对产量	P相对产量	K相对产量	N	P_2O_5	K_2O
怀远2010-3	12.8	1.04	100	12.8	104	236	418	404	449	52.5	93.0	90.1	20.2	2.9	13.5
怀远2010-4	13.6	1.12	126	15.4	114	309	480	476	526	58.7	91.3	90.5	21.7	2.3	11.6
怀远2011	13.4	1.14	92	17.6	128	225	457	459	481	46.8	95.1	95.5	17.2	5.0	12.3
怀远2012	13.8	1.08	88	18.6	136	415	695	699	711	58.4	97.8	98.3	15.5	5.5	9.5

第五节　花生试验结果及施肥指标体系

一、花生试验概况

全市仅固镇县2006—2013年进行花生“3414”田间试验5个,其中2006年4个,2013年1个。由于试验点太少,只能计算肥料利用率和最佳施肥量,无法确定土壤养分丰缺指标体系。

二、花生试验结果及施肥指标体系

(一)单位产量需肥量(表6-5-1)

表6-5-1　花生100 kg经济产量所需养分量(单位:kg)

处理	N	P	K
N0P0K0	4.70	0.52	1.17
N0P2K2	4.80	0.58	1.23
N2P0K2	5.47	0.52	1.25
N2P2K2	5.55	0.54	1.22
N2P2K0	5.51	0.61	1.18

（二）肥料利用率（表6-5-2）

表6-5-2 蚌埠市花生肥料利用率

参数	氮肥利用率（%）	磷肥利用率（%）	钾肥利用率（%）
最大值	20.7	35.0	5.3
最小值	12.2	3.3	3.8
平均值	14.8	13.8	4.9

（三）最佳施肥量与推荐施肥量（表6-5-3）

表6-5-3 蚌埠市花生最佳施肥量和推荐施肥量（单位:kg/亩）

单位:有机质、全氮、碱解氮为g/kg,有效磷、速效钾为mg/kg,最佳施肥量为kg/亩。

参数	N	P_2O_5	K_2O
最佳施肥量最大值	15.8	7.0	10.9
最佳施肥量最小值	11.0	0.0	0.1
最佳施肥量平均值	13.7	3.1	6.4
推荐施肥量	12~14	2~4	6~7

注:本表计算依据见表6-5-4。

表6-5-4 蚌埠市花生试验结果汇总表

参数	指标	固镇2006-1	固镇2006-2	固镇2006-3	固镇2006-4	固镇2013
土壤养分含量	有机质	11.3	16.0	15.0	13.2	16.0
	全氮	0.67	0.98	0.92	0.80	0.98
	碱解氮	52	88	87	72	88
	有效磷	10	47	31	18	47
	速效钾	75	56	85	70	82
相关处理产量	N0P2K2	315	319	305	317	309
	N2P0K2	257	336	322	306	316
	N2P2K0	316	309	308	308	298
	N2P2K2	342	344	344	343	332

续表

参数	指标	固镇 2006-1	固镇 2006-2	固镇 2006-3	固镇 2006-4	固镇 2013
相对产量	N 相对产量	92.1	92.7	88.7	92.4	93.1
	P 相对产量	75.1	97.7	93.6	89.2	95.2
	K 相对产量	92.4	89.8	89.5	89.8	89.8
最佳施肥量	N	11.7	14.5	15.8	15.2	11.0
	P_2O_5	5.9	2.8	0.0	0.0	7.0
	K_2O	0.1	10.0	10.1	10.9	0.9
肥料利用率%	N	14.3	13.3	20.7	13.8	12.2
	P	35.0	3.3	9.1	15.3	6.6
	K	3.8	5.1	5.3	5.1	5.0

第六节　大豆试验结果及施肥指标体系

一、大豆试验概况

全市仅淮上区 2008 年进行大豆“3414”田间试验 3 个。由于试验点太少，只能计算肥料利用率和最佳施肥量，无法确定土壤养分丰缺指标体系。

二、大豆试验结果及施肥指标体系

（一）单位产量需肥量（表 6-6-1）

表 6-6-1　大豆 100 kg 经济产量所需养分量（单位：kg）

处理	N	P	K
N0P0K0	6.82	0.62	2.32
N0P2K2	6.88	0.69	2.30
N2P0K2	7.12	0.63	2.34
N2P2K2	7.22	0.71	2.30
N2P2K0	7.20	0.69	2.22

（二）肥料利用率（表6-6-2）

表6-6-2　蚌埠市大豆肥料利用率

参数	氮肥利用率（%）	磷肥利用率（%）	钾肥利用率（%）
最大值	43.7	16.6	11.1
最小值	38.4	14.6	9.9
平均值	40.7	15.5	10.4

（三）最佳施肥量与推荐施肥量（表6-6-3）

表6-6-3　蚌埠市大豆最佳施肥量和推荐施肥量（单位：kg/亩）

参数	N	P_2O_5	K_2O
最佳施肥量最大值	7.0	4.5	2.7
最佳施肥量最小值	5.0	2.9	2.5
最佳施肥量平均值	5.7	4.0	2.6
推荐施肥量	5~7	3~5	2~4

注：本表计算依据见表6-6-5。

（四）土壤养分校正系数（表6-6-4）

表6-6-4　蚌埠市大豆土壤养分校正系数

参数	N	P	K
最大值	0.44	3.16	0.39
最小值	0.41	1.35	0.30
平均值	0.42	2.26	0.35

注：本表计算依据见表6-6-5。

表 6-6-5　蚌埠市大豆试验结果汇总表

单位:有机质、全氮、碱解氮为 g/kg,有效磷、速效钾为 mg/kg,最佳施肥量为 kg/亩。

参数	指标	淮上 2008-1	淮上 2008-2	淮上 2008-3
土壤养分含量	有机质	23.1	14.9	16.3
	全氮	1.35	0.93	0.98
	碱解氮	97	93	82
	有效磷	8.3	7.8	19.0
	速效钾	269	153	179
相关处理产量	N0P2K2	602	641	602
	N2P0K2	692	659	692
	N2P2K0	769	767	769
	N2P2K2	854	857	854
相对产量	N 相对产量	70.6	74.9	70.6
	P 相对产量	81.1	76.9	81.1
	K 相对产量	90.0	89.5	90.0
最佳施肥量	N	7.0	5.0	5.0
	P_2O_5	2.9	4.5	4.5
	K_2O	2.7	2.5	2.5
肥料利用率%	N	40.1	38.4	43.7
	P	15.3	16.6	14.6
	K	11.1	10.3	9.9

第七节　芹菜试验结果及施肥指标体系

一、芹菜试验概况

全市仅淮上区 2010 年进行芹菜“3414”田间试验 4 个。由于试验点太少,只能计算肥料利用率和最佳施肥量,无法确定土壤养分丰缺指标体系。

二、芹菜试验结果及施肥指标体系

(一)单位产量需肥量(表6-7-1)

表6-7-1 芹菜100 kg经济产量(鲜重)所需养分量(单位:kg)

处理	N	P	K
N0P0K0	0.18	0.045	0.33
N0P2K2	0.17	0.045	0.32
N2P0K2	0.19	0.044	0.36
N2P2K2	0.20	0.045	0.38
N2P2K0	0.17	0.045	0.31

(二)肥料利用率(表6-7-2)

表6-7-2 蚌埠市芹菜肥料利用率

参数	氮肥利用率(%)	磷肥利用率(%)	钾肥利用率(%)
最大值	44.1	41.6	65.5
最小值	20.4	16.5	36.3
平均值	31.9	27.0	48.8

(三)最佳施肥量与推荐施肥量(表6-7-3)

表6-7-3 蚌埠市芹菜最佳施肥量和推荐施肥量(单位:kg/亩)

参数	N	P_2O_5	K_2O
最佳施肥量最大值	15.0	4.7	10.6
最佳施肥量最小值	11.3	2.4	7.5
最佳施肥量平均值	13.6	3.5	8.8
推荐施肥量	13~14	3~4	8~10

注:本表计算依据见表6-7-5。

（四）土壤养分校正系数（表 6－7－4）

表 6－7－4　蚌埠市芹菜土壤养分校正系数

参数	N	P	K
最大值	0.58	1.05	1.07
最小值	0.27	0.18	0.64
平均值	0.42	0.58	0.81

注：本表计算依据见表 6－7－5。

表 6－7－5　蚌埠市芹菜试验结果汇总表

单位：有机质、全氮、碱解氮为 g/kg，有效磷、速效钾为 mg/kg，最佳施肥量为 kg/亩。

参数	指标	淮上 2010－1	淮上 2010－2	淮上 2010－3	淮上 2010－4
土壤养分含量	有机质	16.7	18.5	20.8	15.8
	全氮	0.99	1.10	1.20	0.94
	碱解氮	77	86	80	74
	有效磷	97.0	31.0	30.0	97.0
	速效钾	121	145	119	143
相关处理产量	N0P2K2	1833	3 400	2 778	3 800
	N2P0K2	2 567	4 800	3 311	5 067
	N2P2K0	3 100	4 900	3 433	6 387
	N2P2K2	3 467	5 692	3 889	6 534
相对产量	N 相对产量	52.9	59.7	71.4	58.2
	P 相对产量	74.0	84.3	85.1	77.5
	K 相对产量	89.4	86.1	88.3	97.8
最佳施肥量	N	13.5	15.0	11.3	14.7
	P2O5	2.4	4.7	3.1	3.7
	K2O	9.0	10.6	7.5	7.9
肥料利用率%	N	25.5	37.4	20.4	44.1
	P	24.5	25.4	16.5	41.6
	K	36.3	65.5	42.1	51.4

第八节　番茄试验结果及施肥指标体系

一、番茄试验概况

全市仅蚌山区和禹会区2012年进行了番茄肥料利用率田间试验4个和部分中微量元素试验。由于试验点太少，只能计算肥料利用率和最佳施肥量，无法确定土壤养分丰缺指标体系。

二、番茄试验结果及施肥指标体系

（一）单位产量需肥量（表6-8-1）

表6-8-1　番茄100 kg经济产量（鲜重）所需养分量（单位：kg）

处理	N	P	K
N0P2K2	0.161	0.0362	0.302
N1P2K2	0.190	0.0337	0.312
N2P2K2	0.206	0.0352	0.319
N3P2K2	0.208	0.0320	0.308
常规	0.206	0.0379	0.264

（二）肥料利用率（表6-8-2）

表6-8-2　蚌埠市番茄肥料利用率

参数	N肥利用率（%）	P肥利用率（%）	K肥利用率（%）
最大值	25.8	-	-
最小值	21.1	-	-
平均值	23.2	-	-

（三）最佳施肥量与推荐施肥量（表6-8-3）

表6-8-3　蚌埠市番茄最佳施肥量和推荐施肥量（单位：kg/亩）

参数	N	P_2O_5	K_2O
最佳施肥量最大值	30.0	15.0	22.0
最佳施肥量最小值	30.0	15.0	22.0
最佳施肥量平均值	30.0	15.0	22.0
推荐施肥量	30.0	15.0	22.0

注：本表计算依据见表6-8-4。

表 6-8-4　蚌埠市番茄试验结果汇总表

单位：有机质、全氮、碱解氮为 g/kg，有效磷、速效钾为 mg/kg，最佳施肥量为 kg/亩。

参数	指标	蚌山 2012-1	蚌山 2012-2	禹会 2012-1	禹会 2012-2
土壤养分含量	有机质	12.7	23.6	15.8	17.2
	全氮	0.74	0.98	0.81	1.083
	碱解氮	75	125	78	146
	有效磷	25.4	27.3	8.9	20.5
	速效钾	121	160	140	100
相关处理产量	N0P2K2	3 561	4 324	3 165	3 210
	N2P2K2	6 185	7 422	5 567	5 690
相对产量	N 相对产量	57.6	58.3	56.9	56.4
最佳施肥量	N	30	30	30	30
	P_2O_5	15	15	15	15
	K_2O	22	22	22	22
肥料利用率(%)	N	23.5	25.8	22.4	21.1

第九节　施肥指标体系汇总与分析

一、肥料利用率

将 7 种作物的肥料利用率（平均数）列于表 6-9-1。

表 6-9-1　7 种作物的肥料利用率

作物	氮肥利用率(%)	磷肥利用率(%)	钾肥利用率(%)
小麦	37.2	18.8	23.1
水稻	28.0	19.2	19.6
玉米	29.4	24.0	29.3
花生	14.8	13.8	4.9
大豆	40.7	15.5	10.4
芹菜	31.9	27.0	48.8
番茄	23.2	-	-
平均	29.3	19.7	22.7

氮肥利用率最高的是大豆,最低的是花生;磷肥利用率最高的是芹菜,最低的是花生;钾肥利用率最高的是芹菜,最低的是花生。氮肥平均利用率约为30%,磷、钾肥平均利用率约20%。其中粮食作物玉米的磷钾肥利用率高于水稻和小麦,而小麦的氮肥利用率高于玉米和水稻。

二、最佳施肥量和推荐施肥量

将7种作物的最佳施肥量(平均数)列于表6-9-2。

表6-9-2 7种作物的最佳施肥量(单位:kg/亩)

作物	N	P_2O_5	K_2O
小麦	13.3	5.4	6.0
水稻	13.5	5.6	7.1
玉米	16.2	4.0	9.1
花生	13.7	3.1	6.4
大豆	5.7	4.0	2.6
芹菜	13.6	3.5	8.8
番茄	30.0	15.0	22.0

除高产的番茄需要大量施用氮、磷、钾肥外,其他6种作物比较:玉米需要较多的氮肥,大豆因为能固氮,需要的氮肥量最少,小麦和水稻需要较多的磷肥,玉米和芹菜需要较多的钾肥。

表6-9-3 7种作物的推荐施肥量(单位:kg/亩)

作物	N	P_2O_5	K_2O
小麦	12~14	4~6	5~7
水稻	12~15	5~7	6~8
玉米	15~17	3~5	8~10
花生	12~14	2~4	6~7
大豆	5~7	3~5	2~4
芹菜	13~14	3~4	8~10
番茄	30	15	22

因为水稻的产量比小麦高一些,其推荐氮、磷、钾施肥量均高于小麦,玉米氮、钾肥用量更高,但磷肥较少。

三、土壤养分诊断指标体系

将3种粮食作物的土壤养分丰缺临界值列于表6-9-4。

表6-9-4　不同作物的土壤养分丰缺临界值与第二次土壤普查和省规定比较

作物	有机质(g/kg)	全氮(g/kg)	碱解氮(mg/kg)	有效磷(mg/kg)	速效钾(mg/kg)
小麦	17.0	1.00	100	11.0	90
水稻	18.0	1.00	110	13.0	80
玉米	16.0	1.20	130	15.0	110
第二次普查	15.0	1.00	80	10.0	80
安徽省最新规定	12.0	1.20	110	8.0	70

从试验结果可以看出,各种指标均等于或高于第二次土壤普查或省规定。这说明种植玉米时,土壤的养分标准要适当提高,即玉米需要更高的土壤氮、磷、钾水平,才能保证缺肥区达到全肥区75%的相对产量。水稻由于产量高于小麦,也需要比小麦更高的土壤氮、磷养分水平。

四、施肥建议

当土壤养分低于临界值时,适当加大肥料用量(1~3 kg/亩);当土壤养分含量高于临界值时,除适当减少肥料用量(1~2 kg/亩)外,还应注意分期施用。

五、主要作物肥料配方

在2005—2013年GPS定位采样与土壤测试的基础上,综合考虑行政区划、土壤类型、土壤质地、气象资料、种植结构、作物需肥规律等因素,借助信息技术生成区域性土壤养分空间变异图和县域施肥分区图,优化设计不同分区的肥料配方,并进行肥料配方验证,获得了蚌埠市主要作物施肥配方(见表6-9-5)。

表6-9-5　蚌埠市主要农作物肥料配方

作物名称	养分含量(%)						适用区域
	总纯量	配合式			其他		
		N	P_2O_5	K_2O	Zn	B	
小麦	45	22	13	10			五河县
	45	20	15	10			五河县
	45	18	15	12			五河县
	45	22	10	13			怀远县沿河湖区
	40	18	12	10			怀远县稻作区
	51	20	15	16			固镇县
	45	20	12	13			蚌山区、禹会区
	45	20	13	12			龙子湖区
	45	23	11	11			淮上区
水稻	45	12	15	18			五河县
	40	18	8	14			五河县
	42	24	8	10	√		怀远县
	40	18	8	14	√		怀远县
	45	23	11	11	√		龙子湖区
	45	19	13	13			淮上区
	44	19	13	12			蚌山区、禹会区
	35	15	10	10			蚌山区、禹会区
玉米	45	28	8	9			怀远县(缓释肥)
	45	25	13	7	√		怀远县沿河湖区
	40	18	10	12	√		怀远县中北部砂姜黑土区
	45	20	12	13			固镇县
	40	18	8	14			蚌山区、禹会区
花生	44	14	17	13		√	五河县
	36	15	9	12			怀远县中北部砂姜黑土区
	45	15	15	15			蚌山区、禹会区
西瓜	45	21	10	14			龙子湖区
缸豆	45	15	18	12			龙子湖区

第七章　主要农作物、特色果蔬适宜性评价专题

第一节　小麦适宜性评价

一、小麦生产概况

小麦是蚌埠市主要粮食作物之一，常年种植面积 2.33×10^5 hm^2 左右，总产 1.4×10^6 t，播种面积和产量均占全年粮食总播面积和总产量的1/2。在蚌埠市小麦具有“一季定乾坤”之说，小麦收成的好坏，直接影响全年，牵动大局。

据史料记载，5 000 年前小麦从西亚引进我国种植，历书记载 9 月份有“种麦”一说。现代考古发现炭化小麦遗存分布最密集的地方在山东的龙山文化遗址中，蚌埠市种植小麦历史悠久，2009 年蚌埠市禹墟考古发掘过程中发现 5 粒炭化小麦颗粒，经碳 14 测定距今已有 4 100 年。新中国成立以前，由于落后的生产力和连年战乱，加之水患旱灾频频发生，小麦产量极低。据怀远县记载，1947 年平均亩产 10.1 kg，1949 年平均亩产只有 30.2 kg。

新中国成立以后，实行土地改革，人民当家做主，农业生产力得到了解放，小麦生产得到了发展，1970 年平均亩产 50 kg。党的十一届三中全会以后，广大农民生产有了自主权，生产积极性空前高涨，使小麦生产连年丰收，单产水平大幅度提高，总产逐年提高，1978 年平均亩产突破 100 kg。改革开放后小麦产量逐年上升，到 2012 年全市平均亩产 398 kg，小麦单产提高了 4 倍。回顾改革开放 30 年小麦生产发展的历程，大体经历了 3 个时期。

低产向中产迈进期(1978—1987 年)。党的十一届三中全会后，农村实行了家庭联产承包责任制，土地分给农户承包经营，农村生产力得到解放，农民对农业生产投入大幅增加，促进了农业生产发展，小麦产量迅速提高。亩产由 1978 年的 104 kg 提高到 1987 年的 279 kg，平均年递增 11.6%，总产由 1978 年的 2.69×10^5 t 增加到 8.31×10^5 t。

中产徘徊期(1988—2003 年)。小麦由低产进入中产阶段以后,小麦生产出现了很长时间的徘徊局面,从 1988 年到 1992 年连续五年滑坡,1992 年亩产只有 195 kg(1991 年特大洪涝灾害除外),直到 1993 年平均亩产 250 kg,小麦亩产仍没有超过 1987 的单产水平。为尽快打破该局面,实现小麦生产再上一个新的台阶,蚌埠市在全市开展了小麦“四五六”攻关活动,到 1997 年全市小麦亩产达到了 325 kg。此时期特点是小麦单产不稳,年际间波动较大,地区之间发展很不平衡,到 1998 年又回到平均 218 kg。1999 年平均亩产 328 kg,2000 年、2001 年和 2002 年都在 200 多千克(2003 年特大洪涝灾害,亩产只有 178.75 kg)。

中高产期(2004—2012 年)。国家相继出台了粮食直补、良种补贴等惠农政策,2005 年秋种省政府启动了小麦高产攻关活动,蚌埠市抓住机遇,把发展小麦生产、提高单产、稳定总产放在农业生产重要位置,推广四项关键技术。2010 年蚌埠市小麦生产面积为 2.44×10^5 hm^2、单产 398 kg、总产 1.46×10^6 t,比 2005 年的 2.04×10^5 hm^2、337.0 kg、1.03×10^6 t 分别增长 19%、18%、41%;比 2003 年的 1.79×10^5 hm^2、178 kg、4.8×10^5 t 分别增长 36%、123%、204%。蚌埠市小麦在面积、单产、总产上稳定增长。

蚌埠市委、市政府按照省政府要求,把主攻小麦生产放在重要的战略位置,在全市开展小麦高产攻关活动,使蚌埠市小麦生产实现跨越式发展。2014 年午收小麦面积 2.4×10^5 hm^2,亩产 424.1 kg,总产 1.53×10^6 t,小麦总产实现了十连增。

二、小麦适宜性评价的技术路线

(一)确定蚌埠市小麦适宜性评价的底图

以蚌埠市耕地地力评价单元图作为小麦适宜性评价的底图。

在确定评价单元时主要应用行政区划图、土壤图、土地利用现状图叠加形成的图斑作为评价单元,全区共生成小麦适宜性评价单元 3 330 个。

基本评价单元图的每个图斑都必须有参与评价的属性数据。

(二)确定蚌埠市小麦适宜性评价层次模型

集中蚌埠市农业栽培、植保、土肥、种子等方面的专家,通过专家技术组会议商议,就蚌埠市小麦适宜性评价因子的选取、指标的量化进行了研讨。认为:蚌埠市小麦适宜性评价主要受坡向、坡度、成土母质、地形部位、耕层厚度、剖面构型、质地、pH、CEC、有机质、有效磷、速效钾、有效锌、水溶态硼、灌溉保证率、排涝能力等多种因素的影响,选取了包括立地条件、剖面组成、养分状况、土壤管理四大类共 16 个因子,作为蚌埠市小麦适宜性评价指标体系。把小麦适宜性作为目标层(A),把影响目标层的立地条件、剖面性状、理化性状、养分状况、土壤管理作为准则层

(B),再把影响准则层中各因素的项目作为指标层(C),构建蚌埠市小麦适宜性评价层次模型。

(三)确定蚌埠市小麦适宜性评价因子的组合权重

应用层次分析法计算各参评因子的组合权重,主要由专家分别对不同层次内各参评因子的重要性作出判断,构造出不同层次间的判断矩阵,最后计算出各评价因子的组合权重。见表7-1-1。

层次分析报告

模型名称:蚌埠市耕地地力评价模型

计算时间:2013-1-16 18:07:29

构造层次模型

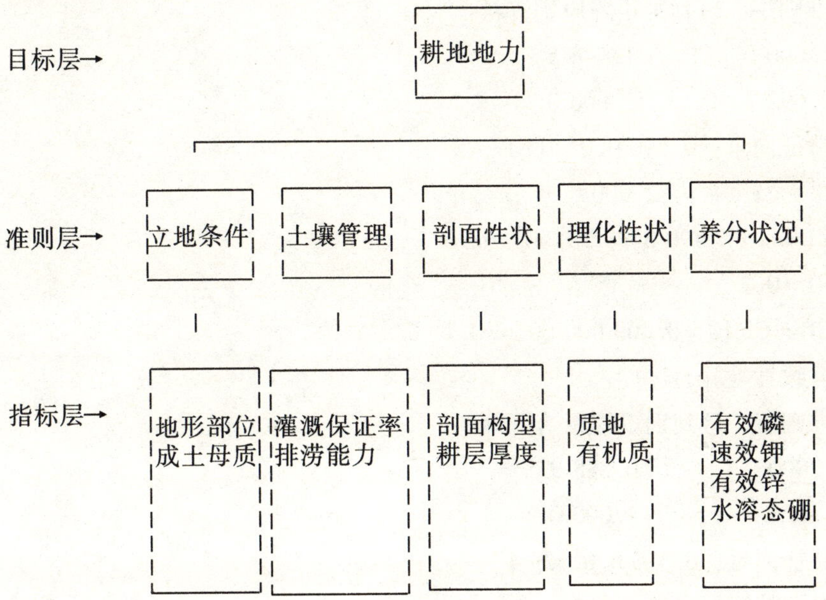

目标层判别矩阵原始资料:

1.000 0	0.909 1	1.176 5	0.869 6	1.111 1
1.100 0	1.000 0	1.294 2	0.956 5	1.222 2
0.850 0	0.772 7	1.000 0	0.739 1	0.944 4
1.150 0	1.045 5	1.352 9	1.000 0	1.277 8
0.900 0	0.818 2	1.058 8	0.782 6	1.000 0

特征向量:[0.200 0,0.220 0,0.170 0,0.230 0,0.180 0]

最大特征根为:5.000 0

CI = -8.239 634 112 783 28E-07

RI = 1.12

CR = CI/RI = 0.000 000 74 < 0.1

一致性检验通过!

准则层(1)判别矩阵原始资料:

1.000 0	1.000 0
1.000 0	1.000 0

特征向量:[0.500 0,0.500 0]

最大特征根为:2.000 0

CI=0

RI=0

CR=CI/RI=0.000 000 00 < 0.1

一致性检验通过!

准则层(2)判别矩阵原始资料:

1.000 0	1.444 5
0.692 3	1.000 0

特征向量:[0.590 9,0.409 1]

最大特征根为:2.000 0

CI=1.367 490 6498 284 4E-05

RI=0

CR=CI/RI=0.000 000 00 < 0.1

一致性检验通过!

准则层(3)判别矩阵原始资料:

1.000 0	0.888 9
1.125 0	1.000 0

特征向量:[0.470 6,0.529 4]

最大特征根为:2.000 0

CI=6.249 980 468 719 94E-06

RI=0

CR=CI/RI=0.000 000 00 < 0.1

一致性检验通过!

准则层(4)判别矩阵原始资料:

1.000 0	1.300 1
0.769 2	1.000 0

特征向量:[0.565 2,0.434 8]

最大特征根为:2.000 0

CI=1.845 982 961 734 55E-05

RI=0

CR = CI/RI = 0.000 000 00 < 0.1

一致性检验通过!

准则层(5)判别矩阵原始资料:

1.000 0	1.000 0	1.250 0	1.250 0
1.000 0	1.000 0	1.250 0	1.250 0
0.800 0	0.800 0	1.000 0	1.000 0
0.800 0	0.800 0	1.000 0	1.000 0

特征向量:[0.277 8,0.277 8,0.222 2,0.222 2]

最大特征根为:4.000 0

CI = 0

RI = .9

CR = CI/RI = 0.000 000 00 < 0.1

一致性检验通过!

层次总排序一致性检验:

CI = 8.316 746 863 258 62E -06

RI = .161 999 575 206 12

CR = CI/RI = 0.000 051 34 < 0.1

总排序一致性检验通过!

表 7-1-1　层次分析结果表

层次 A	层次 C 立地条件 0.200 0	土壤管理 0.220 0	剖面性状 0.170 0	理化性状 0.230 0	养分状况 0.180 0	组合权重 $\sum C_iA_i$
地形部位	0.500 0					0.100 0
成土母质	0.500 0					0.100 0
灌溉保证率		0.590 9				0.130 0
排涝能力		0.409 1				0.090
剖面构型			0.470 6			0.080 0
耕层厚度			0.529 4			0.090 0
质地				0.565 2		0.130 0
有机质				0.434 8		0.100 0
有效磷					0.277 8	0.050 0
速效钾					0.277 8	0.050 0
有效锌					0.222 2	0.040 0
水溶态硼					0.222 2	0.040 0

本报告由《县域耕地资源管理信息系统 V3.2》分析提供。

(四)确定蚌埠市小麦适宜性评价因子的隶属度

我们根据模糊数学的理论,将选定的评价因子分为戒上型、峰型、概念型3种类型的隶属函数。前2种类型主要是对于定量数据,用特尔菲法对一组实测值评估出相应的一组隶属度,并根据这两组数据拟合隶属函数,对于质地对其他耕地地力评价因子的影响,如有效磷、有机质、速效钾等应按不同质地类型分别拟合隶属函数,将各评价因子的值代入隶属函数,计算相应的隶属度。定性的、综合性的评价因子,与耕地生产能力之间是一种非线性的关系,如成土母质、地形部位、剖面构型、质地等属于概念型,这类因子的评价可采用特尔菲法直接给出隶属度。见表7-1-2至表7-1-8。

表7-1-2 蚌埠市小麦适宜性评价

[函数类型]	[项目]	[a 值]	[b 值]	[c 值]	[u_t 值]
戒上型	耕层厚度	0.021	0	20	$u_t=5$
戒上型	速效钾	0.000 431	0	150	$u_t=30$
戒上型	有机质	0.079 623	0	20	$u_t=2$
戒上型	有效磷	0.009 791	0	24	$u_t=2$
戒上型	有效锌	3.118 708	0	1.6	$u_t=0.01$

表7-1-3 成土母质

[隶属度]	[描述]
0.5	成土母质 =‘坡积物’ or 成土母质 =‘残、坡积物’
0.7	成土母质 =‘第四系黄土’
0.9	成土母质 =‘冲积物’
1	成土母质 =‘沉积物’

表7-1-4 地形部位

[隶属度]	[描述]
0.4	地形部位 =‘冲积扇、盆地’
0.5	地形部位 =‘岗地’ or 地形部位 =‘坡地’
0.6	地形部位 =‘低岗坡地’ or 地形部位 =‘低坡’
0.7	地形部位 =‘洼地’
0.9	地形部位 =‘缓坡平地’
1	地形部位 =‘平地’

表 7－1－5　灌溉保证率

[隶属度]	[描述]
0.4	灌溉保证率 ＝ '无保障'
0.7	灌溉保证率 ＝ '基本满足'
0.9	灌溉保证率 ＝ '较好满足'
1	灌溉保证率 ＝ '完全满足'

表 7－1－6　排涝能力

[隶属度]	[描述]
0.3	排涝能力 ＝ '弱'
0.5	排涝能力 ＝ '较弱'
0.7	排涝能力 ＝ '中等'
0.9	排涝能力 ＝ '较强'
1	排涝能力 ＝ '强'

表 7－1－7　剖面构型

[隶属度]	[描述]
0.4	剖面构型 ＝ 'A－C'
0.5	剖面构型 ＝ 'A－(B)－C'
0.6	剖面构型 ＝ 'A－BC－C'
0.7	剖面构型 ＝ 'A－B－C'
0.8	剖面构型 ＝ 'A－P－C' or
	剖面构型 ＝ 'A－P－C、A－AP－C'
0.9	剖面构型 ＝ 'Ae－P－B、Ae－Pe－B'
1	剖面构型 ＝ 'A－P－W－C、A－P－W－B－C'

表 7－1－8　质地

[隶属度]	[描述]
0.1	质地 ＝ '石质'
0.4	质地 ＝ '砂壤'
0.6	质地 ＝ '轻壤'
0.8	质地 ＝ '轻黏'
0.9	质地 ＝ '中壤'
1	质地 ＝ '重壤'

（五）计算蚌埠市小麦适宜性评价综合指数

采用累加法计算每个评价单元的小麦适宜性综合指数。

$$\mathrm{IFI} = \sum (F_i \times C_i)\ (i = 1, 2, 3, \cdots\cdots, n)$$

式中：IFI 代表小麦适宜性综合指数；F_i 为第 i 个评价因子的隶属度；C_i 为第 i 个评价因子的组合权重。

（六）确定蚌埠市小麦适宜性评价分级方案

根据样点分布的频率，将全市小麦适宜性分为 4 类：高度适宜、适宜、勉强适宜和不适宜。见表 7-1-9。

表 7-1-9　蚌埠市小麦适宜性评价分级方案及结果

适宜性	分值	单元		面积	
		单元数	占(%)	面积(hm^2)	占(%)
高度适宜	大于 0.803 3	887	26.6	88 446.67	23.8
适宜	0.753 3～0.803 3	846	25.4	98 853.33	26.6
勉强适宜	0.703 3～0.753 3	913	27.4	123 753.33	33.3
不适宜	小于 0.703 3	684	20.5	60 573.33	16.3

（七）绘制蚌埠市小麦适宜性评价图

在耕地资源管理信息系统中根据层次分析模型与隶属函数模型进行小麦适宜性评价，生成小麦适宜性评价图。

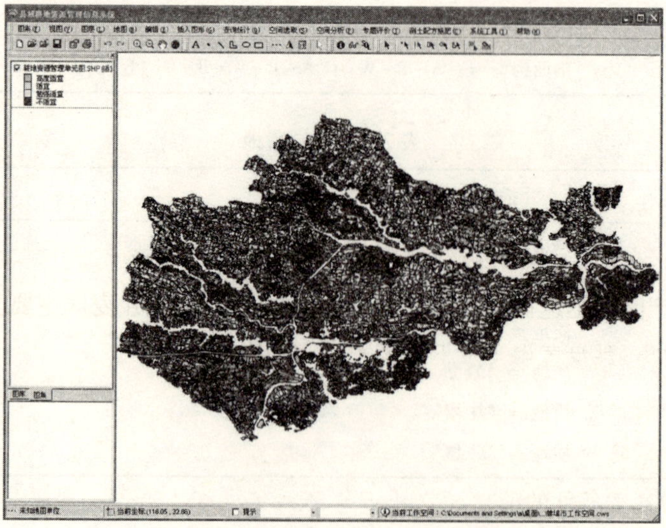

图 7-1-1　蚌埠市小麦适宜性评价等级分布图

三、小麦适宜性评价结果分析

小麦适宜性在蚌埠市三县四区域分布概况如下：

“高度适宜”主要分布于怀远县南部、淝河流域、淮河流域、香涧湖流域等地。这些地区是全市综合生产性能最好的耕地，易于耕作，养分含量高，保肥、保水能力较强，适于各种作物生长。

“适宜”主要分布在怀远县南部、五河县沱湖流域、淮上区等地。这些耕地土层较厚，地下水位深度与种植作物相适宜，较适宜作物生长。土壤养分含量较高，灌溉能力和排涝能力一般。

“勉强适宜”主要分布于涡河流域、澥河流域、五河县西南部、怀远县东北部、固镇县。重壤耕种土壤黄棕壤偏黏，通气性差，紧实致密，养分分解缓慢，供水供肥性差，不宜种植如棉花等双子叶作物，旱地宜种植玉米，水田宜种植小麦等单子叶作物。土壤改良应增施有机肥或通过秸秆还田等措施。

“不适宜”主要分布于浍河流域、五河县东南部、固镇县。土壤大部分为通体型，有轻度侵蚀，表土流失严重，耕层浅板瘦。由于地处岗丘，表土径流量大，耕层厚度一般只有16 cm，水田次生潜育化严重。土壤酸性强，腐殖质的积累作用偏弱，表层有机质的含量低，而且易受旱涝的威胁，难以旱涝保收耕种。

四、小麦种植区土壤条件

蚌埠市小麦种植面积占耕地面积的80%，主要耕作方式为旱茬麦区（占小麦面积65%）和稻茬麦区（占小麦面积35%）。砂姜黑土是蚌埠市旱茬麦区最大的种植土壤，总面积约2.63×10^5 hm^2，占全市的47.8%。砂姜黑土集中分布在蚌埠市三县河间浅洼平原，砂姜黑土质地黏重，易旱、易涝、易渍、易瘠、易黏等是影响小麦生长和产量的主要原因。20世纪末，国家加大对中低产田的治理，80年代的黄淮海区农田治理，90年代的农业综合开发，2000年的土地整治和近年开展的标准粮田建设等农田改造投资项目实施后，砂姜黑土区的农田基本设施和水利条件有了明显改善，生产能力迅速提高，小麦单产也大幅度提高。稻茬麦区主要土壤类型为马肝田和黄白土、黏盘黄褐土及下蜀黄土发育的小麦土。

小麦生长发育所需的矿物质主要来自土壤，土壤养分及肥力状况直接影响小麦的生长和产量高低。小麦单产和总产的不断提高，在很大程度上依赖于土壤肥力提高和农田基础条件的改善。在小麦生产水平处在中低产向中产转变阶段，改造农田低产条件，增施氮、磷肥料，提高土壤氮、磷供给能力是增加小麦产量的关键措施；在小麦产量水平由中产向高产或更高产发展的过程中，小麦生长对土壤肥力及营养条件的要求更高。调查分析小麦种植区土壤肥力条件可知，土壤养分不足仍是制约小麦产量进一步提高的重要原因之一，水、肥、气、热充分协调才能促进小麦生产发育而获得高产。

五、高产稳产麦田的基础条件

1. 土壤肥力

土壤肥力是指耕种土壤为作物提供营养元素的能力。常把作物在不施任何肥料条件下所得的产量（白田产量）作为土壤基础肥力的综合指标。不同区域小麦空白区与施肥种植试验的结果表明，土壤肥力对小麦产量的贡献率为32%～83%，平均贡献率为47.88%，贡献率大，增产潜力大。

2. 农田平整，沟渠路通畅

农田平整是小麦生产管理中的重要条件。平整的土地，不仅有利于耕种，也是确保小麦播种出苗质量的必要条件。当前小麦生产已基本实现机械播种，土地不平整就不利于机械操作，也无法有效保证机播均匀度，直接影响小麦播种质量和出苗整齐度。同时，灌溉不均匀，会出现低洼地麦苗渍水和局部高地灌溉不充分的情况。降雨较多的时候，麦田低洼处常出现积水不能排情况，影响麦苗根系的生长。

由于受降雨时空变化的影响（全年降雨量800 mm），自然降水量仅能满足小麦生长需水量（麦田耗水量一般为400～600 mm）的1/3～2/3。但在秋、冬旱或春旱发生年份，没有灌溉同样会严重影响小麦产量。因此，农田灌排系统配套，旱能灌、涝能排是实现小麦高产稳产的必要条件。

3. 土层肥沃、土体构型和耕层土壤结构对小麦生长影响非常大

一般壤土或沙壤土的土壤结构较优，团粒状，通透性较好，黏重的砂姜黑土、黄褐土棱柱结构较差，通透性不良。高产稳产麦田要通透性好、土体松紧适中，耕层土壤容量在1.3 g/cm^2 以下，孔隙度50%，耕作层土壤结构以团粒或粒块状结构为优。

4. 土壤养分含量丰富，有效供肥能力提高

0～20 cm耕层土壤有机质≥12.2 g/kg，全氮≥0.84 g/kg，碱解氮≥60 mg/g，速效磷≥15 mg/kg，是采用精播和获得每公顷产小麦7 500～8 250 kg的必要条件。

土层养分丰富，土壤供肥潜力较强。据安徽省近年多点试验统计，中高产（6 000～7 500 kg/ hm^2）麦田0～25 cm土层养分平均含量分别为：有机质15 g/kg，全氮1.0 g/kg，速效磷15 mg/kg以上，速效钾100 mg/kg左右，土壤中微量元素含量平衡，没有出现低于临界值的情况；高产（7 500～8 250 kg/ hm^2）麦田0～25 cm土层养分平均含量分别为：有机质17 mg/kg，全氮1.5 mg/kg，速效磷30 mg/kg左右，速效钾120 mg/kg左右，土壤中微量元素含量中等水平。

良好的土壤结构,通透性较好。高产麦田土壤具体的土体结构特点:耕作层通透性好,松紧度适宜。一般耕作层土壤容量在 1.3 g/cm^3 以下,孔隙度在 55% 左右,有丰富的水稳性团粒结构,水、肥、气、热比较协调,有利于提高小麦播种和耕作质量。土体质地及涂层排列构型良好,即上层土壤松紧适度,通气透水性较好,有利于麦苗根系生长;下层质地稍紧实,可有效地保水保肥和调节地下水升降。安徽省淮北平原潮土中的两合土,就具备了高产麦田所应有的土壤结构和构型。优势的土壤生物活性强,有益微生物多。

第二节 水稻适宜性评价

对蚌埠市耕地进行水稻适宜性评价,以实现水稻增产、增收,进而科学规划高效种植优质水稻,推动蚌埠市农业结构的调整,促进全市水稻产业发展、农村经济稳步增长和农民收入提高。

一、评价区域概况

蚌埠市处于淮河中游下段及浍河下游,属亚热带半湿润季风气候区,年均气温 15.4 ℃,无霜期 215 天。光热资源充裕,全年太阳辐射总量 120.2 $kcal/cm^2$,日照总时数 2 167 ~ 2 300 h,10 ℃以上活动积温 4 960 ℃。年降雨量 900 mm 左右,能用于水稻生产的降雨量为 400 ~ 700 mm;全年平均过境水流量 2.78×10^{10} km^3;地下水较丰富,地下水埋深一般为 1 ~ 3 m;据测算,浅层地下水总储量约 1.47×10^9 km^3,矿化度 <0.5 g/L,水质优良,适宜于灌溉和人畜饮用。

全市现有耕地面积 2.90×10^5 hm^2,其主要土壤分为 5 大类型,即砂姜黑土类、棕壤土类、潮土类、水稻土类、石灰土类,其中砂姜黑土面积最大,占总耕地面积的 50%。全市土壤耕层平均含有机质 20.53 g/kg,全氮 1.28 g/kg,有效磷 20.57 mg/kg,速效钾 115.85 mg/kg,pH 为 6.55。其地势、气候等自然条件,比较适合水稻生长,群众有种植水稻的习惯和丰富的经验,水稻是该区域仅次于小麦种植面积的第二大粮食作物,常年稳定种植面积 0.5×10^5 ~ 1.1×10^5 hm^2,占耕地面积的 36% ~38%;单产 6 750 ~ 8 250 kg/hm^2,总产 8.0×10^5 t 左右。

二、水稻生产概况

1. 环境条件

蚌埠市地处亚热带和暖温带过渡带,四季分明,气候温暖,热量丰富,雨量充沛且相对均匀。水稻种植区属于长江中下游平原双单季稻亚区(全国稻区划分为 6

个稻作区和16个亚区),为麦稻两熟制单季稻区。常年水稻播种育苗期在5月上中旬,收获期为10月上旬至11月初,安全生育期135~150 d。适宜生长期内,日照时数为1 100~1 400 h,有效积温2 200~2 500 ℃(≥10 ℃),降雨量500~700 mm。优越的自然光、温、水资源适宜多种类型水稻品种的正常生长发育,品种类型主要是中粳(糯)稻和中籼杂交稻,处于我国籼粳稻种植过渡地带。

2. 生产特点

水稻是蚌埠市第二大粮食作物,2013年水稻种植面积1.08×10^5 hm^2,总产约7.67×10^5 t,占秋粮总产的63.8%,占全年粮食总产的29.1%,商品率在60%以上。就整个区域而言,蚌埠市自然生态条件优越,适宜多种类型水稻品种的正常生长发育,特别是九十月份温、光资源优越,光照足,昼夜温差大,形成了淮河以北、蚌阜路以南地区(怀远县唐集镇、常坟镇、找郢乡、荆芡乡、兰桥乡、马城镇,禹会区秦集乡,淮上区梅桥乡等)优质粳糯稻生产区域和南至五蚌路,北到五固路(包括淮上区曹老集镇、沫河口、五河县新集、头铺和浍河北部的小圩、浍河南部的浍南等)优质杂交中籼稻生产区域。粳糯稻生产已成长为蚌埠市怀远县农业特色产业,建成了全国闻名的粳糯稻生产基地和交易集散地,商品率、经济效益都很高。

3. 品质现状与市场

本地优质粳糯稻生产生育期长,黏性大、口感好,品质优良,"小圆头"粳糯米的黏度达到全国前三,连片种植粳糯稻纯度高达99%(超过国标4%),是全省出口糯米的两大产区之一。杂交中籼稻的生产与南方稻区相比,生育期相对延长,灌浆成熟度较好,营养成分转化充分,品质好,表现为垩白度、直链淀粉降低,蛋白质、胶稠度增加,商品性、食用口味提高,符合江浙各大城镇居民的消费习惯,市场前景广阔。

4. 品种不断优化,效益不断提高

杂交中籼稻以丰两优4号(皖稻187)、徽两优6号、新两优6号(皖稻147)等优质单产潜力较高的品种为主,替代了协优63、籼优63等老品种。加之农技服务到位率逐年提高,农民种植水稻面积稳定增加,效益也不断提高,2012年秋季,稻农亩收益达到1 500~2 000元。

5. 轻简栽培技术广泛应用

随着农村经济的不断发展,劳动力日趋紧张,水稻的轻简栽培技术越来越被人们关注。从2007年开始,我们有针对性地开展了水稻直播技术研究,从品种筛选、播期、播种方式、化学除草、中后期冷害化学调控防御等方面进行试验示范,形成了沿淮麦茬中粳(糯)稻机械直播轻简栽培技术规程,对指导生产、规避风险发挥了重要作用。近年来,又大力推广了水稻标准化工厂化育秧、机械插秧技术。

三、影响水稻分布的主要因素分析

水稻是喜温、喜水(湿)、短日照、适应性强、生育期较短的谷类作物,其生长发育要求的最低温度在10 ℃以上,抽穗扬花期适宜温度为18～22 ℃。对土壤质地要求不高,只要酸碱度较为适宜,土壤有机质含量较高,有一定的蓄水保水能力、有水源可灌溉的地方,均可种植水稻。

(1)热量资源,一般最低温度≥10 ℃,积温2 000～4 500 ℃的地方适于种单季稻;

(2)水分影响水稻布局,体现在"以水定稻"的原则上;

(3)日照时数影响水稻品种分布和生产能力;

(4)海拔高度的变化,通过气温变化影响水稻的分布;

(5)良好的水稻土壤既要有较高的保水、保肥能力,又应具有一定的渗透性,酸碱度接近中性。

耕地地力评价可以根据所在地的地形地貌、成土母质、土壤理化性状、农田基础设施等因素相互作用表现出来的综合特征,揭示耕地对水稻生产的适宜性影响。

1. 土壤有机质

土壤有机质是指土壤中所有含碳的有机物,是土壤生产能力的主要指标之一。作为来源于土壤中的微生物或者动植物残体的土壤有机质,构成十分复杂。其主要作用表现在以下几个方面:首先,土壤有机质可以为水稻生长提供必要的营养保障;其次,土壤有机质可以有效地提高水田土壤保持肥效的能力;再次,土壤有机质对于土壤的物理性质也能产生积极影响,可以提高水田团粒结构比例;最后,土壤有机质对于水稻根系生长、提高根部对水稻生长有益微生物活性、稳定水稻的产量和质量方面有着十分重要的意义和作用。土壤有机质含量高,蓄水保水能力强,更有利于水稻种植。

2. 土壤酸碱度

土壤酸碱度是土壤酸、碱性的简称。在一般情况下土壤酸碱度可以用pH来表示。我们可以根据pH的大小来区分土壤的酸碱度。以土壤pH等于7为临界点:如果土壤pH等于7,则说明土壤为中性;如果土壤pH大于7,则说明土壤为碱性;如果土壤pH小于7为酸性。水稻对土壤酸碱度的适宜性较强,最适宜状态是土壤pH为6～7。

3. 土壤养分状况

土壤养分状况直接决定土壤肥力。在氮、磷、钾等大量元素供应比较充足的情况下,中微量元素如钙、锌、锰等可能会成为水稻生产的限制因子,会出现区域性缺素症状。土壤质地主要分为砂土、壤土和黏土，土壤质地不同对土壤结构、孔隙状况、保肥性、保水性、宜耕性等都有重要影响，壤土最适宜水稻生长。

4. 土壤立地条件

土壤立地条件是水田土壤生产力的重要指标之一，影响水稻的生长发育。土壤立地条件主要涉及坡度、有效耕层厚度、土壤母质、地形部位等。坡度越缓越利于田间管理，也就更适宜水稻种植。土壤母质是土壤发育的物质基础，土壤内部矿物质因素基本上来自土壤母质。土壤母质主要分为残积、坡积、洪积和冲积等，冲积母质相对来说土壤肥力更好些。地形部位反映水田所处的空间位置，不同部位的水田土壤具有不同的养分条件和耕作条件。土壤有效耕层厚度是水稻生长发育的载体，水稻根系深入水田土壤必须牢固，因为水田经常进行排水灌溉，水流经常冲刷水稻，容易形成缺苗现象，因此，有效耕层厚度影响着水田生产能力。

5. 水田管理水平

近年来气象灾害频发，灾害性天气突发的可能性越来越大，耕地管理对水田生产力和水稻生长影响逐渐增大。因此，我们要通过加强种植管理、提高灌溉保证率和排灌能力等来提高水稻稳定增产能力。水资源是保证水稻生产可持续发展的首要条件，水资源丰富、热量条件好、灾害相对较少，是水稻生产优势地区。水稻生理需水量 250 ~ 600 m^3/亩（375 ~ 900 mm）；生态需水（营造水稻良好生育环境所需水分）：一是耕地泡田时需水量为 80 ~ 120 m^3/亩，二是孕穗前后灌水调节冠层温度，大概在 100 mm 左右。

秧田对水分的需要，随秧苗生长而增多。出苗前只需保持田间最大持水量的 40% ~50%，就可满足发芽、出苗需要；三叶期以前也不需水层，土壤含水量为 70% 左右；三叶期以后土壤水分不少于 80%，低了就会影响水稻生长。

四、水稻适宜性评价

水稻必须从土壤中吸取氮、磷、钾、钙、锌、硫和硅等营养元素才能正常生长发育，土壤肥力状况直接影响水稻的生长。稻田有机质、氮、磷、钾、锌、锰等元素以及质地、水源等因子直接关系到土壤养分的有效性、供应及吸收利用。在水稻生产中，稻田土壤随淹水、排水和落干的变化相应地发生膨胀、分散、凝聚和收缩。

1. 选取评价因子

蚌埠市农委组织安徽农业大学和市、县（区）农技专家结合本地耕地资源与生产特点选取了土壤有机质含量、灌溉保证率、排涝能力、剖面构型、土壤有效磷含量、速效钾含量、有效锌含量、质地、地形部位、耕层厚度、成土母质等 12 个对蚌埠市水稻适宜性影响较大、区域内变化明显、与农业生产密切相关的因素作为水稻适宜性评价指标。

2. 确定蚌埠市水稻适宜性评价因子的组合权重

应用层次分析法计算各参评因子的组合权重，主要由专家分别对不同层次内各参评因子的重要性作出判断，构造出不同层次间的判断矩阵，最后计算出各评价因子的组合权重。见表 7－2－1。

各因素的组合权重计算结果层次分析报告

模型名称：蚌埠市水稻适宜性评价模型

计算时间：2013－1－16 17：05：32

构造层次模型

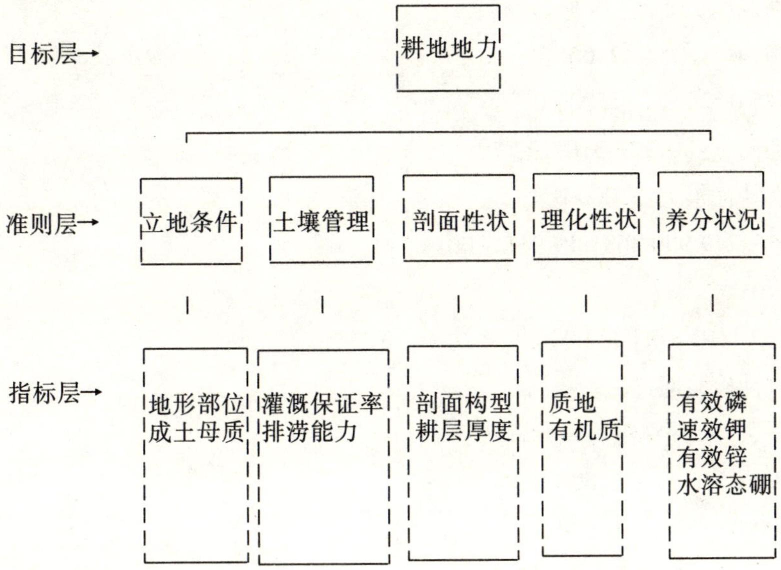

目标层判别矩阵原始资料：

1.000 0	0.909 1	1.111 1	0.769 2	1.428 6
1.100 0	1.000 0	1.222 2	0.846 2	1.571 3
0.900 0	0.818 2	1.000 0	0.692 3	1.285 7
1.300 0	1.181 8	1.444 4	1.000 0	1.857 0
0.700 0	0.636 4	0.777 8	0.538 5	1.000 0

特征向量：[0.200 0，0.220 0，0.180 0，0.260 0，0.140 0]

最大特征根为：5.000 0

CI＝－1.569 793 790 734 41E－06

RI＝1.12

CR＝CI/RI＝0.000 001 40 ＜ 0.1

一致性检验通过！

准则层(1)判别矩阵原始资料:

1.000 0	3.000 3
0.333 3	1.000 0

特征向量:[0.750 0,0.250 0]

最大特征根为:2.000 0

CI = -4.999 9999 696 126 5E-09

RI = 0

CR = CI/RI = 0.000 000 00 < 0.1

一致性检验通过!

准则层(2)判别矩阵原始资料:

1.000 0	2.666 7
0.375 0	1.000 0

特征向量:[0.727 3,0.272 7]

最大特征根为:2.000 0

CI = 6.249 980 468 719 94E-06

RI = 0

CR = CI/RI = 0.000 000 00 < 0.1

一致性检验通过!

准则层(3)判别矩阵原始资料:

1.000 0	0.500 0
2.000 0	1.000 0

特征向量:[0.333 3,0.666 7]

最大特征根为:2.000 0

CI = 0

RI = 0

CR = CI/RI = 0.000 000 00 < 0.1

一致性检验通过!

准则层(4)判别矩阵原始资料:

1.000 0	1.166 7
0.857 1	1.000 0

特征向量:[0.538 5,0.461 5]

最大特征根为:2.000 0

CI = -1.071 505 740 624 09E-05

RI = 0

CR = CI/RI = 0.000 000 00 ＜ 0.1

一致性检验通过！

准则层(5)判别矩阵原始资料：

1.000 0　　1.000 0　　1.250 0

1.000 0　　1.000 0　　1.250 0

0.800 0　　0.800 0　　1.000 0

特征向量：[0.357 1,0.357 1,0.285 7]

最大特征根为：3.000 0

CI = 0

RI = .58

CR = CI/RI = 0.000 000 00 ＜ 0.1

一致性检验通过！

层次总排序一致性检验：

CI = -1.411 869 919 178 58E-06

RI = 8.120 294 176 807 46E-02

CR = CI/RI = 0.000 017 39 ＜ 0.1

总排序一致性检验通过！

表7-2-1　层次分析结果表

	层次 C					
层次 A	立地条件	土壤管理	剖面性状	理化性状	养分状况	组合权重
	0.200 0	0.220 0	0.180 0	0.260 0	0.140 0	$\sum C_iA_i$
地形部位	0.750 0					0.150 0
成土母质	0.250 0					0.050 0
灌溉保证率		0.727 3				0.160 0
排涝能力		0.272 7				0.060 0
剖面构型			0.333 3			0.060 0
耕层厚度			0.666 7			0.120 0
质地				0.538 5		0.140 0
有机质				0.461 5		0.120 0
有效磷					0.357 1	0.050 0
速效钾					0.357 1	0.050 0
有效锌					0.285 7	0.040 0

本报告由《县域耕地资源管理信息系统 V3.2》分析提供。

3. 确定蚌埠市水稻适宜性评价因子的隶属度

我们根据模糊数学的理论，将选定的评价因子分为戒上型、峰型、概念型 3 种类型的隶属函数。前 2 种类型主要是对于定量数据，用特尔菲法对一组实测值评估出相应的一组隶属度，并根据这两组数据拟合隶属函数，而质地对其他耕地地力评价因子的影响，如有效磷、有机质、速效钾等应按不同质地类型分别拟合隶属函数，将各评价因子的值代入隶属函数，计算相应的隶属度。对定性的、综合性的，与耕地生产能力之间是一种非线性的关系，如成土母质、地形部位、剖面构型、质地等属于概念型，这类因子的评价可采用特尔菲法直接给出隶属度。见表 7－2－2 至表 7－2－8。

表 7－2－2　蚌埠市水稻适宜性评价

[函数类型]	[项目]	[a 值]	[b 值]	[c 值]	[u_t 值]
戒上型	耕层厚度	0.021	0	20	$u_t=5$
戒上型	速效钾	0.000 431	0	150	$u_t=30$
戒上型	有机质	0.079 623	0	20	$u_t=2$
戒上型	有效磷	0.009 791	0	24	$u_t=2$
戒上型	有效锌	3.118 708	0	1.6	$u_t=0.01$

表 7－2－3　成土母质

[隶属度]	[描述]
0.5	成土母质 ＝‘坡积物’ or 成土母质 ＝‘残、坡积物’
0.7	成土母质 ＝‘第四系黄土’
0.9	成土母质 ＝‘冲积物’
1	成土母质 ＝‘沉积物’

表 7－2－4　地形部位

[隶属度]	[描述]
0.4	地形部位 ＝‘冲积扇、盆地’
0.5	地形部位 ＝‘岗地’ or 地形部位 ＝‘坡地’
0.6	地形部位 ＝‘低岗坡地’ or 地形部位 ＝‘低坡’
0.7	地形部位 ＝‘洼地’
0.9	地形部位 ＝‘缓坡平地’
1	地形部位 ＝‘平地’

表 7－2－5　灌溉保证率

[隶属度]	[描述]
0.4	灌溉保证率 ＝‘无保障’
0.7	灌溉保证率 ＝‘基本满足’
0.9	灌溉保证率 ＝‘较好满足’
1	灌溉保证率 ＝‘完全满足’

表 7－2－6　排涝能力

[隶属度]	[描述]
0.3	排涝能力 ＝‘弱’
0.5	排涝能力 ＝‘较弱’
0.7	排涝能力 ＝‘中等’
0.9	排涝能力 ＝‘较强’
1	排涝能力 ＝‘强’

表 7－2－7　剖面构型

[隶属度]	[描述]
0.4	剖面构型 ＝‘A－C’
0.5	剖面构型 ＝‘A－(B)－C’
0.6	剖面构型 ＝‘A－BC－C’
0.7	剖面构型 ＝‘A－B－C’
0.8	剖面构型 ＝‘A－P－C’ or
	剖面构型 ＝‘A－P－C、A－AP－C’
0.9	剖面构型 ＝‘Ae－P－B、Ae－Pe－B’
1	剖面构型 ＝‘A－P－W－C、A－P－W－B－C’

表 7－2－8　质地

[隶属度]	[描述]
0.1	质地 ＝‘石质’
0.4	质地 ＝‘砂壤’
0.6	质地 ＝‘轻壤’
0.8	质地 ＝‘轻黏’
0.9	质地 ＝‘中壤’
1	质地 ＝‘重壤’

4. 计算蚌埠市水稻适宜性评价综合指数

采用累加法计算每个评价单元的水稻适宜性综合指数。

$$\mathrm{IFI} = \sum (F_i \times C_i)(i = 1,2,3,\cdots\cdots,n)$$

式中：IFI 代表水稻适宜性综合指数；F_i 为第 i 个评价因子的隶属度；C_i 为第 i 个评价因子的组合权重。

5. 确定蚌埠市水稻适宜性评价分级方案

根据样点分布的频率，将全市水稻适宜性分为 4 类：高度适宜、适宜、勉强适宜和不适宜。见表 7－2－9。

表 7－2－9　蚌埠市水稻适宜性评价分级方案及结果

适宜性	分值	单元		面积	
		单元数	占(%)	面积(hm^2)	占(%)
高度适宜	大于 0.803 3	870	26.1	84 360	22.7
适宜	0.753 3～0.803 3	787	23.6	95 880	25.8
勉强适宜	0.703 3～0.753 3	928	27.9	125 240	33.7
不适宜	小于 0.703 3	745	22.4	66 153	17.8

6. 绘制蚌埠市水稻适宜性评价图

在耕地资源管理信息系统中根据层次分析模型与隶属函数模型进行水稻适宜性评价，生成水稻适宜性评价图。见图 7－2－1。

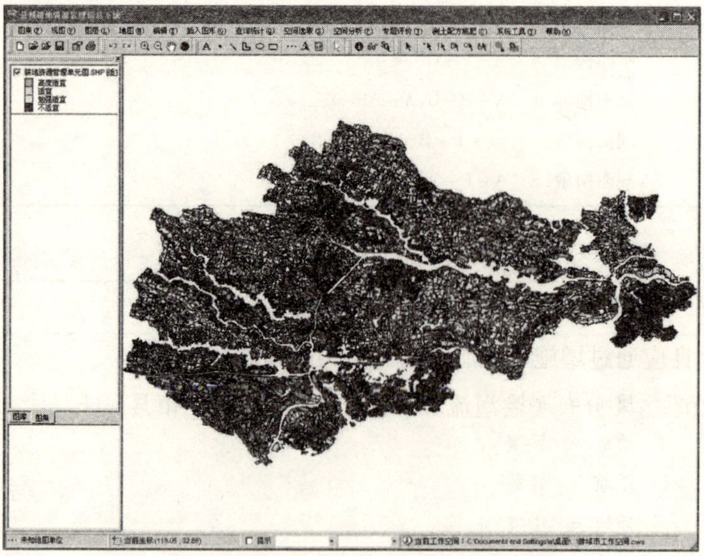

图 7－2－1　蚌埠市水稻适宜性评价等级分布图

7. 蚌埠市水稻适宜性评价结果分析

通过省市县各级专家技术组的论证，结合蚌埠市三县四区实际，选择了地形部位、成土母质、耕层厚度、质地、有机质、有效磷、速效钾、有效锌、灌溉保证率、排涝能力等评价指标，利用县域耕地资源管理信息系统隶属函数分析模型对以上评价指标采用模糊数学法给予评价，建立隶属函数，并采用层次分析法确定各评价因子组合权重。根据作物适宜性分级要求，将水稻适宜性分为高度适宜、适宜、勉强适宜、不适宜 4 个等级，采用累积曲线法确定各等级指数范围。如表 7－2－10。

表 7－2－10　蚌埠市水稻适宜性评价分级表（累积曲线分级法）

等级	区间	面积（hm^2）	占（%）	主要分布地点
高度适宜	大于 0.803 3	84 360	22.7	怀远县南部、淝河流域、淮河流域香涧湖流域禹会区
适宜	0.753 3～0.703 3	95 880	25.8	怀远县南部、五河县沱湖流域、淮上区禹会区
勉强适宜	0.703 3～0.753 3	125 240	33.7	涡河流域、澥河流域、五河县西南部、怀远县东北部、固镇县
不适宜	小于 0.703 3	66 153	17.8	浍河流域、五河县东南部、固镇县

从表 7－2－10 可以看出：蚌埠市耕地水稻种植“高度适宜”“适宜”“勉强适宜”“不适宜”面积分别为 84 360 hm^2、95 880 hm^2、125 240 hm^2、66 153 hm^2，分别占耕地总面积的 22.7%、25.8%、33.7% 和 17.8%。

“高度适宜”主要分布于怀远县南部、淝河流域、淮河流域、香涧湖流域和禹会区等地。这些地区是全区综合性能最好的耕地，易于耕作，养分含量高，保肥、保水能力较强，适于各种作物生长。

“适宜”主要分布在怀远县南部、五河县沱湖流域、淮上区等地。这些耕地土层较厚，地下水位深度较适宜水稻生长。土壤养分含量较高，灌溉能力和排涝能力一般。

“勉强适宜”主要分布于涡河流域、澥河流域、五河县西南部、怀远县东北部和固镇县。重壤耕种土壤黄棕壤偏黏，通气性差，紧实致密，养分分解缓慢，供水供肥性差。不宜种植棉花等双子叶作物，旱地宜种植玉米，水田宜种植小麦等单子叶作物。土壤改良应通过增施有机肥或秸秆还田等措施。

“不适宜”主要分布于浍河流域、五河县东南部和固镇县。土壤大部分为通体型，有轻度侵蚀，表土流失严重，耕层浅板瘦。由于地处岗丘，表土径流量大，耕层厚度一般只有 16 cm，水田次生潜育化严重。土壤酸性强，腐殖质的积累作用偏弱，表层有机质的含量低，而且易受旱涝的威胁，难以旱涝保收耕种。

表7-2-11 蚌埠市水稻土壤肥力分级

土壤肥力	常年水稻产量(kg/亩)	土壤养分状况			
		有机质(g/kg)	碱解氮(mg/kg)	有效磷(mg/kg)	速效钾(mg/kg)
高	>550	>20	>60	>30	>120
中	450~550	10~20	40~60	15~30	80~120
低	<450	<10	<40	<15	<80

五、存在的问题

(1)水稻生产经营规模小,不适宜现代化农业发展的需要。长期以来,蚌埠市水稻经营规模小、机械化程度低、管理不规范等都不利于现代化农业的发展。一是不利于水稻生产统一布局、规划、调控和统一的科技推广、指导;二是不利于农业机械化的推广运用;三是不利于农田基本建设的规划和投入;四是不利于土壤改良和地力提高;五是规模效益差。

(2)土壤的肥力不断下降。由于长期耕作,有机肥逐年递减和化肥施用量逐年递增,土壤营养结构比例失调,土壤的肥力不断下降;病虫害常年偏重等。

(3)气候问题。随着气象灾害的频繁发生,使得水稻生产近年来受灾害影响程度也逐步加大。同时,由于农业基础设施相对薄弱,抗灾能力不强。

六、建　议

(1)改善农田生产条件。加强以农田水利为重点的农田基本建设,提高有效灌溉面积和旱涝保收率,改善农田生产条件是提高水稻产量的基础。

(2)加大财政投入。政府应采取调控生产资料价格、增加对农业生产补贴等措施,从而使农民能增加化肥等生产投入,提高水稻产量。加大财政投入对大江大河治理、退耕还林、农田水利建设等,以提高抗灾能力。

(3)加大农业科技投入。一是加强对农民培训,使水稻单产在短期内获得重大突破;二是大力培育和推广优良品种及其配套适用技术,建立良种基地,并做好良种、良法、配套工作;三是做好病虫害统防统治工作,减少对环境的污染;四是加强对灾害的监测、预警和预报工作,增强农业防御自然灾害的能力。

(4)培育健康的水稻市场体系,稳定水稻收购价格,提高生产资料的利用率,降低生产成本,增强种粮比较效益,从而调动粮农的生产积极性。

(5)推进农业机械化,加快农业现代化建设,大力推广标准化育秧和机械插秧技术,促使传统农业向现代化农业转变。

(6)协调耕地土壤养分,推广配方施肥技术。农民种地的目标是获得高产高效,为此我们必须根据作物生长发育对养分的需求,针对土壤养分不协调的现状,全面推广配方施肥技术,通过科学施肥协调耕地土壤养分,使土壤的供肥能力与不同作物优质高产生长发育的需求一致。

(7)广辟肥源,增施有机肥,实施秸秆还田,改善土壤物理性状,提高土壤肥力。

第三节 玉米适宜性评价

一、玉米生产概况

玉米是我国主要的粮食作物,其用途多、营养丰富,且商品率较高,是最主要的饲料来源和工业原料,也是仅次于水稻的第二大作物,在国民经济中占有相当重要的地位。我国玉米种植面积很广,分布在 24 个省、市、自治区,种植面积 2×10^7 hm^2 左右。根据自然资源特点及玉米生长发育对资源条件的要求,全国可分为 6 大种植区:北方春播玉米区、黄淮海夏播玉米区、西南山地玉米区、南方丘陵玉米区、西北灌溉玉米区、青藏高原玉米。安徽省地理条件优越,气候温和适宜,光照充足,是黄淮海平原主要的玉米产区之一,常年种植面积在 5.5×10^5 hm^2 左右,总产 2.4×10^6 t。蚌埠市是安徽省玉米主产市之一,玉米也是仅次于小麦、水稻的第三大种植作物,常年玉米种植面积基本保持在 6.67×10^4 hm^2 左右,是国家和安徽省重要的粮食基地。近年来,随着蚌埠市农牧业产业化、工业化进程的深入,畜牧业迅猛发展,伴随着国际市场玉米价格持续走高,加之玉米机械化种植技术的推广,使得蚌埠市玉米种植面积逐渐增加,2012 年玉米种植面积 8.2×10^4 hm^2,平均单产 406.13 kg,总产 5.0×10^5 t,实现了面积稳步增加,单产显著提高,总产再创新高的目标。

玉米亦称玉蜀黍、包谷、苞米、棒子,粤语称为粟米,闽南语称作番麦,是一年生禾本科草本植物,是重要的粮食作物和重要的饲料来源,也是全世界总产量最高的粮食作物。

改革开放 30 多年来,我国玉米生产得到快速发展。特别是党的十一届三中全会以来,在党的正确领导以及各级政府的高度重视下,蚌埠市的玉米生产取得长足发展。玉米生产上大致经历 3 个阶段:

第一阶段(1978—1989 年)。十一届三中全会以后,家庭联产承包责任制的实施极大地解放和发展了农村社会生产力,大大调动了农民生产的积极性。特别是一批优质高产的玉米良种及配套技术，以及科学施肥、病虫草害防治技术、化学除草技术等的研究与推广，为蚌埠市玉米单产水平的提升提供了科技支撑。亩产由1978年109 kg提高到1987年234 kg，增幅达115%；总产由1978年3.81×10^4 t提高到1987年5.36×10^4 t，增幅为41%。

第二阶段（1990—1999年）。1990年以后，随着玉米加工业和畜牧养殖业的发展，玉米需求量逐年增加。玉米生产中，种子、农药、化肥等生产资料投入加大，高产品种的选育与推广，病虫草害防治技术的实施对该时期的玉米生产的快速增长起到了积极作用。尤其是90年代中后期，农业部在全国推广紧凑型玉米，玉米种植密度大幅度提高，也促进了蚌埠市农业生产的快速发展。1990年蚌埠市玉米亩产为227.88 kg，到1999年亩产达344.81 kg，增幅为51%。

第三阶段（2000—2012年）。从2004年开始，国家为了保障粮食安全，相继出台了一系列惠农支农的政策。同时，因玉米市场需求强劲，玉米价格持续高位，充分调动了农民种植玉米的积极性。特别是2008年安徽省启动了玉米振兴计划，蚌埠市抓住机遇以玉米良种良法配套补贴和高产核心创建活动为切入点，全力加强玉米振兴计划核心示范区建设，重点推广5项关键技术，强化"五统一"服务。2010年蚌埠市玉米生产面积为6.04×10^4 hm^2、单产322.3 kg、总产1.95×10^5 t，比2008年5.70×10^4 hm^2、332.0 kg、1.89×10^5 t分别增长6.0%、3%、3.2%。

2008年以来，蚌埠市市委、市政府按照省政府的要求，以玉米振兴计划为切点，以科技入户培训为平台，提高玉米主推技术入户率，狠抓5项关键技术应用，建立了玉米核心示范区和高产创建示范片（点），加快技术更新，加强高产栽培技术示范推广，切实提高玉米综合生产能力，有力地促进了全市粮食增产、农业增效和农民增收。蚌埠市玉米种植面积7.15×10^4 hm^2、单产305.5 kg、总产3.28×10^5 t，分别较上年增加1.02×10^4 hm^2、减少26.9 kg、增加0.5×10^5 t，增减幅为10.5%、8.1%和1.5%。蚌埠市建立的50万亩玉米振兴计划核心示范区平均单产410.7 kg，比全市玉米平均单产增105.2 kg，增幅34.4%。

二、玉米种植区土壤养分含量与丰缺状况

蚌埠地处暖温带与北亚热带的过渡带，属暖温带半湿润季风气候带，年平均气温近15 ℃，≥10 ℃的积温4 600～4 800 ℃，无霜期170～210 d，年平均降水量800～900 mm，多数集中在7月上旬至9月上旬，降雨量丰富，自然条件对玉米生长发育极为有利。在种植茬口上主要是麦茬直播，主要品种有郑单958、蠡玉16、隆平206和中科11等。

1. 土壤有机质

土壤有机质是衡量土壤肥力的主要标志之一,这不仅因为土壤有机质是玉米生长所需氮、磷、钾三要素的重要来源,更主要的是因为它是形成团粒结构时必不可少的胶结剂,同时可起到改善土壤物理性质的作用,而团粒结构的有无和多少,直接决定着土壤中水、肥、气、热的协调程度和微生物活动及土壤的适耕性。因此,在耕作土壤中有机质含量与土壤肥力有着十分密切的相关性。从全市耕层土壤(0~20 cm)有机质含量化验分析结果看,怀远县土壤有机质含量为17.90 g/kg,固镇县土壤有机质含量为15.04 g/kg,五河县土壤有机质含量为16.91 g/kg,淮上区土壤有机质含量为17.59 g/kg。从有机质划分标准看,蚌埠市土壤有机质处于12.13~21.31 g/kg。在蚌埠市玉米种植区,由于土壤耕作频繁、有机肥料施得少等因素的影响,有机质较为缺乏。

2. 土壤有效氮含量

氮是植物最重要的营养元素,土壤中的氮素水平是土壤养分状况的主要标志。蚌埠市玉米种植区土壤全氮含量中等偏低,怀远县1.12 g/kg,固镇县0.96 g/kg,五河县1.08 g/kg。土壤全氮含量超过2.0 g/kg才属于氮素丰富的土壤,因此,蚌埠市玉米种植必须补充氮肥。

3. 土壤磷素含量

土壤中的磷素分为有机磷和无机磷,其中以 $H_2PO_4^-$ 最易吸收。当土壤有效磷含量低于5 mg/kg时,就可能会表现出供磷不足,玉米田适宜的磷素含量为33~64 mg/kg。幼苗期是玉米对磷素反应的敏感期,玉米从发芽至三叶期前,如果此期磷素不足,叶边缘从叶尖开始变成褐色,此后生长更加缓慢。蚌埠市耕层土壤有效磷含量变化范围为11.42~35.99 mg/kg,磷素养分供给水平中等至偏高。

4. 土壤钾含量

土壤中的钾是玉米钾营养的主要来源,大部分为矿物形态,作物很难直接吸收利用。一般情况下,当土壤缓释钾含量低于200 ppm,速效钾含量低于50 ppm时,应该特别注意补钾。玉米田适宜的钾含量为150~270 mg/kg。蚌埠市土壤速效钾含量变化范围为84.63~188.12 mg/kg,属中等至丰富水平。

5. 土壤锌含量

锌是玉米正常生长发育必需的微量元素之一,对生长素的合成起到重要作用。玉米是需锌较多的作物,也是对缺锌反应较为敏感的作物,玉米在生长过程中缺锌会造成节间缩短、植株矮化、果穗小、产量下降。蚌埠市玉米种植区有效锌平均含量为1.13 mg/kg,土壤有效锌含量中等偏低,其中怀远县平均值为0.97 mg/kg,五河县平均值为1.35 mg/kg,固镇县平均值为0.84 mg/kg。

6. 土壤水分

玉米是需水较多的作物，全生育期需水量为350～450 mm，拔节至抽雄需水最多，约占一生需水量的30%～40%，此期遇旱需及时灌溉。玉米生长期间最适宜的田间持水量为70%～80%，田间持水量低于50%为极为干旱，特别是玉米生长时期为多雨季节，需要及时清沟沥水。所以，玉米适宜生产区域应具有良好的排溉条件。

7. 土壤 pH

玉米生长所需各种元素的pH适宜范围不同：N、K、Ca、Mg、S在pH为6～8时有效性最高，Mo、Zn在pH为5.5以下溶解度最大。因此，玉米对pH的适应范围为5～8，最适宜的pH为6.5～7。

三、玉米高产稳产的土壤条件

土壤是玉米生长发育的基本条件之一，因为玉米生长发育所需的水、肥、气等因素，都与土壤有着密切的关系。由于玉米的适应性很强，其自身对土壤的要求并不十分严格。但是，要实现玉米高产则需要有一定的土壤基础。因此，种植玉米的地块必须注意不断加深耕层，熟化土壤，改善结构，培肥地力，增强土壤的供肥供水和保肥保水能力。

1. 土层深厚

玉米根系发达，在纵横1 m内的土层中形成一个密集而强大的根系，只有活土层深，新土层厚，根系才生长良好。活土层（即熟化的耕作层）土壤疏松，团粒结构好，大小孔隙比例适当，水、肥、气、热各因素相互协调，有利于根系生长。玉米深松土层以20～40 cm为宜。

2. 疏松通气

土壤疏松通气，有利于根系下扎。土壤容重与玉米产量成负相关。玉米适宜的土壤容重以1.0～1.2 g/cm^3为宜。玉米对土壤空气要求十分敏感，玉米最适宜土壤空气容重为30%，最低为6%。土壤通气不良会影响玉米对矿质营养的吸收，改善土壤通气条件可以提高肥效。

3. 耕层有机质和速效养分高

玉米吸收的养分主要来自于土壤和肥料，所需养分的3/5～4/5靠土壤供应，1/5～2/5来自肥料。亩产500 kg以上的土壤肥力指标，耕作层有机质含量应为1%～2%，全氮为0.06%以上，速效氮为40～70 mg/kg，速效磷为20～30 mg/kg，速效钾为100～150 mg/kg。土壤有机质含量高，水稳性团粒结构好，潜在肥力大，各种养分比例适当，速效养分丰富，能持续均衡地供给养分。所以，在玉米发育生长过程中，提高土壤养分的供应能力是获得高产的物质基础。

4. 土壤渗水保水能力好

玉米高产要求土壤熟化，土层深厚，有机质含量丰富，水稳性团粒结构好，耕层以下较紧实。因为熟化土层渗水快，新土层保水性能好，所以在表层以下常呈湿润状态，具有较强的耐旱能力。高产单位的共同经验是狠抓土、肥、水的基本建设，提高土壤的保水保肥能力，为玉米生产提供一个良好的土壤条件。

第四节　花生专题分析

农作物生长对气候、地形、土壤等立地条件具有选择性，不同立地环境对作物的生长具有较大的影响。因而根据农作物正常生长对立地条件的要求，以及区域耕地资源的属性和优势等进行作物用地适宜性评价，对于因地制宜地开发利用区域耕地资源，实现农业增效、农民增收及耕地资源的可持续利用等具有重要的理论与现实意义。

一、概　述

1. 花生油的品质特点及用途

花生是人类重要的植物油脂和优质蛋白质来源，也是我国主要油料作物之一，种子含油率达50%左右，花生油是我国人民主要食用油之一。花生油比等量蛋白质释放的热量多1倍，比淀粉多2倍，有利于维持体温，增强生命力。花生油含有一定量的亚油酸、多种维生素和矿物质。亚油酸是人体必需的脂肪酸之一，它不仅是人体器官的重要成分，而且参与许多重要代谢活动，如胆固醇的运转、内分泌激素的合成等，从而促进人体生长发育，维护健康，防止疾病，延缓衰老。花生油气味清香可口，促进食欲。花生油属非干性油，在工业上有广泛用途，可作润滑剂、乳化剂等。

2. 花生的综合利用

花生种子含有30%左右的蛋白质，可以加工花生蛋白肉、花生蛋白奶、面包、饼干、饮料、糖果等；花生壳、茎叶含大量碳水化合物、蛋白质和灰分等，除直接还田作肥料或饲料外，还可作优质配合饲料和复合肥料的原料；花生壳可生产糠醛、醋酸等许多种化工产品，还可以制造活性炭，又是制造胶黏剂和纤维板的原料；花生衣可生产止血药，用于治疗出血症。花生还含有许多药用成分，用于治疗高血压、失眠等疾病。

3. 具有重要的药用价值

花生仁特别是红皮花生的种皮(红衣)含有大量的凝血脂类,能促进骨髓制造血小板,缩短出血、凝血时间,有良好的止血作用,已用于生产止血宁针剂、宁血糖浆、血宁片等。

4. 花生的适应性强

花生是增产潜力大的作物——花生抗旱、耐瘠、适应性强;花生又有根瘤菌共生固氮作用,可以补充氮肥的不足,在作物轮作制中占有重要位置。同时,花生又耐肥,增产潜力很大,因此,花生属高产作物,但只有种在肥沃的土壤上,才能发挥其高产潜力。

二、花生高产栽培主要推广的几项技术

1. 推广优良品种

品种的选定应由生育期、品质属性、经济产量和在市场上受消费者欢迎情况,以及抗旱耐涝、抗病性等因素来决定。目前,蚌埠市花生主种品种以鲁花系列为主。

2. 推广地膜覆盖和垄作栽培

地膜覆盖与露地栽培相比,春花生一般增产 1 200 kg/hm^2 左右,夏花生一般增产 750 kg/hm^2 以上。无论是春花生还是夏花生,使用地膜覆盖,其增产效果都十分明显。花生生长对土壤条件适应性广泛,但高产花生田要求有良好的土壤环境(即松、软、肥),这样对生长才十分有利。垄作栽培也可以加厚耕作层,有利于根系生长,便于排灌和除草、施肥等田间管理操作,还有利于提高土温和通风透光,同时也有利于排灌。蚌埠市处于江淮地区,有机质含量低,土壤耕层较浅,推广垄作栽培技术可较平地栽培有较大增产。

3. 推广测土配方施肥技术

在农业生产资料中,肥料占有十分重要的地位,其比重约占农业生产总投入的一半以上,对农作物产量的贡献率为30% ~50%。因此,重视肥料的施用在生产上具有重要意义。花生生产实行测土配方施肥可以实现以下几个目标:一是增产目标,通过项目实施使作物单位产量水平增加,最大限度发挥生产潜能;二是优质目标,均衡营养,使产品质量改善;三是高效目标,做到合理施肥、配比平衡、分配科学,提高肥料利用率;四是环保目标,减少肥料挥发、流失等,从而保护生态环境;五是改土目标,即通过有机肥和化肥的配合施用,实现投入产出平衡,逐步提高耕地地力和综合生产能力。

4. 推广病虫草害防治技术

“花生怕草咬，草咬结果少”是群众对杂草危害花生的科学总结。花生苗期幼苗生长缓慢，植株矮小，杂草生长快，及早中耕除草，为幼苗生长创造一个“净、松、湿、肥”的环境，是培育壮苗的重要措施。在病虫害方面，每年因病虫害损失的花生约占总产的10%，搞好花生病虫害的防治对保苗、保叶、高产、稳产、优质具有重要的意义。

第五节　棉花专题分析

一、棉花生产概况

棉花是大宗农产品，是我国农业生产的主要经济作物之一，其地位仅次于粮食和大豆，是纺织工业的主要原料。我国棉花分布很广，全国有23个省（直辖市、自治区）1 100多个县（市）种植棉花，种植棉花农民1亿多。在棉花生产实践中，逐步形成了三大棉花主产区：黄淮海棉区、长江流域棉区和西北棉区。安徽省是全国主要棉花生产省份之一，植棉历史悠久，土壤、气候适宜种棉，现已形成淮北、沿江、江淮之间三个棉区，适宜种植面积6.67×10^5 hm^2，全省棉花平均种植面积3.87×10^5 hm^2，年均产量3.5×10^5 t，种植面积和总产均居全国第6位。蚌埠市属安徽省淮北棉区淮北中、南部河间平原砂姜黑土棉亚区，棉花是蚌埠市重要的经济作物，2003年棉花种植面积4.37×10^4 hm^2，创蚌埠市棉花种植史上最高，2004年总产4.56×10^4 t，创历史最高纪录。近年来，随着大量农村劳动力外出务工，其他便于机械化作业，省工省时，经济效益较好的农作物的种植面积迅猛增长，尤其是玉米，使得蚌埠市棉花种植面积逐渐萎缩，2011年棉花种植面积2.05×10^4 hm^2，总产2.7×10^4 t，分别占全省的6%和7%。

新中国成立以后，特别是党的十一届三中全会以来，在党的正确领导下，在各级政府的高度重视下，蚌埠市的棉花生产取得长足发展。棉花生产大致经历5个阶段：

第一阶段（1978—1984年）。十一届三中全会后，棉花生产出现新变化，棉花种植面积、单产、总产呈现稳步扩大趋势（个别年份如1979年除外），1984年全市棉花种植面积1.03×10^4 hm^2，皮棉单产45 kg、总产6 900 t，分别较1978年增加了43.0%、114.3%和200%。从80年代初开始，引进和推广高产优质棉花品种，并逐步代替原来推广最大的品种徐州142，这一措施不仅提高了棉花产量，而且提高并改善了棉花的纤维品质。

第二阶段(1985—1989 年)。棉花生产出现波动和调整,棉花面积、总产不断下滑,但单产较为稳定(1990 年除外)。受 1984 年“卖棉难”影响,从 1985 年开始,棉花种植面积和总产大幅度下降,最低的 1987 年棉花种植面积 3 947 hm^2,总产 3 000 t,分别比 1984 年减少了 61.8% 和 56.5%,直到 1991 年种植面积和总产才恢复到 1984 年的水平。

第三阶段(1990—1998 年)。棉花稳定发展期,全市棉花种植面积一直稳定在 1.33×10^4 hm^2,面积、总产不同年份有小范围波动,单产稳定增加。1990 年,国家和省政府连续出台了植棉奖励政策,提高棉花收购价格,稳定了棉花种植面积。1997 年开始出现“卖棉难”现象,一直持续到 1999 年,虽然影响农民种棉积极性,但是科学种棉技术不断提高,单产仍能保持较高水平。主要措施有:加强优质棉基地建设,推广优良品种,种子统一包衣、积极发展强优势杂交棉和示范种植抗虫棉品种,发展麦棉两熟栽培和多熟制栽培(如瓜套棉),增加棉田收益。全面推广棉花育苗移栽技术,扩大地膜覆盖栽培和移栽地膜棉技术,调整种植密度,大力推广化学调控技术,积极推广病虫草害综合防治技术等。

第四阶段(1999—2003 年)。这一时期棉花生产和流通进入市场调节阶段。蚌埠市棉花种植面积、单产、总产都相继增加,2003 年受淮河洪涝灾害影响,单产和总产减产严重。1998 年 12 月国务院颁发《关于深化棉花流通体制改革的决定》(国发[1998]42 号),省政府也相继下发文件,棉花的生产和流通由计划经济向社会主义市场经济转变。为扶持农民发展棉花生产,促进农民增收,蚌埠市各级供销社和棉花企业,以基层棉花收购站为依托,以广大棉农为主体,按照自愿、民主、平等、互利的原则,建立棉花专业合作社。棉花专业合作社向棉农提供棉种、化肥、技术、产前产中产后等服务,与棉农签订植棉合同,建立棉花生产基地,维护棉农利益,促进全市棉花进入快速增长期。2002 年怀远县棉花种植面积已发展到 1.33×10^4 hm^2,总产皮棉 1.4×10^4 t,以县棉花生产办公室和县棉麻公司为依托的棉花生产专业合作社,在 17 个产棉镇(乡)组建了棉花生产基层合作社,棉花合作社解决了农民棉花生产过程中遇到的各种难题。1999 年,固镇县棉麻公司对企业进行股份制改造,成立了棉花合作社,为棉农提供产前产中产后服务。为防止“棉贱伤农”,固镇县棉麻公司实施“订单农业”,让棉农吃“定心丸”。从棉花制种到收购、轧花、纺纱、棉籽加工一条龙,有力地促进了全县棉花产业的快速发展。2002 棉花种植面积达到 1.4×10^4 hm^2,“天源”牌棉花被评为“全国供销社名牌产品”“安徽省名牌产品”,固镇县也迅速上升为全省产棉大县。为了鼓励棉农早卖棉、多卖棉,棉农合作社还实行与棉农“二次结算”,棉花产业的崛起,使棉农、合作社、农业发展银行和政府财政多方受益。

第五阶段(2004—),棉花种植面积逐渐萎缩,但是单产不断增加。到2011年,全市棉花种植面积 2.05×10^4 hm^2,总产 2.7×10^4 t,分别较历史最高水平减少53.1%和40.8%。棉花种植面积逐年下降,其主要原因:一是棉花用工较多、工序复杂。与粮食等大田作物相比,棉花生产周期长、环节多、技术复杂,一般每亩用工25个左右,约是小麦的4倍、玉米的3倍、水稻的2.5倍;从种到收,棉花整个管理操作需经40道工序。随着农村劳动力的大量转移,从事棉花生产的劳动力机会成本越来越高,这已成为影响棉花生产发展的主要因素。二是生产资料价格上涨快,棉花种植肥料和农药使用量大,成本不断增加,效益不断下降。三是棉花生产机械化程度低。随着农村青壮年劳动力大量进城打工,使得种地农民"老龄化""妇女化""兼职化"和"副业化",粮食等生产基本实现了机械化,而棉花生产大部分生产环节没有实行机械化,使得棉花种植面积不断压缩,粮食种植面积不断增加。

近年来,国家加大棉花政策扶持力度,先后启动了良种补贴项目和棉花万亩高产创建活动项目,调动了广大棉农的植棉积极性,提高了棉花良种覆盖率,对提高棉花单产和改善棉花品质均起到了十分重要的作用。

2007年,蚌埠市固镇县成为全省棉花良种补贴试点县之一,每亩补助15元,并承担了 1.33×10^4 hm^2 国家棉花良种推广补贴任务,由省农委统一招标,确定5个棉花品种为补贴品种:皖棉25(866.7 hm^2)、皖棉34(HH_6)(1.17×10^4 hm^2)、德农800F1 (333.3 hm^2)、南农优3号(333.3 hm^2)、科棉3号(133.3 hm^2)。2009年开始,棉花良种补贴力度进一步扩大,实现了全部覆盖。

2008年开始,蚌埠市固镇县每年都承担1个农业部棉花万亩高产创建示范片(全省16个)。5年来,固镇县通过实施棉花万亩高产创建活动,提升了棉农生产技术水平。2013年固镇县棉花亩产110.9 kg,比2007年增长81.8%,同时带动全市棉花产量提高,2013年棉花亩产105.5 kg,比2007年的59.2 kg增产46.3 kg,增幅78.2%。

二、棉花种植区土壤养分含量与丰缺状况

蚌埠市气候条件适宜棉花生长,年平均气温近15 ℃,≥10 ℃的积温4 600~4 800 ℃,无霜期210 d左右,年降雨量800~900 mm,但是降雨量在季节上(特别是春、夏两季)差别很大,春季(3至5月)降水较少,约占18%~25%,夏季(6至8月)雨水较多,约占50%~60%。棉花种植面积占耕地面积的8%~15%,茬口上主要是春棉(瓜套棉、一熟春棉)和麦茬棉(移栽、直播);种植方式主要有露地、地膜覆盖以及直播、营养钵育苗移栽;按照熟制分为一熟春棉和午棉二熟,品种主要有皖棉34、皖棉25,岱杂1号、南抗3号、中棉所49、泗杂棉6号等。

棉花植株主要从土壤中吸收利用养分，土壤及肥力状况直接影响棉花的生长和产量高低。棉田土壤有机质、养分、质地、水分、pH 等因子，直接反映了棉田土壤肥力状况，影响棉田土壤养分的有效性供应及吸收利用，进而影响棉花植株的生长发育。

1. 土壤有机质

土壤有机质指土壤中所含的碳水化合物或混合物。土壤有机质是衡量土壤肥力状况的重要内容之一，有机质含量的高低对土壤的结构、肥水保持、微生物的活动等都有直接影响。棉田土壤有机质含量一般在 10 g/kg 以下为低量，10 ~ 20 g/kg为中量，20 ~ 25 g/kg 为适宜，25 g/kg 以上为丰富。据试验，有机质含量低于 5 g/kg 的棉田，化肥用量再多也难以获得高产。在蚌埠市棉花种植区，长期受秸秆还田量低和有机肥施用不足的影响，棉田土壤有机质含量不高，全市耕地土壤有机质含量平均值变化范围为 12.13 ~ 21.31 g/kg，土壤有机质较为缺乏。

2. 土壤有效氮含量

土壤中氮大多呈有机态，能被棉花吸收利用的氮仅占土壤总氮量的 1% ~ 2%，它们主要是铵态氮和硝态氮，二者对棉花的生理过程有不同影响，但其营养作用是同等重要的。棉花不仅吸收无机氮，还能吸收一部分有机氮，一般认为，土壤的碱解氮含量低于 60 ~ 80 mg/kg 时，棉花有效氮的供应就可能出现不足，必须补充氮肥。棉田适宜的氮含量为 90 ~ 120 mg/kg。试验表明，棉株从现蕾到生长结束，其生殖器官中氮量一直在增加，在盛铃后期积累最多，约占总氮量的 54.4%，吐絮期下降为 44.8%。蚌埠市棉区土壤全氮含量中等偏低，平均含量变化范围为 0.84 ~ 1.34 g/kg，而土壤全氮含量超过 2.0 g/kg 才属于氮素丰富的土壤。因此，蚌埠市棉花种植必须补充氮肥。

3. 土壤磷素含量

土壤中磷素有近 50% 呈有机态，部分有机磷易被棉花利用。大部分无机态磷溶解度低，棉花不能直接利用，只有少量的无机磷盐呈易溶态为速效磷，数量少且不稳定。土壤溶液中 P_2O_5 浓度小于 0.03 mg/L 时，棉花对磷的吸收就显著减弱；当土壤有效磷含量低于 5 mg/kg 时，就可能会表现供磷不足，棉田适宜的磷素含量为 6 ~ 15 mg/kg。幼苗期是棉花对磷素反应的敏感期，2 ~ 4 叶期缺磷对棉花的生长造成的损害难以弥补，磷素营养不足时，会导致蕾铃脱落。蚌埠市磷素检测结果为：耕层土壤有效磷含量变化范围为 12.65 ~ 35.99 mg/kg，磷素养分供给水平中等。大部分土壤缓效磷含量为中等水平，供磷潜力并不高。

4. 土壤钾素含量

土壤中的钾素均为无机态，但大部分是难以被棉花直接吸收用的矿物态钾，能被棉花直接利用的水溶态钾和交换性钾(统称为速效钾)仅占总钾量的1% ~2%。当土壤中速效钾含量降低时,缓效钾可在短期内被释放,转为速效钾,一般情况下,当土壤速效钾含量低于80 ~100 mg/kg、缓效钾含量低于400 ~600 mg/kg,应该特别注意补钾,棉田适宜的钾含量为100 ~150 mg/kg。钾在棉株内的移动性和再利用性很强,它能随棉花的生长发育向生命最活跃的部位靠近或向生长点的组织转移。蚌埠市大部分土壤缓效钾含量为中等水平,供钾潜力并不高,土壤速效钾平均值为60.0 ~185.0 mg/kg,属中等至丰富水平。各地不同区域速效钾化验值差异比较大,较丰富的平均值在120.0 mg/kg以上,沿淮地区土壤速效钾属中等,平均为80.0 ~100.0 mg/kg。

5. 土壤锌含量

棉花是一种对锌中度敏感和耐锌较强的作物,正常棉株锌含量为20 ~150 mg/kg,初花期上部定型叶缺锌的临界值为20 mg/kg,锌在棉花光合、呼吸、氮代谢、激素合成和植株生长发育方面起到重要作用。蚌埠市棉花种植区有效锌含量平均值为0.37 ~4.73 mg/kg,土壤有效锌含量中等偏低。

6. 土壤锰含量

棉花叶和叶柄的锰含量平均值为85 mg/kg, 锰缺乏的临界值为25 mg/kg,植物体内锰移动性很低,棉株吸收的锰大部分积累在叶子中。全市土壤有效锰含量平均值变化范围为11.98 ~62.63 mg/kg。

7. 土壤硼的含量

棉花等双子叶植物的需硼量高于单子叶植物,棉花属于对硼中度敏感的作物,硼在棉株中含量以叶和花中最高,在植株体内相对不易移动,再利用率很低。据全市55个土样测定结果,土壤有效硼的含量为0.23 ~0.64 mg/kg,棉花施硼的增产效果因土壤有效硼的含量而变化。棉花“蕾而不花”一般出现在有效硼含量低于0.2 mg/kg的土壤中,当土壤有效硼含量为0.5 ~0.8 mg/kg时,棉花施硼的增产率超过5%。

8. 土壤质地

土壤质地指土壤颗粒间的组成。土壤质地影响土壤有效养分含量、保水保肥与供水供肥能力以及通气性等。棉田适宜的土壤质地以砂壤土至黏壤土为宜,最适宜的土壤质地为壤质土。蚌埠市植棉的土壤主要是砂姜黑土和潮土,其中砂姜黑土占绝大部分,由于其土壤黏重,宜耕性差,土壤肥力较低,有机质含量在1%以下,含氮量为0.06%左右,有效磷仅为3 ~5 mg/kg。潮土是地带性土壤,一般分布于河流泛滥地带。棉花主要分布于怀远、五河、固镇的砂姜黑土区以及怀远涡河等河流两岸和五河县沿淮部分潮土区。

9. 土壤水分

棉花是需水较多的作物,全生育期需水量每亩约 300～400 m^3，花铃期需水最多,约占一生需水量的45%～60%,此期遇旱需及时灌溉。同时棉花还是旱地作物,棉田积水对棉花生长不利,适宜的棉田土壤水分是棉田既不渍水,又处于湿润状态。棉田生长期间最适宜的田间持水量为65%～70%,且地下水位不宜过高,地下水埋深至少在50 cm以上。田间持水量在80%以上时,棉根的生长和吸收作用受到限制,棉花生长的多雨季节,需要及时清沟沥水。所以,棉花适宜生产区域应具有良好的排灌条件。

10. 土壤 pH

棉田土壤适宜的pH范围一般为6～8,最适宜的pH范围为6.5～7.5,蚌埠市棉区土壤pH范围为6.09～7.99。

三、棉花种植区养分评价与分区

1. 确定棉田养分评价的指标体系

根据蚌埠市现实棉田状况,确定棉田土壤有机质、全氮、碱解氮(或硝态氮)、有效磷、速效钾、有效硼、有效锌项目作为评价的指标体系。

2. 确定养分评价的指标范围

养分评价的指标范围即不同级别或缺乏与丰富程度的养分含量范围,一般以"严重缺乏""缺乏""不缺"界定范围进行评价描述比较好操作和应用。

3. 棉田土壤养分丰缺的分区

表7-5-1 蚌埠市棉花种植区主要土壤养分评价指标

项目 \ 丰缺	严重缺乏	缺乏	不缺
有机质(g/kg)	≤10.0	10.0～20.0	>20.0
全氮(g/kg)	≤1.0	1.0～1.5	>1.5
碱解氮(mg/kg)	≤50	50～100	>100
有效磷(mg/kg)	≤6.0	6.0～12.0	>12.0
速效钾(mg/kg)	≤60	60～120	>120
有效锌(mg/kg)	≤1.0	1.0～2.0	>2.0
有效硼(mg/kg)	≤0.3	0.3～0.6	>0.6

四、棉区施肥指标体系

表7-5-2是蚌埠市棉花土壤肥力分级。

表7-5-2　蚌埠市棉花土壤肥力分级

土壤肥力分级	常年皮棉产量(kg/亩)	土壤养分状况				备注
		有机质(mg/kg)	碱解氮(mg/kg)	有效磷(mg/kg)	速效钾(mg/kg)	
高	>150	>20	>100	>30	>120	
中	100~150	12~20	60~100	15~30	80~120	
低	<100	<12	<60	<15	<80	

第六节　萝卜专题分析

一、萝卜适宜性及三县四区的分布与面积

通过省市县各级专家技术组的论证，结合蚌埠市三县四区实际，选择了地形部位、成土母质、耕层厚度、质地、pH、有机质、有效磷、速效钾、水溶态硼、灌溉保证率、排涝能力等评价指标，利用《县域耕地资源管理信息系统》隶属函数分析模型对以上评价指标采用模糊数学法给予评价，建立隶属函数，并采用层次分析法确定各评价因子组合权重。根据作物适宜性分级要求，将萝卜适宜性分为高度适宜、适宜、勉强适宜、不适宜4个等级，采用累积曲线法确定各等级指数范围。见表7-6-1。

表7-6-1　蚌埠市萝卜适宜性评价分级表(累积曲线分级法)

等级	区间	面积(hm^2)	占%	主要分布地点
高度适宜	大于0.74	66 893	18.0	怀远县南部、淝河流域、淮河流域;少量分布在其他各县区
适宜	0.70~0.74	78 787	21.2	怀远县南部、固镇县北部、五河县沱湖流域、淮上区
勉强适宜	0.66~0.70	122 267	32.9	涡河流域、五河县西南部、怀远县北部、固镇县、龙子湖区
不适宜	小于0.66	104 060	28.0	浍河流域、澥河流域、怀远县东北部、香涧湖、五河县东南部

二、三县四区萝卜生产现状分析

全市近年来大红袍萝卜生产得到了较快发展，心里美、青萝卜等水果萝卜种植

面积增加，但胡萝卜生产面积减少。所辖的三县四区都有一定的生产分布，其中怀远县面积最大，面积约 333.33 hm^2，龙子湖区 266.67 hm^2，淮上区 133.33 hm^2，五河县 133.33 hm^2。从地域上看，原来由沿淮、城郊的老菜地因改为工业园区的建设用地，种植区域向远郊推进。

三、萝卜生产优势条件

蚌埠市三县四区萝卜生产具有明显优势，具备良好的生产发展条件。

(1)蚌埠市三县四区交通便利，区位优势突出，而且主要生产区域道路畅通，区位优势突出，交通优势明显。

(2)蚌埠市三县四区建有华东地区最大的农副产品批发市场和国家级蔬菜批发市场，外销能力很强，为萝卜的大规模生产销售提供了有利条件。

(3)在生产资料供应上，蚌埠市具有农资大市场，完全具有长期保证各种生产资料(主要是种子、农药、化肥、农膜等)供应的良好条件。

(4)蚌埠市三县四区现有的萝卜产区，自 20 世纪 50 年代引入种植，已有多年种植萝卜的经验，积累了一整套技术措施，形成了标准化、规模化生产局面。

(5)萝卜生产区域均在淮河等河岸边，地下水源丰富，而且清洁又无污染，具备了蔬菜无公害生产的基本条件。

(6)蚌埠市三县四区处于淮河流域，四季分明，年平均温度为 15.2 ℃，温度适宜，无霜期长；年降雨量在 950 mm 左右，气候条件有利于秋季萝卜的生产。

四、萝卜生产不利因素

1. 客观不利因素

(1)萝卜生长适宜土层深厚的沙壤性土壤，蚌埠市菜田面积区域黏土比例较大，土壤黏重，耕作条件差，蓄水量大，土壤易板结，不利于萝卜生产。

(2)蚌埠市三县四区所处淮河流域，虽然常年温度较高，雨量充沛，但是降雨量集中在 7、8、9 月份，年度之间分布不均匀，对萝卜早秋季节生产不利，所以蚌埠市秋季萝卜播种较晚，价格不稳，年度间效益差别较大，产业化水平不高。

(3)由于蚌埠市大面积可供萝卜生产的区域在淮河流域，近年来新发展的区域，因农田基本条件较差，供水排水能力不足，对今后萝卜生产有直接的影响。

(4)到目前为止，蚌埠市三县四区萝卜生产面积已发展到 1 333.33 hm^2，因广大农民为提高单位面积产量，盲目高投入，施肥时不按所设定的目标产量科学施肥，有机肥用量不足，多数有机肥腐熟不充分或未经腐熟，并且化肥用量过大，导致土壤理化性状差，不利于萝卜作物根系生长和土壤养分的吸收利用。

(5)土壤养分含量较低，其中有机质含量为 1.2% 左右，速效氮为 120 mg/kg，有效磷为 30 mg/kg，速效钾为 100 mg/kg，多数田块保肥保水性能不好，部分微量元素（锌、硼等）缺乏。

（6）近年来胡萝卜生产面积大大减少的主要原因是地蛆危害严重，由于生产经营主体规模很小而且数量大，不能做到群防群治，造成病虫害损失严重。

2. 人为不利因素

（1）多数劳动力年龄较大，技术水平较低，管理能力较差。

（2）有特色的品种规模生产不够，市场开发差，销售不畅。

（3）萝卜生产要达到无公害的标准，有机肥不足，化肥用量过大。

（4）广大菜农在无公害生产中，不按技术要求种植，农药用量较大，有些产品受到污染。

五、建议与对策

（1）完善农田基础设施，做到旱涝保收。

（2）合理施肥，采用测土配方施肥技术，有机无机结合，增施有机肥，氮、磷、钾与微量元素配合施用，防止偏施氮、磷肥。

（3）加强管理，提高科学种田水平。

（4）加快土地流转，积极培育萝卜生产大户和专业合作社，提高产业化水平。

第七节　怀远县石榴专题分析

一、概　况

怀远石榴闻名遐迩，久负盛誉。遍布怀远城郊的榴林，春天，其嫩枝幼叶染若晚霞；初夏，绿树成荫，榴花似火；及至中秋，果满枝头，如一盏盏鲜红的灯笼，点缀于浩渺碧波之中。

怀远石榴皮薄、粒大、核软、可食率高，单果均重 250 g，最大达 800 g；籽粒百粒重 48 ~ 85 g，其中皖榴 1 号（白玉石籽）百粒重达 102 g；果实含糖量 15% ~ 17%，含酸量低于 0.4%，可食率达 73%。经专家评定，怀远县“玉石籽”与陕西临潼“天红蛋”、云南蒙自“甜石榴”、江苏吴县洞庭山“梢头青”、山西临猗“大石榴”为我国五大名贵石榴，“玉石籽”因其籽粒若珍珠、冰糖而名列前茅，堪称榴中珍品。怀远石榴在国内广销于蚌埠、合肥、南京、上海、济南、天津、北京、无锡等大中城市。20 世纪六七十年代曾销往英国、罗马尼亚、菲律宾、马来西亚等国，苏联、捷克、保加利亚等国慕名前来引种。自 1985 年参加首届“全国优质农产品展览”起，连续多次获得好评。

改革开放后，怀远县把石榴作为一项特色产业来抓，除大量投入资金外，还相继出台了一系列优惠政策，大力扶持农民利用荒山荒坡发展石榴生产。经过20多年的发展，2008年，怀远石榴已发展至166.67 hm^2，总产量达 2.5×10^5 t。

二、石榴对土壤的适应性

为扩大怀远石榴的栽培范围，2005—2006年，我们自行开展了“怀远石榴对不同土壤类型的适应性”以及“怀远石榴园区测土配方施肥技术”课题研究。结合本次测土配方施肥项目，我们根据怀远耕地地力等级以及怀远石榴种植适宜性研究，对怀远石榴立地土壤类型、土壤质量状况进行分析，确定了怀远石榴适栽区域和影响产量以及品质的决定性因素。

1. 怀远石榴适栽区域

“橘生淮南则为橘，生于淮北则为枳”，不同产地的石榴其风味、营养价值也不尽相同。怀远石榴之所以品质优异，除与传统遗留下来的品种品质特性、生长气候条件有关外，还与其立地条件、土壤类型、土壤质量状况密不可分。

研究表明，怀远石榴主要分布在怀远境内的荆、涂二山山麓，这些区域是该县麻石棕壤、麻石棕土、棕壤性麻石土、坡黄土等土种的集中分布地，其特征特性分别为：

（1）麻石棕壤。分布于荆、涂二山中下部，土种所处地势较高，坡度较大，排水快，面积500 hm^2，pH为6.6～6.9，呈微酸性；土壤有机质含量为0.95%～1.18%，全磷和速效磷含量不高，分别为0.03%～0.05%和16 ppm左右，速效钾含量较高，为102～157 ppm。

（2）麻石棕土：分布于上述麻石棕壤下部的缓坡地段，面积1 040 hm^2。土壤质地轻壤至中壤，耕层有机质含量为1.28%，全氮为0.097%，全磷为0.016%，有效磷5 ppm，速效钾含量较高，在220 ppm左右。

（3）棕壤性麻石土：分布于荆、涂二山山丘中上部，常与裸露岩石复区分布，面积320 hm^2。pH为5.5～6.7，有机质含量为1.19%，全磷为0.014%，速效磷为4.5 ppm。

上述几类土壤所处地势较高，排水性能好，土层较深厚，耕层有机质、钾含量高，熟化程度高，质地轻壤至中壤，pH中性偏酸，目前高产石榴园大多分布于此。这些土壤性状造就了怀远石榴籽粒大、酸甜可口、出汁率高等特殊品质。

2. 有机质的丰缺决定怀远石榴的产量和品质

为了实施测土配方施肥项目，在全县石榴主产区采集土样150个，园区树龄为10～25年，栽植的石榴品种主要有玛瑙籽、玉石籽等。

通过对土壤养分含量的化验分析，结合对石榴产量、品质调查表明，全县三个石榴主产区其土壤中有机质、全氮和部分中、微量元素含量的平均值较为接近，因此，其产量、品质也无较大差异。但通过对15户石榴高产户的调查，我们发现，他们石榴园片土壤有机质平均含量高达25 g/kg，明显高于全县平均值。由此，说明有机质含量的高低决定石榴产量和品质。

表7-7-1 石榴配方施肥示范园区面积和土壤养分状况

示范地点	株数	面积(hm^2)	有机质(g/kg)	全氮(g/kg)	有效磷(mg/kg)	速效钾(mg/kg)	pH	微量元素(mg/kg)			
								铜	锌	锰	铁
荆山园区	4 200	5.13	17.28	1.12	15.94	162.26	7.09	4.22	3.95	23.72	34.22
涂山园区	2 300	2.87	16.03	0.87	16.95	199.00	6.90	3.87	3.42	25.62	24.81
下洪园区	4 400	5.33	17.09	1.15	17.49	194.72	6.91	3.16	3.94	29.41	32.81

根据土壤养分分析结果和石榴需肥特点，2007年结合测土配方施肥项目实施，我们设计了2个施肥配方：对于有机质含量高于20 g/kg的园片，石榴单株施商品有机肥8 kg、25%多元复合肥0.5 kg+追施尿素0.8 kg+叶面喷施3次0.2%尿素、0.2%磷酸二氢钾和0.1%硼砂溶液；有机质含量低于20 g/kg的，株施商品有机肥10 kg+25%多元复合肥0.5 kg+追施尿素1.0 kg+叶面喷施3次0.2%尿素、0.2%磷酸二氢钾和0.1%硼砂溶液。

示范结果表明，根据测土结果和石榴需肥特点所拟订的施肥配方取得了较好的实施效果。与传统施肥园片相比，示范园区石榴单株坐果数和产量平均增加10个和2.4 kg，示范园(面积13.33 hm^2)累计增收石榴25 990 kg，增加收益18.2万元。同时，配方施肥一定程度上改善了石榴果实的风味和品质，提高了其商品等级和价格。

表7-7-2 各配方施肥示范园区单株石榴产量

施肥处理	荆山园区		涂山园区		下洪园区		平均	
	坐果数(个)	产量(kg/株)	坐果数(个)	产量(kg/株)	坐果数(个)	产量(kg/株)	坐果数(个)	产量(kg/株)
配方施肥	139	34.7	128	30.8	132	32.3	133	32.6
习惯施肥	131	32.6	117	28.5	120	29.6	123	30.2

表 7－7－3 配方施肥与习惯施肥园区石榴品质分析对比

品种	施肥处理	单果重(g)	百粒重(g)	可食率(%)	籽粒出汁率(%)	含糖量(%)	有机酸(%)
玛瑙籽	配方施肥	238.6	68.8	81.3	82.7	17.4	0.22
	习惯施肥	232.8	66.9	80.7	81.2	16.8	0.24
玉石籽	配方施肥	276.6	60.7	75.8	85.8	15.0	0.24
	习惯施肥	272.7	59.3	74.7	84.6	14.8	0.25

2008 年度，怀远县石榴测土配方施肥技术的推广面积达 1 000 hm^2，占全县石榴栽培总面积的 60%。当年度配方施肥技术推广区石榴平均单产突破 1 000 kg，总产量达到 1.6×10^4 t。与传统施肥相比，亩均增加产量 95 kg，增幅 10.5%，增加产值 665 元；同时，由于大量增施有机肥，石榴品质也大幅提高，其一、二级果比例达 80% 以上，比传统施肥园高出近 10%，1.6×10^4 t 石榴由此增加收入 600 余万元。通过应用配方施肥技术和增施有机质肥料，2008 年，1 000 hm^2 石榴园片累计增加产值 1 600 余万元。

2009 年度，根据试验、示范结果，我们及时调整了配方，在石榴主产区建立了 33.33 hm^2 测土配方施肥核心示范区，其目标单产为 1 500 kg。与此同时，全县石榴当年度按方施肥面积近 1 333.33 hm^2，占总面积的 80%；有机质肥料施用量达 8 000 t，应用面积 1 066.67 hm^2。

三、建　议

石榴栽培区域较为狭窄，在全国水果生产中所占比重不高，历来被划归为小杂果行列，国内果树学术界对其栽植的适应性、需肥规律等领域的研究相对欠缺，深度不够。

此次我们结合测土配方施肥项目将平衡施肥技术纳入到石榴生产中，取得了较好的效果。我们体会到，通过配方施肥可以基本实现土壤养分的平衡，初步达到增加石榴产量和品质的目的。

但是，由于没有深入系统地掌握石榴的需肥种类和规律，我们还不能确定最能决定其产量和品质的敏感元素，尤其是中、微量元素。因此，我们迫切需要相关科研院所能够配合我们完成后续研究工作，进一步完善配方，为怀远县甚至是全国的石榴生产服务。

第八节　黄心乌专题分析

一、概　况

黄心乌是沿淮地区的名特产蔬菜，当地俗称菊花心菜，是蚌埠市长期种植的农家叶菜类优良品种，在安徽省大部分地区都有种植。它是乌塌菜的一个变种，属十字花科，芸薹属，在沿淮地区的栽培有近千年的历史。古人早有“拨雪挑来塌地崧（塌地崧即乌白菜），味似密藕更肥浓”的诗句。民间也有“腊月乌菜赛羊肉”之美誉。它还有播种季节长，栽培技术简便，适收期长，抗寒性强等特点，是冬春季节的上等珍稀绿色蔬菜。

黄心乌株高一般为 12 ~ 20 cm，可食叶片数 16 ~ 20 张（其中 6 ~ 8 片心叶未开展），叶片圆形，前期有 6 ~ 8 张绿色外叶，软叶部分占整个叶片的 1/2，11 月下旬后中部叶和心叶为鲜黄色，内外叶面呈皱凸状，叶柄扁平呈白色，平均单株重 400 ~ 600 g，开展度 15 ~ 20 cm，株形似菊花状，平均亩产 4 000 ~ 6 000 kg，最高产量达 7 500 kg。黄心乌生长发育温度范围为 5 ~ 30 ℃，适温为 10 ~ 20 ℃，成熟期在田间 −5 ℃的气候条件下能保持 30 d 以上，并可随时收获上市。在当地适播期为 8 月中旬，移栽后 40 d 即可上市供应。植株长成后在田间可延长 120 d，随时可收获销售。黄心乌适宜各种土质种植，对土壤肥力要求不高。生长期内抗各种真菌性病害，但生产前期遇高温高湿环境抗细菌性软腐病能力较差，11 月份前易受小菜蛾和蚜虫危害。黄心乌不但供应时间长，而且营养丰富。据测定 100 g 鲜菜含维生素 C 22.8 mg、钙 72.3 mg、铁 3.2 mg、钾 168.7 mg、锌 0.83 mg、钠 24.9 mg、锰0.29 mg，且多种微量元素高于大白菜等品种。食用方法多样，可炒、烧、煨汤，易熟，无酸味，且色泽好，口感佳。

二、三县四区黄心乌生产区域分布

蚌埠市秋季种植面积大约在 1 613.33 hm^2 左右。主要分布情况为：怀远县 600 hm^2，主要集中在鲍集镇、新城区的五岔、魏庄镇、淝河乡；五河县 533.33 hm^2，主要集中在城关镇、临北乡、头铺镇、沫河口镇；固镇 46.67 hm^2，主要集中在仲集乡、任桥乡、新马桥镇；龙子湖区 200 hm^2，主要集中在长淮卫镇；蚌山区 133.33 hm^2，主要集中在燕山乡；禹会区 100 hm^2，主要集中在秦集镇。黄心乌菜虽然在蚌埠市三县四区均有种植，但以蚌山区燕山乡金圩村的品质最好，是金圩村种植多年的地方品种。2002 年金圩村成立了“蚌埠市黄心乌协会”，注册了“金圩”牌商标，同时通过了国家无公害农产品及无公害生产基地认证。2007 年黄心乌协会申报的良种繁育项目获中央财政补助资金 24 万元，当年繁育良种 150 多 kg。

三、黄心乌生产优势分析

(1)蚌埠市三县四区处于淮河流域，四季分明，年平均温度在 15.2 ℃，温度适宜，无霜期长，年降雨量在 950 mm 左右，非常有利于黄心乌的生产。

(2)黄心乌是蚌山区燕山乡金圩村的地方特色蔬菜品种，具有多年的种植历史。生产基地自 2001 年起就达 100 hm^2，平均亩产值 1 500 元以上，商品菜的纯度达 95% 以上，已连续多年获得较高的经济效益和社会效益。

(3)现有基地集中连片，有配套良好的灌排水设施，非常适宜蔬菜种植及良种繁育。另外，协会还有强有力的技术支撑，2002 年成立"蚌埠市黄心乌协会"，并注册了"金圩"牌商标。同年底，产品及基地通过省无公害农产品认证，2006 年又通过了国家无公害农产品认证。

(4)技术力量雄厚。目前，协会自有技术人员 10 名，2003 年制订了无公害标准化生产规程，每年都印发大量的技术资料并培训到户，确保了产品严格按无公害标准化生产要求生产，也为该项目的实施打下了坚实的基础。

(5)协会连续参加在上海举办的"名优农副产品展销会"，并无偿提供 10 000 多 kg 黄心乌菜给上海联华的 200 多个连锁超市试销。通过一系列的宣传活动，使"金圩"牌黄心乌在上海、南京、合肥等地逐渐争得较大的市场空间。

四、黄心乌生产的不利因素

(1)黄心乌生长适宜土层深厚的沙壤性土壤，蚌埠市菜田区域黏土比例较大，土壤黏重，耕作条件差，蓄水量大，土壤易板结，不利于黄心乌生产。

(2)蚌埠市三县四区所处淮河流域，虽然常年温度较高，雨量充沛，但是降雨量集中在 7、8、9 月份，年度内分布不均匀，对黄心乌育苗移栽不利。

(3)由于蚌埠市大面积可供黄心乌生产的区域在沿淮河流域，是近年来的黄心乌新发展的面积，因农田基本条件较差，供水排水能力不足，对今后黄心乌生产有直接的影响。

(4)到目前为止，蚌埠市三县四区黄心乌生产面积已发展到 1 333.33 多 hm^2，因广大农民为提高单位面积产量，盲目高投入，施肥时不按所设定的目标产量科学施肥，有机肥用量不足，多数有机肥腐熟不充分或未经腐熟，并且化肥用量过大，导致土壤理化性状差，不利于黄心乌对土壤养分的吸收利用，影响了黄心乌的品质。

(5)土壤养分含量较低。其中有机质含量为 1.2% 左右，多数田块保肥保水性能不好，部分微量元素（锌、硼等）缺乏。

五、建议与对策

（1）完善农田基础设施，做到沟渠畅通、旱涝保收。

（2）合理施肥，采用测土配方施肥技术，有机无机结合，增施有机肥，氮、磷、钾与微量元素配合施用，防止偏施氮、磷肥。

（3）加快土地流转，积极培育黄心乌生产大户和专业合作社，提高产业化水平。

（4）虽然黄心乌菜在淮河流域均能生长，但从蚌埠市多年的种植情况看，尤以蚌山区燕山乡金圩村的品质最好，这还有待我们进一步研究。

第九节　西葫芦专题分析

一、西葫芦生产概况

西葫芦因含有丰富的营养价值和较高的药用价值而深受人们的喜爱，目前也是蚌埠市主要常规种植蔬菜种类，经过多年种植，已经成为地方特色蔬菜品种之一。全市种植面积866.67 hm^2，占全市蔬菜种植面积的1.2 %。西葫芦栽培一般在春季，春季又分保护地和露地两种栽培形式，蚌埠市西葫芦的栽培由过去的露地栽培模式，逐步演变成现在的春季保护地种植模式。西葫芦在蚌埠市所辖的三县四区都有一定的面积分布，其中面积较大的县区有：怀远233.33 hm^2，五河县233.33 hm^2，固镇200 hm^2，禹会区200 hm^2。其中禹会区还成立了东周西葫芦基地，注册了无公害商标，都是采用保护地栽培模式。

二、西葫芦生产优势条件

1.自然优势

（1）温度。西葫芦属喜温蔬菜，但对温度有较强的适应能力，同一般的瓜类相比，西葫芦忍受低温能力较强。蚌埠市地处淮河两岸，年平均最低气温12.3 ℃，年平均最高气温20.4 ℃。

（2）日照。西葫芦属短日照作物，对强光的适应力强，在其他条件合适的情况下，对弱光也有一定的耐受力。蚌埠市年日照平均为2 207 h，太阳辐射量120.2 kcal/cm^2。虽然西葫芦幼苗时期的温度高低和日照长短对西葫芦雌花出现早晚及雌花数量有很大的影响，但我们采取早春大棚种植模式，克服了这一问题。栽培中可早育苗，促早瓜。

(3)土壤。西葫芦对土壤条件要求不严格，砂壤土和黏壤土均能正常生长，但在肥沃的中性或微酸性砂质土壤生长最好。根据蚌埠市1986年的土壤普查记录，蚌埠市主要土壤类型有砂姜黑土、黄棕壤土、潮土和水稻土。其中东周西葫芦基地是黑黄两合土，有机质含量较高为12.5～25.3 g/kg，微量元素更是丰富，肥力较强。pH为5.1～6.8。

(4)水源。蚌埠市位于淮河两岸，常年降雨量950 mm，旱能灌、涝能排，地势优越，而且浍河、怀洪新河横穿固镇、怀远，五河的沱湖、禹会区的天河都是无污染的天然水资源，丰富的水资源有利于西葫芦的生长。

2. 地理优势

(1)由于蚌埠市位于沿淮的交通枢纽地带，交通便利，道路四通八达，水路有淮河，公路有合徐高速、南洛高速，还有各种省道国道，铁路更是中转枢纽，区位优势突出。

(2)蚌埠市还建有皖北地区最大的农副产品批发市场和国家级蔬菜批发市场，外销能力很强，为西葫芦的大规模生产销售提供了有利条件。加之现在每个蔬菜基地都成立了农村专业合作社，有专门的经纪人把产品远销上海、广州、深圳等沿海地区。

(3)在生产资料供应上，蚌埠市今年建立的皖北最大的农资大市场，完全具有能力长期保证各种生产资料(主要是种子、农药、化肥、农膜等)的供应。

三、西葫芦生产的不利因素

(1)季节安排不合理。全市866.67 hm^2 西葫芦基本都是早春大棚栽培，这就会造成产品集中上市，影响产品价格。

(2)农户品牌意识差。除了禹会区成立了东周西葫芦基地外，其他地区都是农户随意种植，产地相对分散，既造成收购不方便，也不利于集体外销，同时因为缺乏品牌而卖不上价格。

(3)经纪人队伍建设不完善，现代化营销手段欠缺。经纪人队伍不能形成快速、准确的营销网络，信息掌握不灵、不准确，往往都是自己跑市场，然后再回来组织货源，等运到市场，最佳销售时间错过，资金回笼慢，且经纪人知识层次参差不齐，文化程度不高，眼光没有放在全局，考虑问题不全面，出发点片面。

四、建议与对策

(1)改变种植季节。不要全部安排早春大棚西葫芦，种一部分秋冬大棚或者日光温室西葫芦，赶到春节前后上市，既错开了集中上市产品难销的问题，也提高了经济效益。

(2)突出品牌,搞好品牌建设。在确保东周西葫芦产品质量的基础上,各地都应该建立自己的品牌,申报无公害或者绿色食品,提升自己产品的价格。

(3)改进种植技术。由于农户急于产品上市,习惯长期施用化肥,使土壤结构严重破坏,建议农户多使用农家肥,既改良了土壤,也提高西葫芦的品质。为了提高西葫芦的抗病性和提高产量,建议进行西葫芦嫁接。

(4)扩大种植面积,形成规模。在发展基地的基础上,要扩大西葫芦种植面积,辐射带动周边,以便形成大的种植规模。同时,专业协会和发展商要克服自身弱点,增强经济实力,保证订单全面落实,让农民真正得到实惠,得到效益,努力打造科技致富典型,采取有效措施保证丰产丰收。

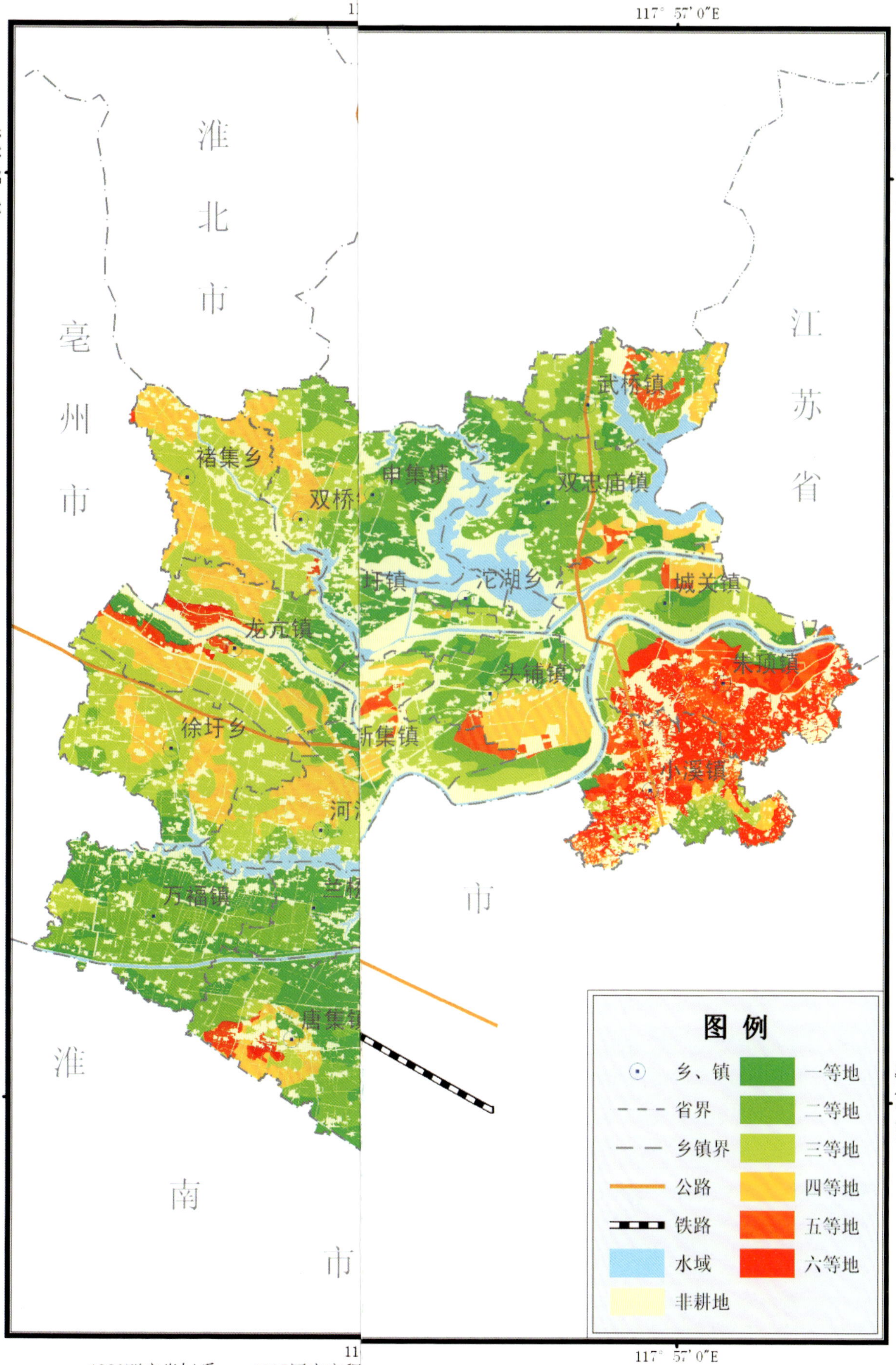

1980西安坐标系
高斯-克吕格投影

1985国家高程

安徽省蚌埠市农业技术推广中心
安徽农业大学资环学院土壤肥料研究所

编制

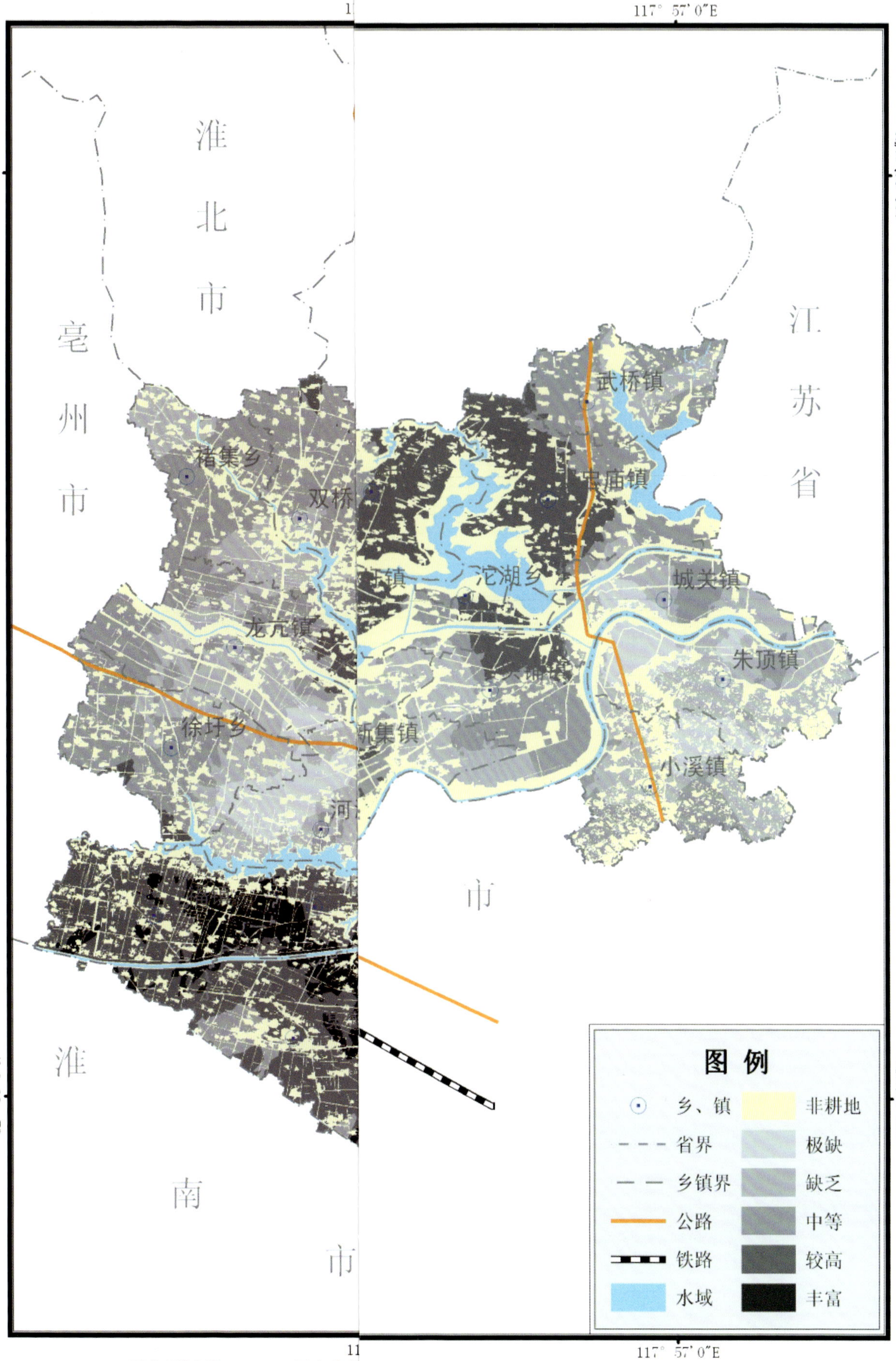

1980西安坐标系
高斯-克吕格投影

1985国家高程

安徽省蚌埠市农业技术推广中心
安徽农业大学资环学院土壤肥料研究所
编制

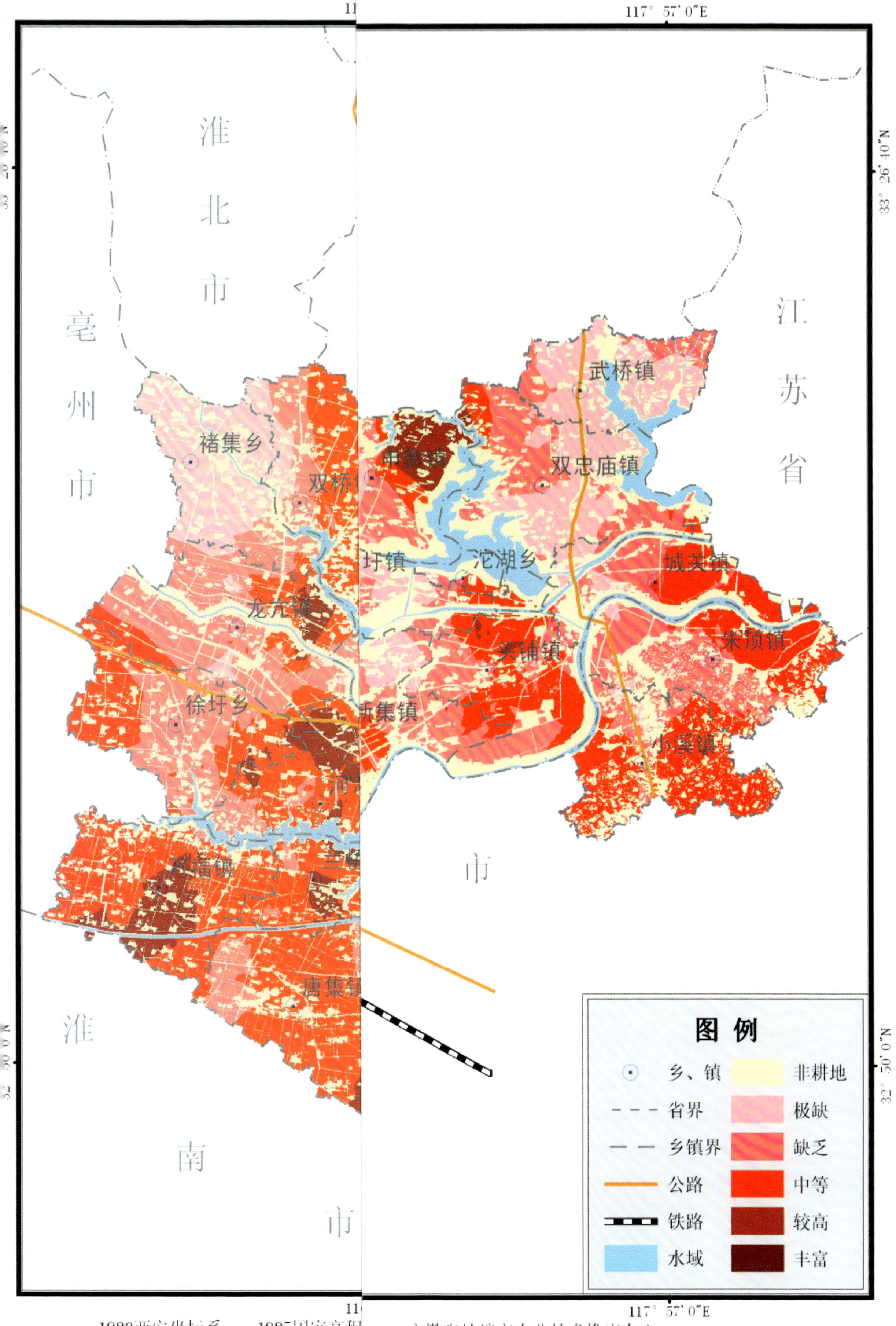

1980西安坐标系
高斯-克吕格投影

1985国家高程

安徽省蚌埠市农业技术推广中心
安徽农业大学资环学院土壤肥料研究所
编制

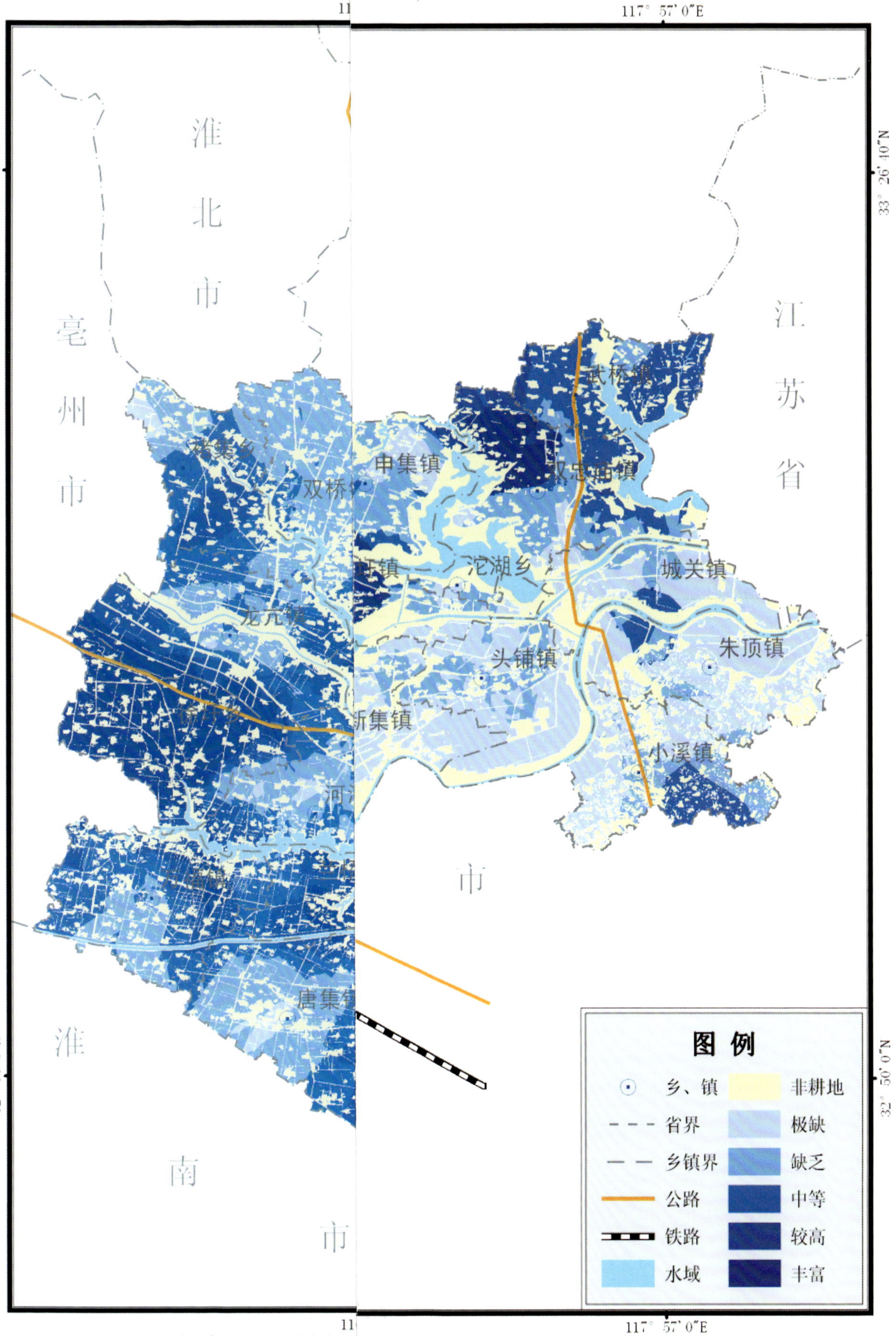

1980西安坐标系
高斯-克吕格投影

1985国家高程

安徽省蚌埠市农业技术推广中心
安徽农业大学资环学院土壤肥料研究所
编制

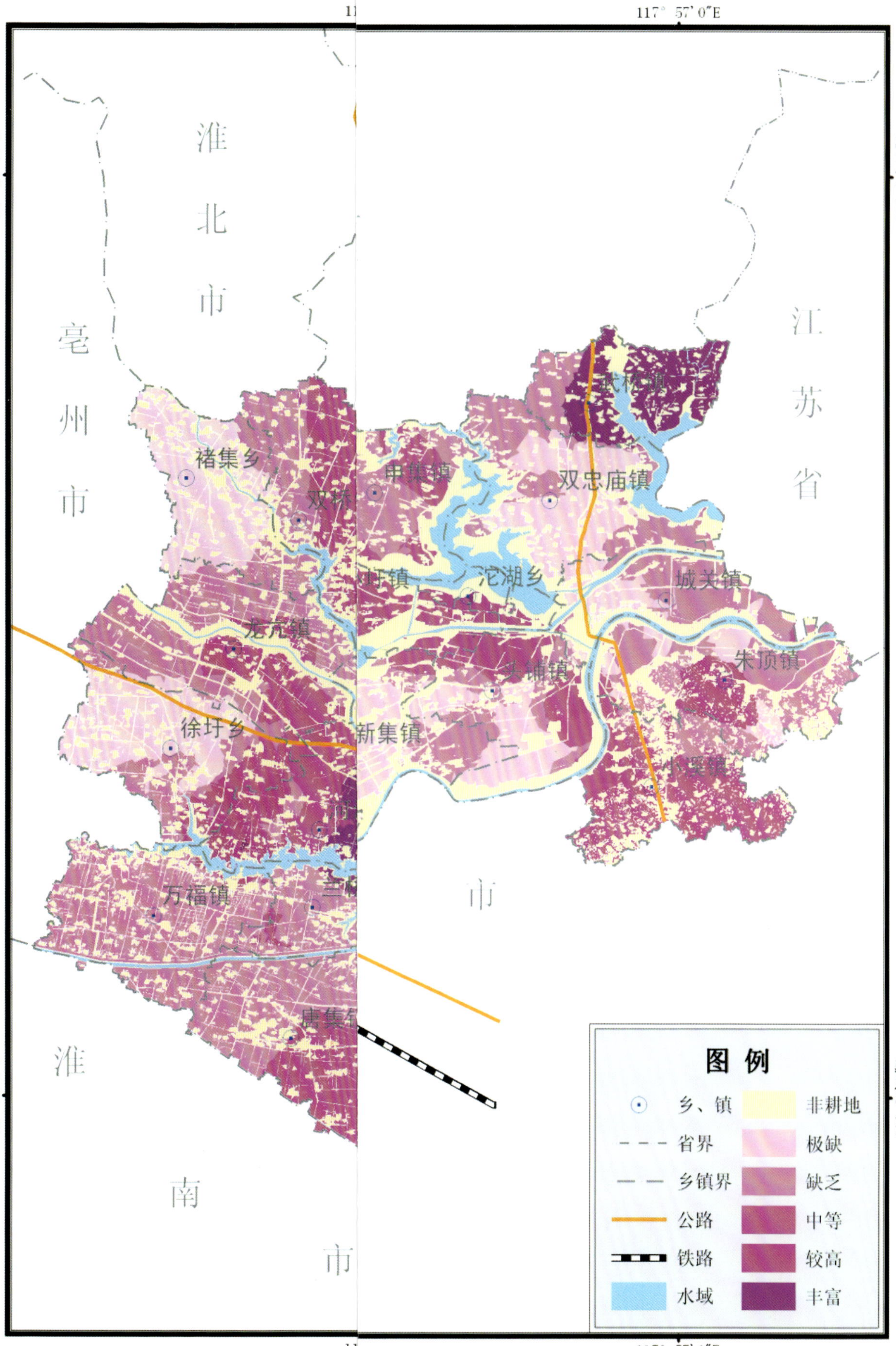

1980西安坐标系　1985国家高程
高斯-克吕格投影

安徽省蚌埠市农业技术推广中心
安徽农业大学资环学院土壤肥料研究所　编制

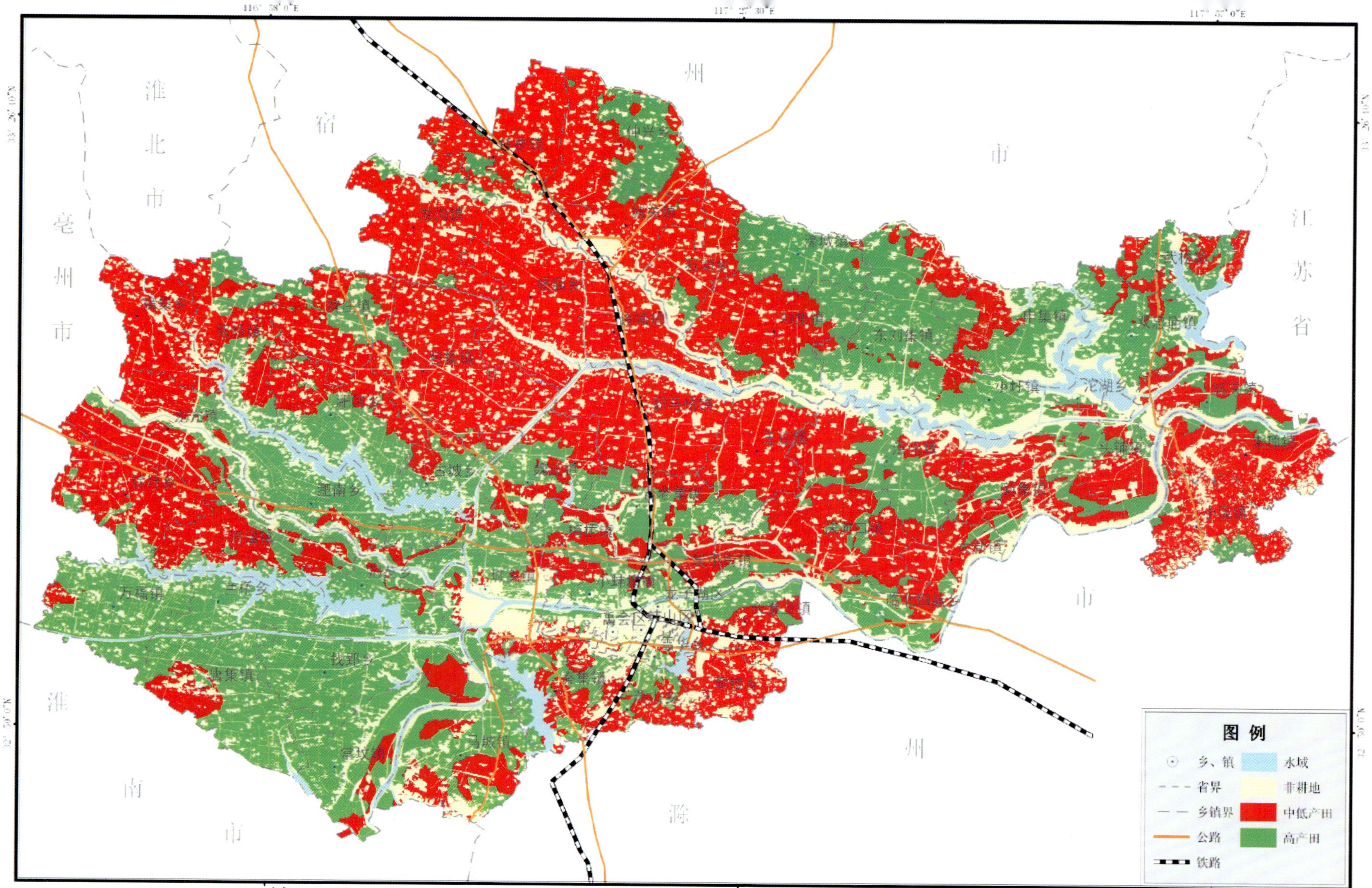

附图 6　蚌埠市中低产田分布图

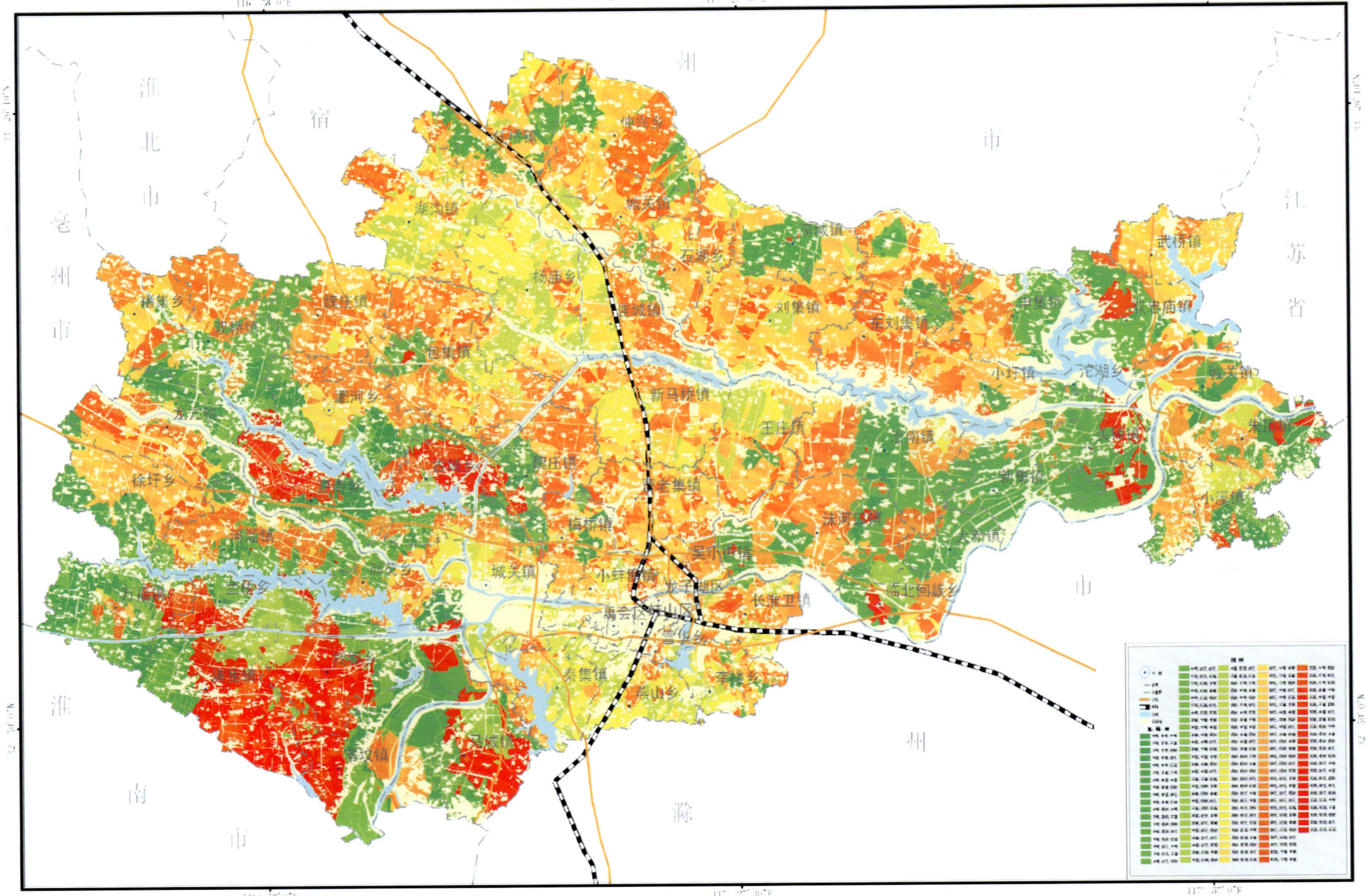

1980西安坐标系　　1985国家高程基准
高斯-克吕格投影

附图 7　蚌埠市土壤养分丰缺等级图

安徽省蚌埠市农业技术推广中心
安徽农业大学资环学院土壤肥料研究所　编制

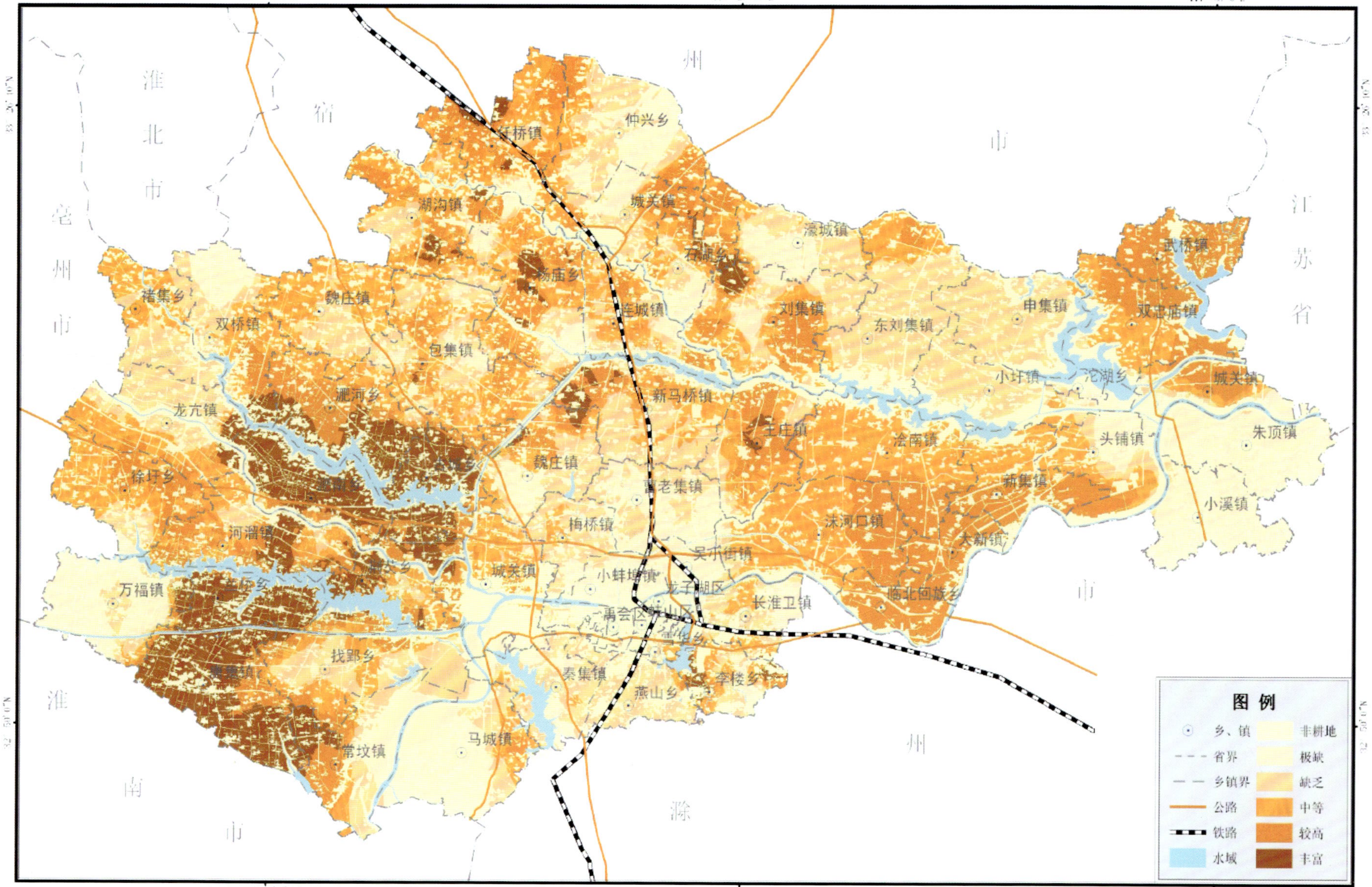

1980西安坐标系　1985国家高程基准
高斯–克吕格投影

附图 8　蚌埠市土壤水溶态硼含量分布图

安徽省蚌埠市农业技术推广中心
安徽农业大学资环学院土壤肥料研究所　编制

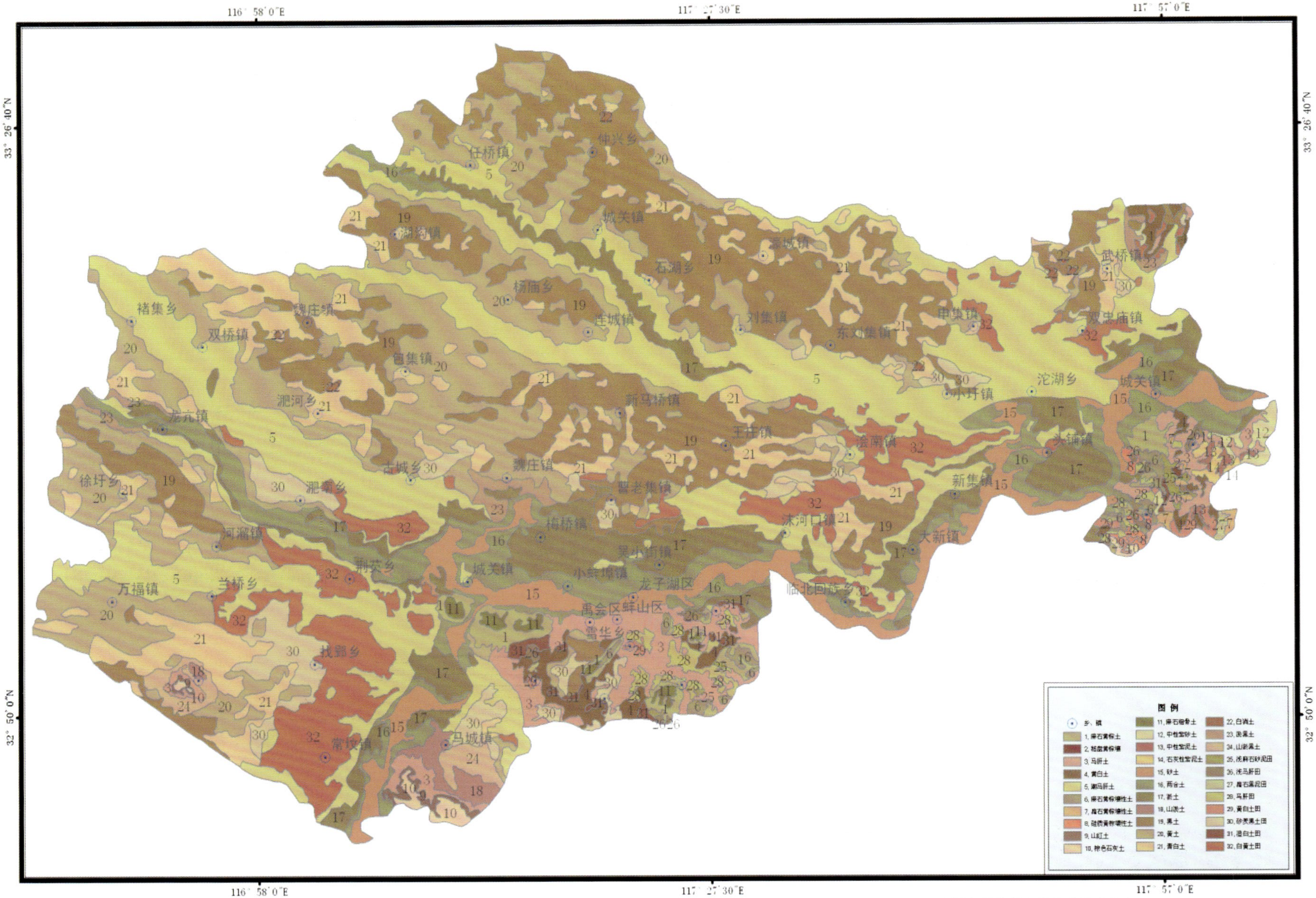

1980西安坐标系 1985国家高程基准
高斯-克吕格投影

附图 9 蚌埠市土壤图

安徽省蚌埠市农业技术推广中心
安徽农业大学资环学院土壤肥料研究所 编制

附图 10　蚌埠市主要农作物种植图

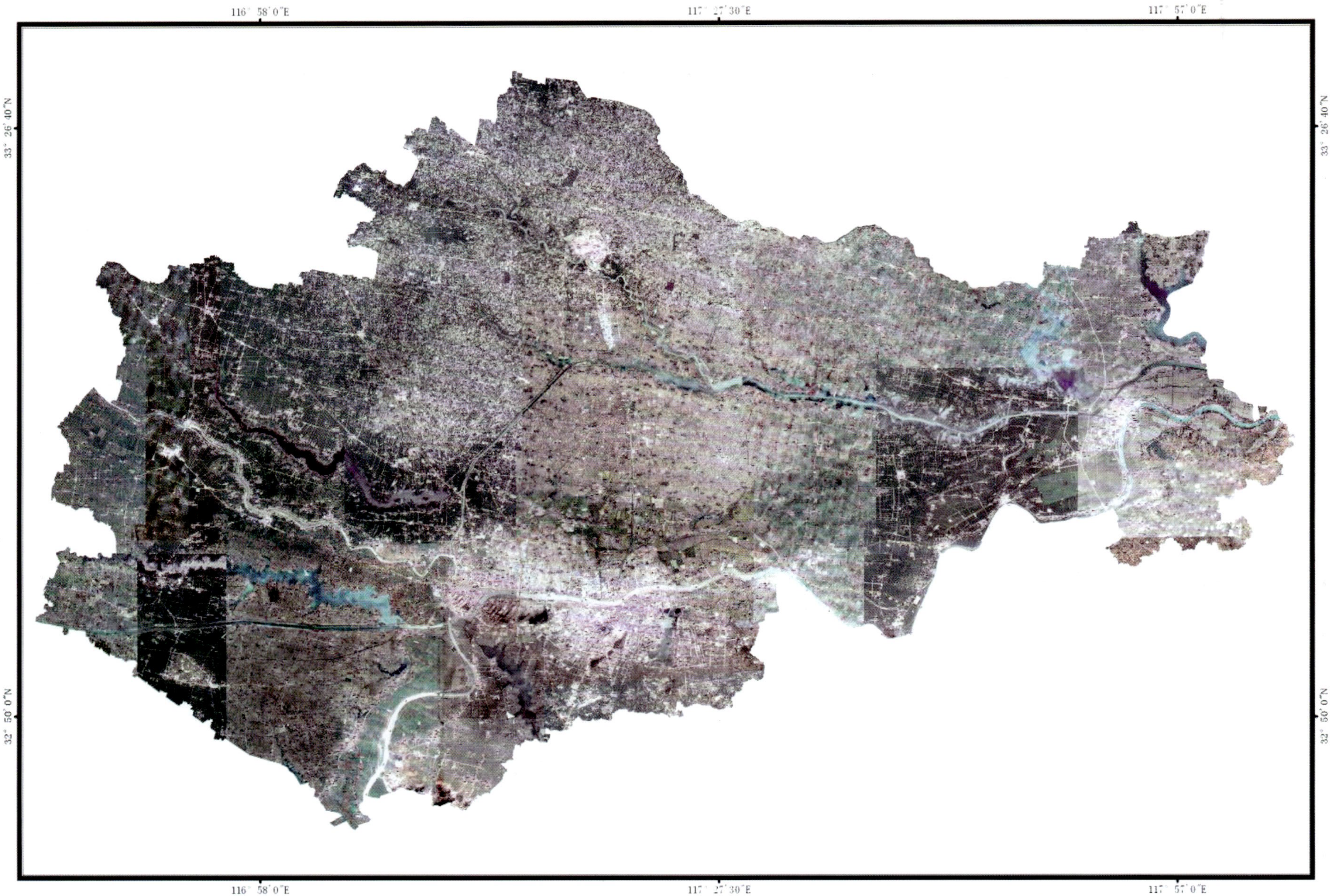

1980西安坐标系　1985国家高程基准
高斯-克吕格投影

附图 11　蚌埠市遥感影像图

安徽省蚌埠市农业技术推广中心
安徽农业大学资环学院土壤肥料研究所　编制

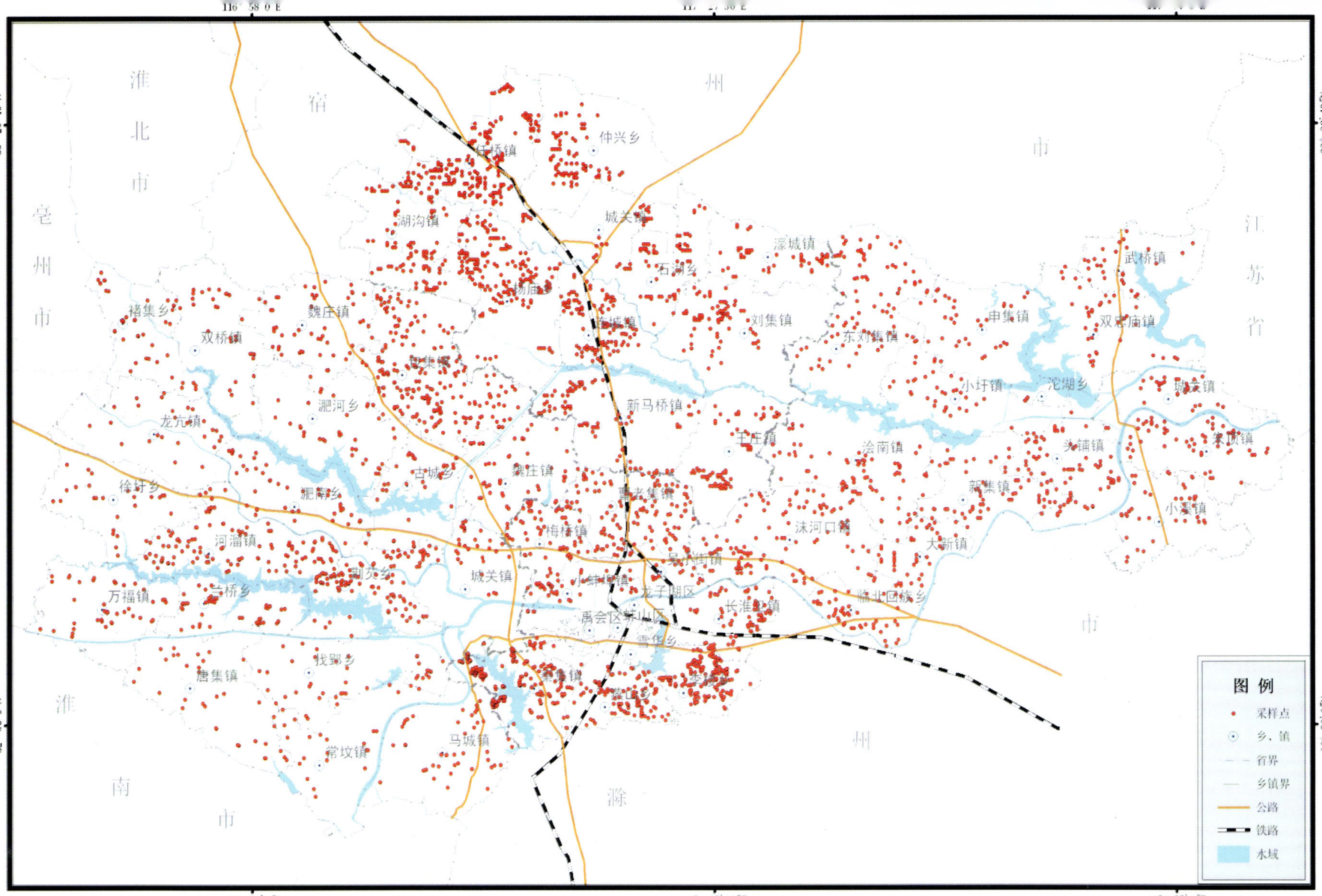

1980西安坐标系　1985国家高程基准
高斯-克吕格投影

附图12　蚌埠市测土采样点分布图

安徽省蚌埠市农业技术推广中心
安徽农业大学资环学院土壤肥料研究所　编制

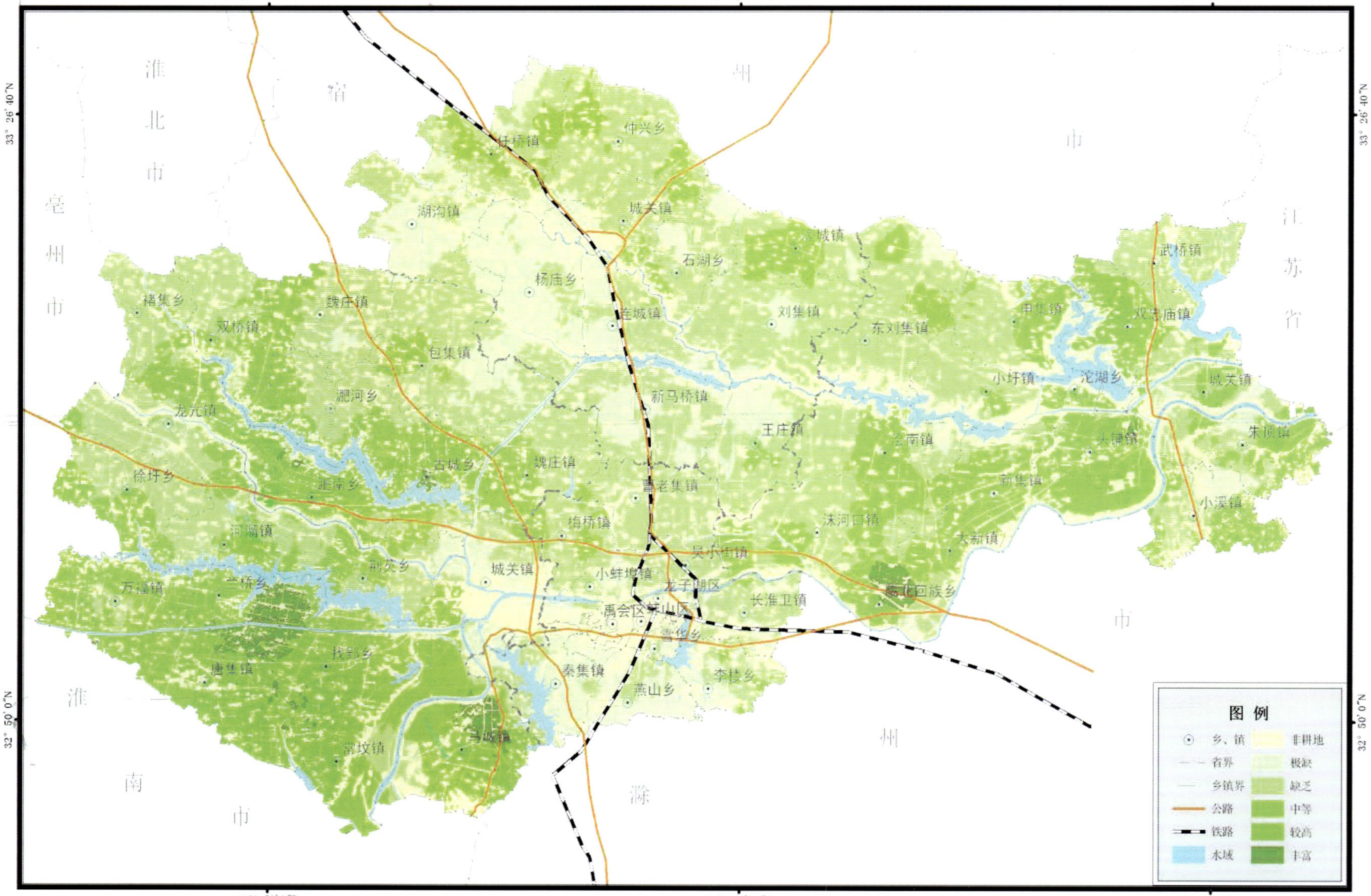

1980西安坐标系　1985国家高程基准
高斯-克吕格投影

附图 13　蚌埠市土壤全氮含量分布图

安徽省蚌埠市农业技术推广中心
安徽农业大学资环学院土壤肥料研究所　编制

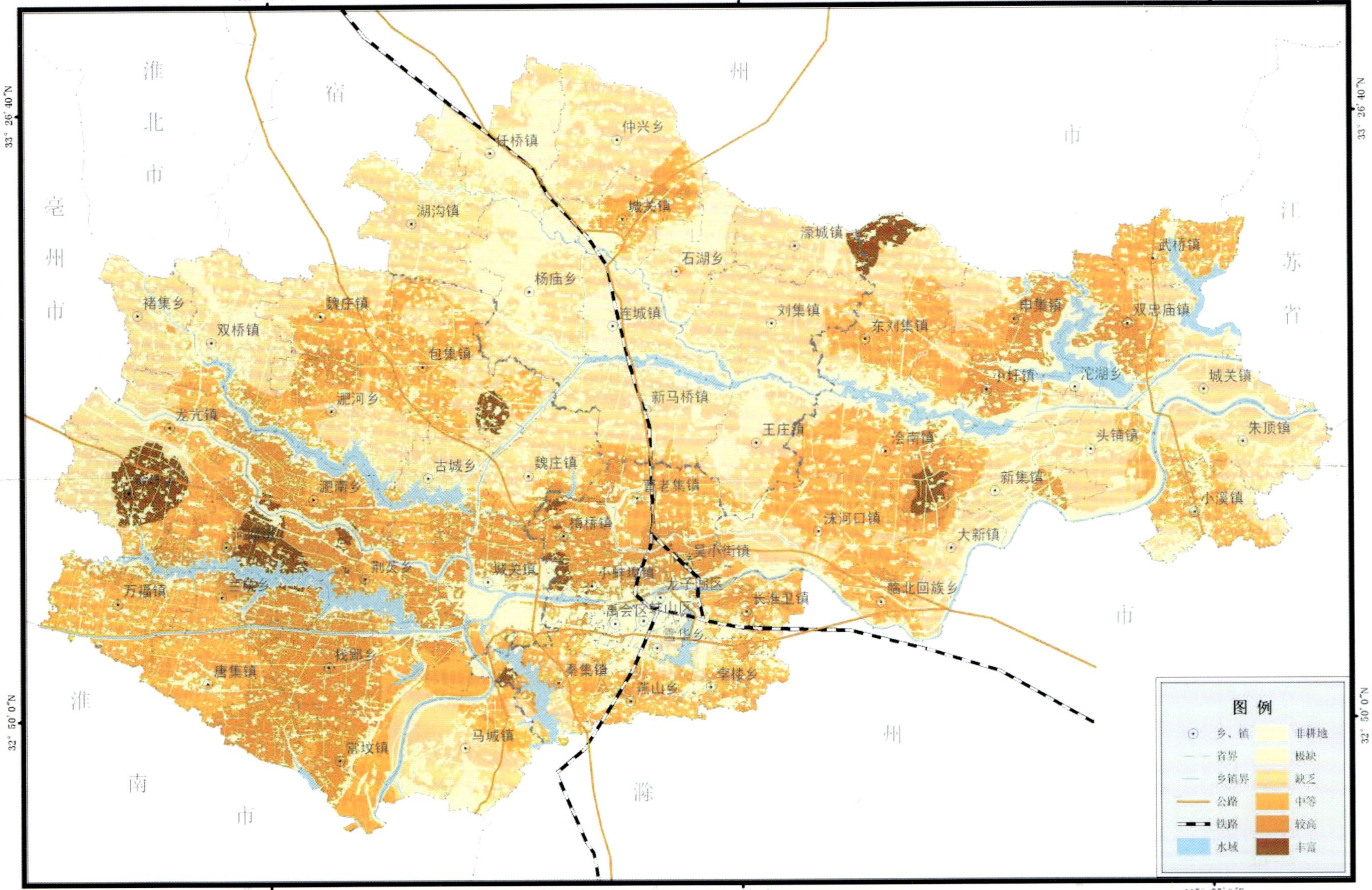

1980西安坐标系　1985国家高程基准
高斯-克吕格投影

附图14　蚌埠市土壤有效铜含量分布图

安徽省蚌埠市农业技术推广中心
安徽农业大学资环学院土壤肥料研究所　编制

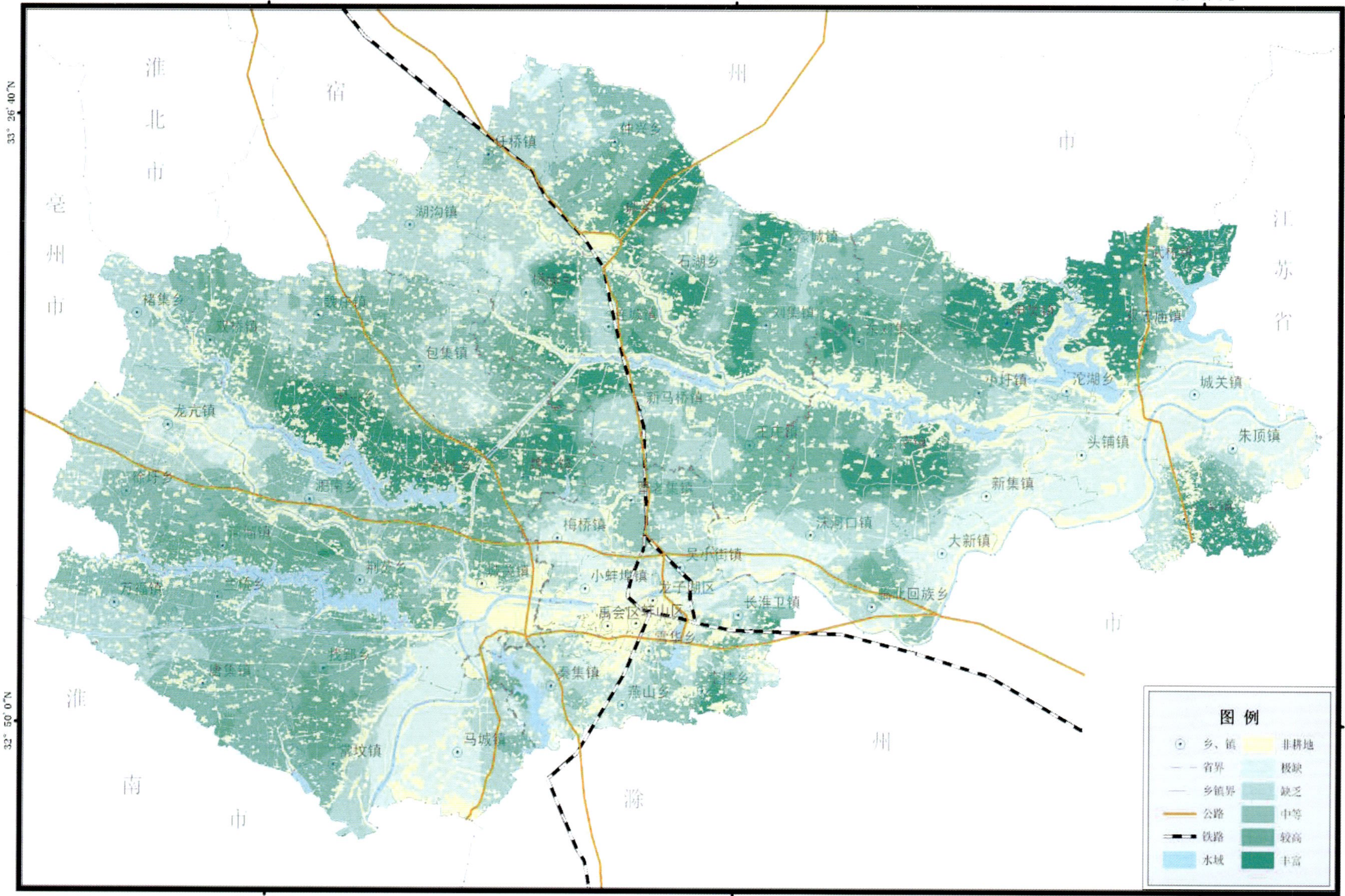

1980西安坐标系　1985国家高程基准
高斯-克吕格投影

附图 15　蚌埠市土壤有效锰含量分布图

安徽省蚌埠市农业技术推广中心
安徽农业大学资环学院土壤肥料研究所　编制

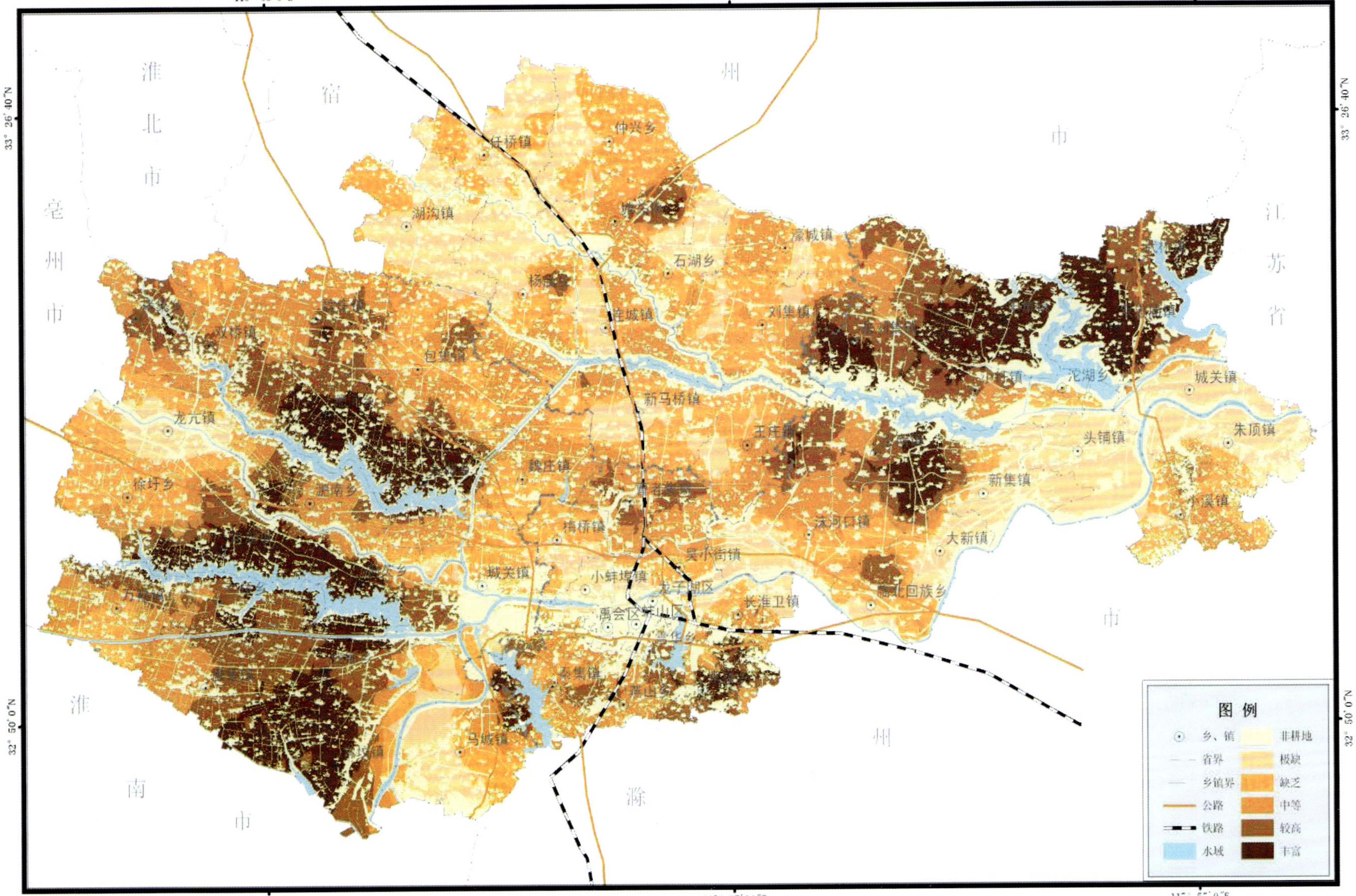

1980西安坐标系　1985国家高程基准
高斯-克吕格投影

附图16　蚌埠市土壤有效铁含量分布图

安徽省蚌埠市农业技术推广中心
安徽农业大学资环学院土壤肥料研究所
编制

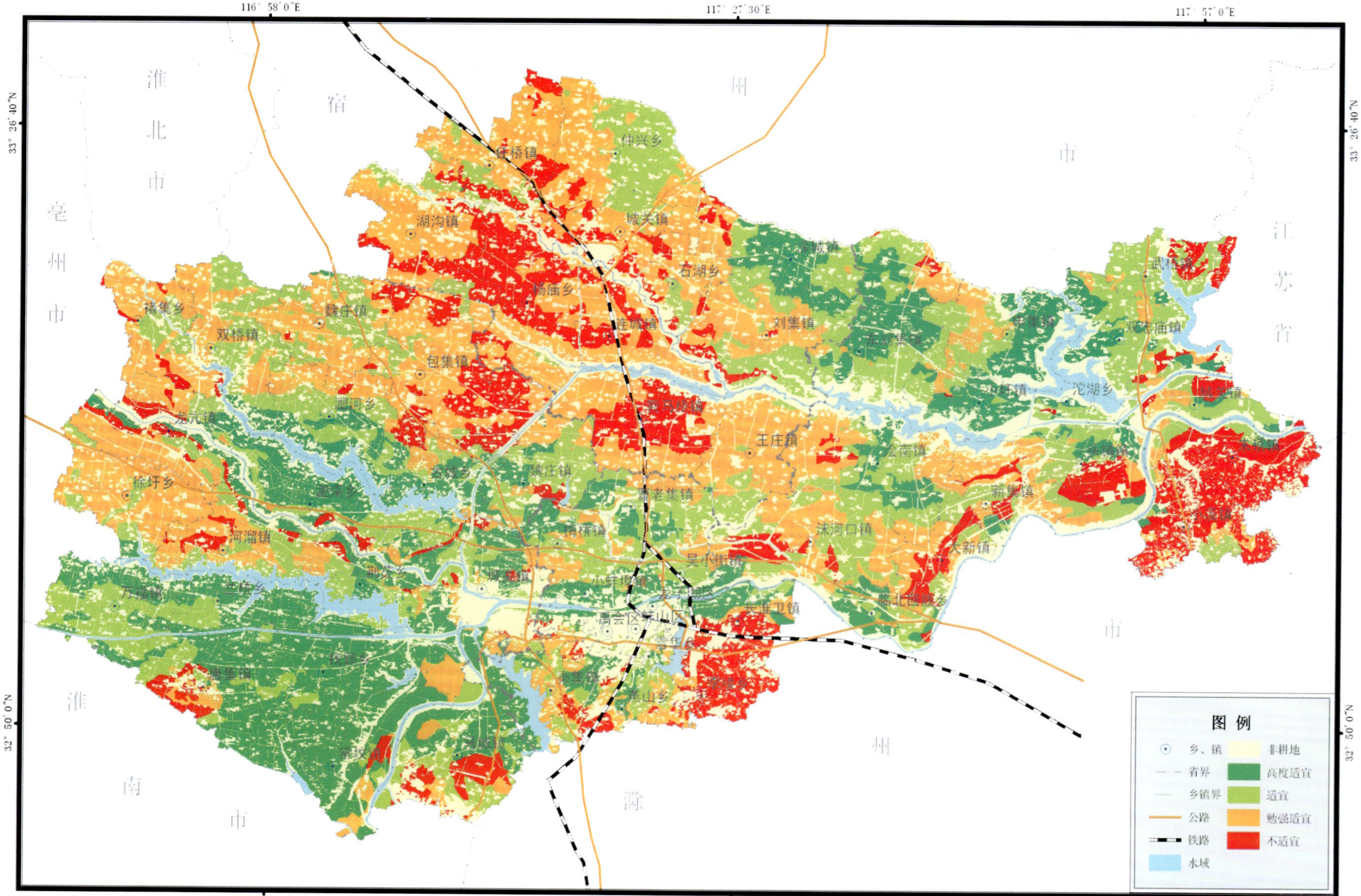

附图 17　蚌埠市小麦适宜性等级分布图

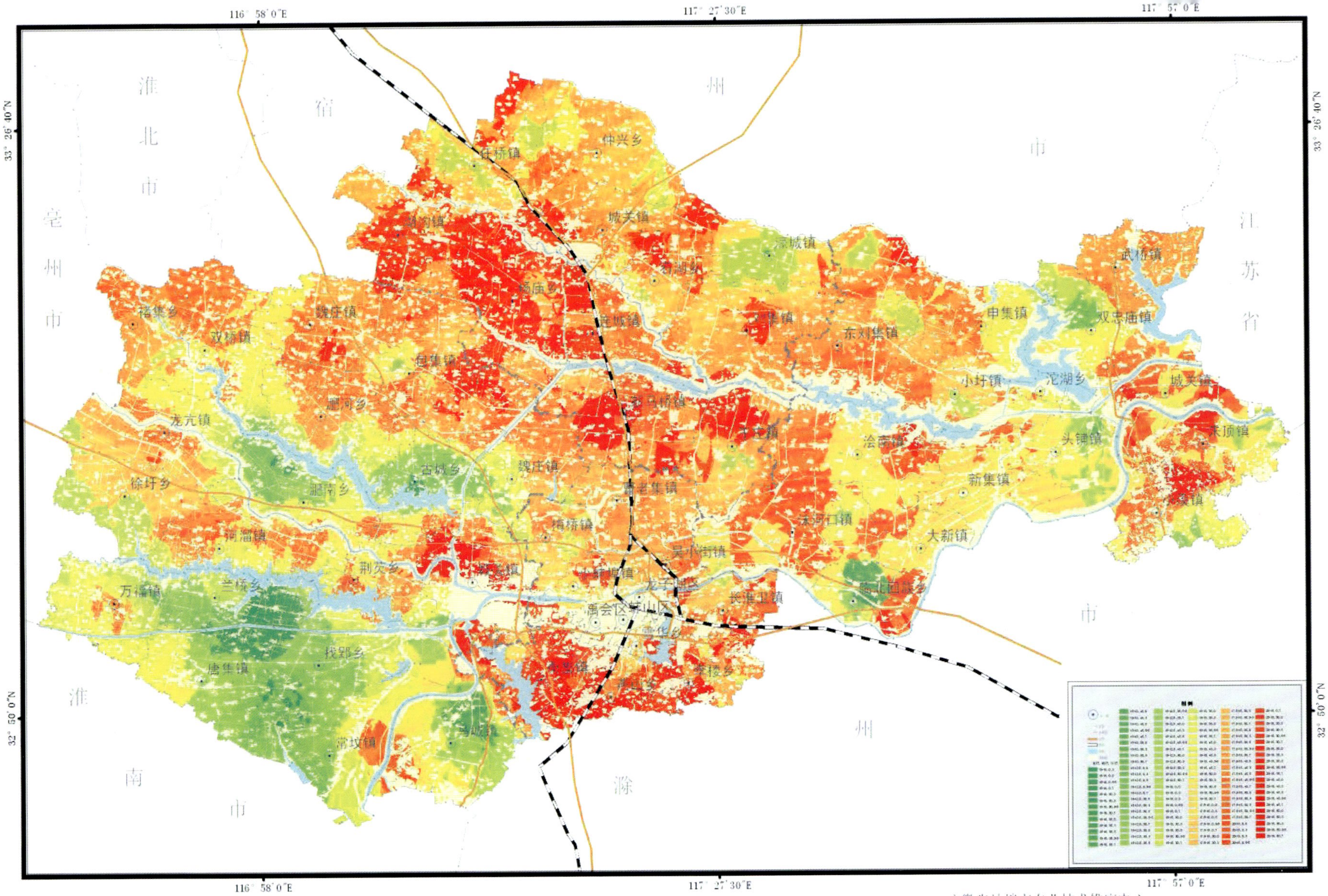

1980西安坐标系
高斯-克吕格投影
1985国家高程基准

附图 18　蚌埠市小麦（500 kg 产量）施肥分区图

安徽省蚌埠市农业技术推广中心
安徽农业大学资环学院土壤肥料研究所
编制

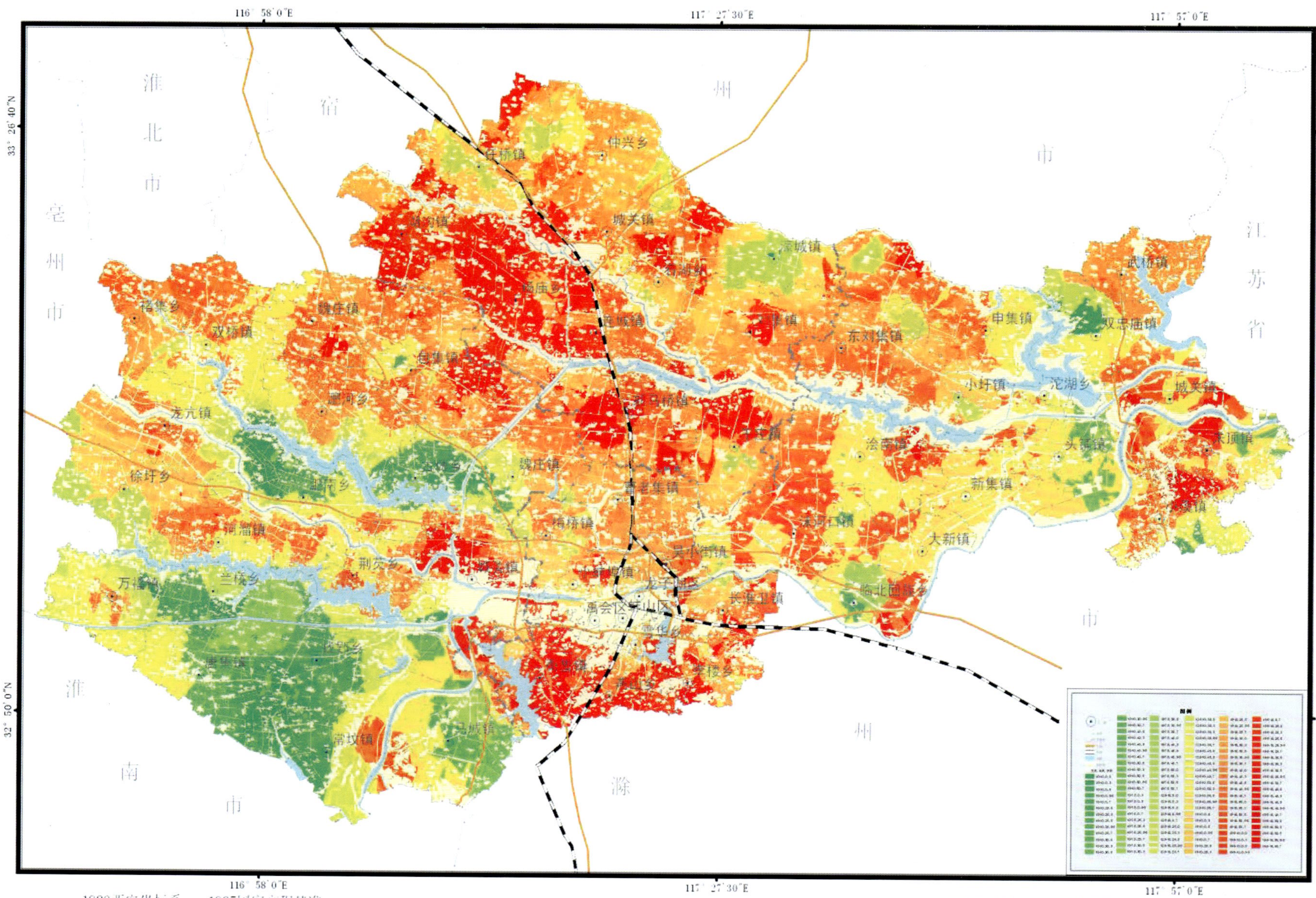

1980西安坐标系　1985国家高程基准
高斯-克吕格投影

附图19　蚌埠市水稻（550 kg产量）施肥分区图

安徽省蚌埠市农业技术推广中心
安徽农业大学资环学院土壤肥料研究所　编制

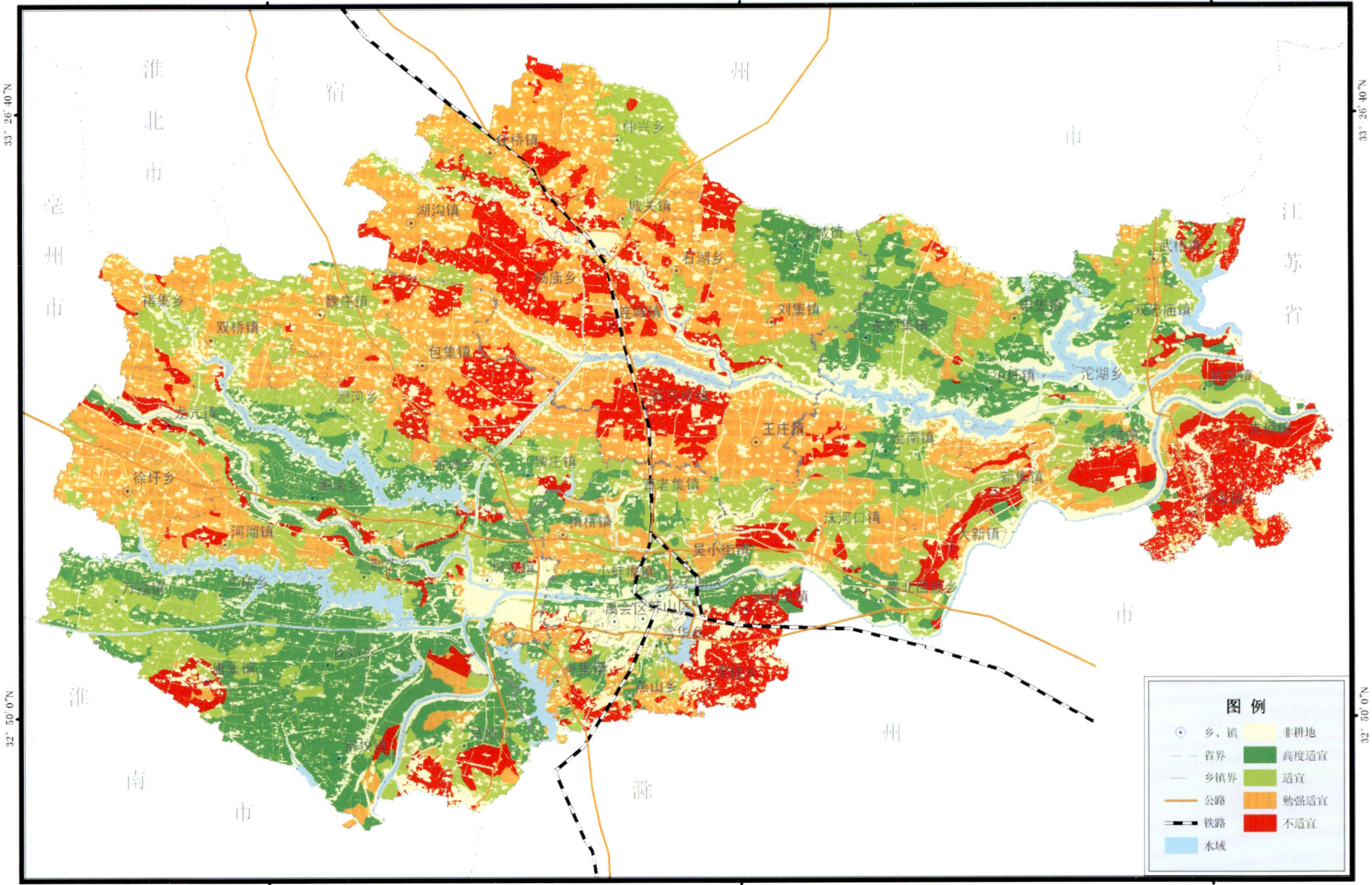

1980西安坐标系　1985国家高程基准
高斯-克吕格投影

附图20　蚌埠市水稻适宜性等级分布图

安徽省蚌埠市农业技术推广中心
安徽农业大学资环学院土壤肥料研究所　编制

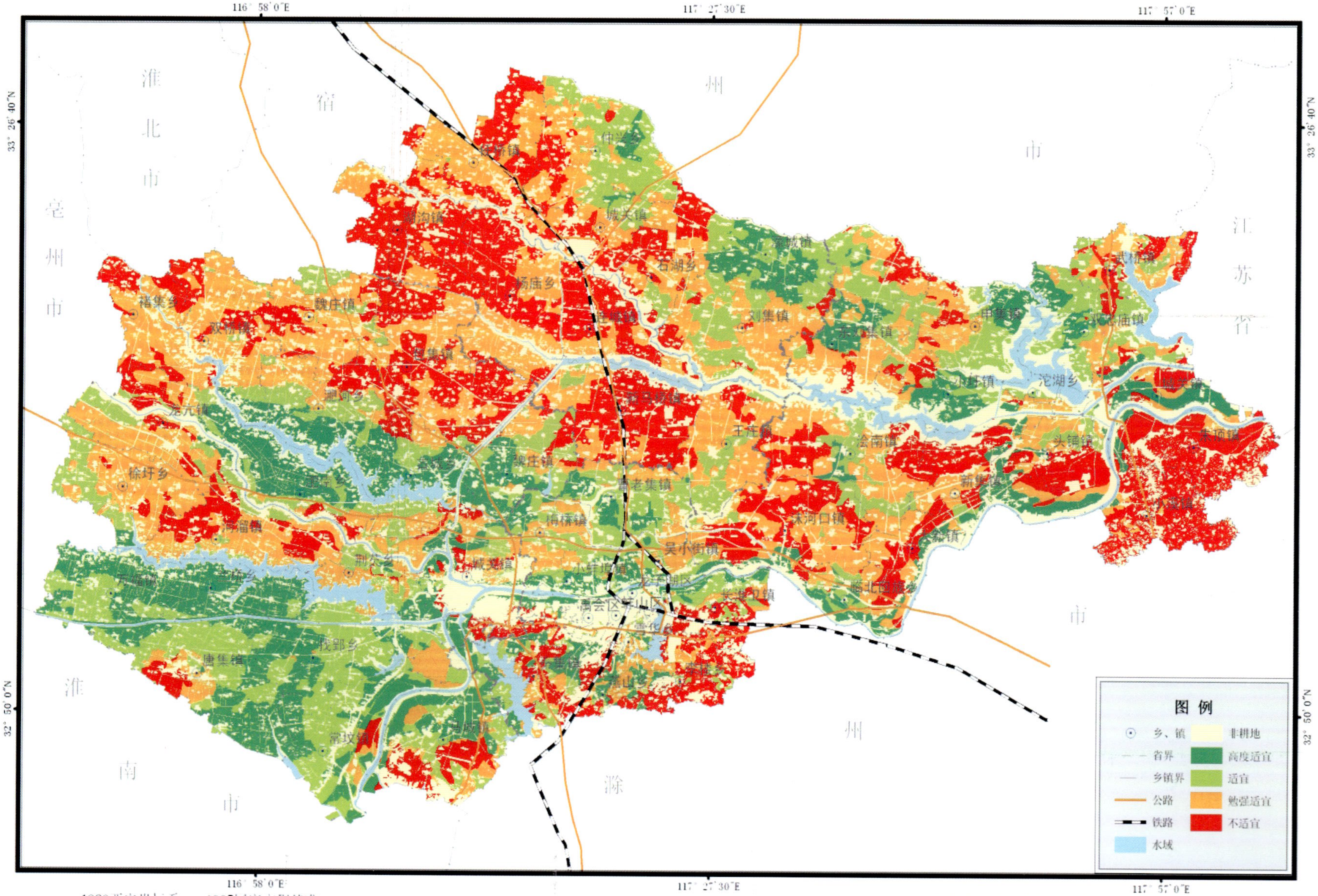

附图 21　蚌埠市萝卜适宜性等级分布图

1980西安坐标系　1985国家高程基准
高斯-克吕格投影

安徽省蚌埠市农业技术推广中心
安徽农业大学资环学院土壤肥料研究所　编制